FRAN

Né en 1968 à B
musicien, traducte
en psychologie et en spiritualité.
Après deux ouvrages pour la jeunesse, il publie, chez Fleuve Éditions, *Le plus bel endroit du monde est ici* (2010) coécrit avec Care Santos, ainsi que *L'Amour en minuscules* (2011), traduit en 20 langues.

Retrouvez toute l'actualité de l'auteur sur : www.francescmiralles.com

L'AMOUR
EN MINUSCULES

DU MÊME AUTEUR
CHEZ POCKET

LE PLUS BEL ENDROIT DU MONDE EST ICI
L'AMOUR EN MINUSCULES

FRANCESC MIRALLES

L'AMOUR EN MINUSCULES

Traduit de l'espagnol
par Jean Justo Ramon

Titre original :
AMOR EN MINÚSCULA
Translation rights arranged by Sandra Bruna
Agencia Literaria, SL. All rights reserved.

Pocket, une marque d'Univers Poche,
est un éditeur qui s'engage pour la préservation
de son environnement et qui utilise du papier fabriqué
à partir de bois provenant de forêts gérées
de manière responsable.

Le Code de la propriété intellectuelle n'autorisant, aux termes de l'article L. 122-5, 2° et 3° a, d'une part, que les « copies ou reproductions strictement réservées à l'usage privé du copiste et non destinées à une utilisation collective » et, d'autre part, que les analyses et les courtes citations dans un but d'exemple et d'illustration, « toute représentation ou reproduction intégrale ou partielle faite sans le consentement de l'auteur ou de ses ayants droit ou ayants cause est illicite » (art. L. 122-4).
Cette représentation ou reproduction, par quelque procédé que ce soit, constituerait donc une contrefaçon, sanctionnée par les articles L. 335-2 et suivants du Code de la propriété intellectuelle.

© Francesc Miralles, 2006
© 2011, Fleuve Éditions, département d'Univers poche,
pour la traduction en langue française.
ISBN : 978-2-266-22040-8

« Profite pleinement des petites choses,
car peut-être un jour
regarderas-tu derrière toi
et te rendras-tu compte
que c'étaient de grandes choses. »

Robert Brault

I

Une mer de nuages

650 000 heures

Il ne manquait plus qu'un souffle avant que l'année ne s'achève et qu'une nouvelle ne commence. Des inventions humaines pour vendre des calendriers… Car en fin de compte, nous avons décidé arbitrairement du moment où commencent les années, les mois, et même les heures. Nous ordonnons le monde à notre mesure et cela nous rassure. Peut-être l'univers suit-il un ordre, sous ses apparences chaotiques. Mais ce n'est sans doute pas le nôtre.

Tandis que je disposais, sur la table solitaire de la salle à manger, un quart de champagne et douze grains de raisin[1], je songeais aux heures. J'avais lu dans un livre que les batteries d'une vie humaine s'épuisent au bout de quelque 650 000 heures.

1. En Espagne, à l'occasion du réveillon de la Saint-Sylvestre, on mange un grain de raisin à chaque coup de minuit sonnant au carillon d'une horloge. *(Toutes les notes sont du traducteur.)*

À en juger par les antécédents médicaux des hommes de ma famille, mon espérance en heures de vie était légèrement inférieure à la moyenne : environ 600 000 tout au plus. À trente-sept ans, je pouvais très bien me trouver à mi-parcours. La question était de savoir combien de milliers d'heures j'avais déjà gaspillés.

Il était près de minuit ce 31 décembre, et jusqu'ici ma vie n'avait pas été précisément une aventure.

J'avais pour toute famille une sœur que je ne voyais presque jamais et mon existence se déroulait entre la faculté de philologie allemande – où j'enseignais – et mon obscur appartement.

En dehors de mes cours de littérature, c'est à peine si j'entretenais des rapports sociaux. Durant mon temps libre, lorsque je ne préparais pas mes cours ou que je ne corrigeais pas les examens, je m'adonnais aux occupations classiques d'un vieux garçon ennuyeux : lire et relire des livres, écouter de la musique classique, suivre les informations… Dans cette routine, mes expéditions occasionnelles au supermarché étaient encore ce qu'il y avait de plus palpitant.

Parfois, les jours fériés, je m'accordais une récompense et je me rendais au Verdi, où je voyais un film en version originale. Je choisissais toujours l'avant-dernière séance. Je quittais la salle aussi seul que j'y étais entré, mais le spectacle auquel j'avais assisté me procurait une distraction jusqu'au moment de me coucher. Une fois au lit, je lisais le feuillet que le cinéma avait consacré au film ; j'y trouvais sa fiche technique, les éloges de la critique (car les avis défavorables ne sont jamais repris), ainsi que des interviews avec le réalisateur ou les acteurs.

Jamais la lecture de ce feuillet ne modifiait l'opinion que je m'étais faite du film. Ensuite, j'éteignais la lumière.

J'étais alors envahi par une sensation très étrange. Je me disais que je n'avais pas la certitude de pouvoir me réveiller le lendemain. Et, pire encore, je m'angoissais en calculant le nombre de jours, voire de semaines, qui allaient s'écouler avant que l'on ne découvre ma mort.

Cette inquiétude me tenaillait depuis que j'avais lu dans un journal l'histoire d'un Japonais que l'on avait retrouvé dans son appartement trois ans après sa mort. Apparemment, il n'avait manqué à personne.

Mais revenons-en aux raisins. Tandis que je songeais aux heures perdues, je comptai douze grains de raisin et les plaçai dans une petite assiette. Devant, la flûte et le quart de champagne. Je n'avais jamais été un grand buveur.

J'ouvris la bouteille six minutes avant que ne sonnent les cloches, histoire de ne pas être pris au dépourvu. Puis j'allumai la télévision et je choisis l'une des émissions qui retransmettaient en direct le passage au Nouvel An depuis l'un des carillons les plus emblématiques du pays. Je crois qu'il s'agissait de celui de la Puerta del Sol, à Madrid. Derrière le couple de présentateurs, charmants et tirés à quatre épingles, une foule enthousiaste s'agitait et débouchait les bouteilles de mousseux. Certains chantaient ou sautaient, les bras en l'air, afin de se faire remarquer par la caméra.

Comme les amusements des gens paraissent étranges, lorsque l'on se trouve seul.

Le carillon finit par retentir et j'accomplis le rite consistant à se remplir la bouche de grains de raisin au son des cloches. Au moment où je me rinçais le palais avec une gorgée de champagne, je ne pus éviter de me sentir ridicule d'avoir mordu à l'hameçon de la tradition. Qui m'avait demandé de prendre part à cette pantomime ?

Je décidai que l'affaire ne méritait pas que je lui consacre plus de temps ; je me séchai donc la bouche avec une serviette et j'éteignis la télévision.

Pendant que je me déshabillais pour me mettre au lit, le fracas des pétards et des rires me parvenait de la rue.

Ils sont infantiles, me dis-je en éteignant, un soir de plus, la lumière.

Cette nuit-là, j'eus du mal à trouver le sommeil. Mais ce ne fut pas à cause de l'allégresse bruyante qui régnait dans la rue – et qui était pourtant très perceptible, puisque j'habite entre deux places dans le quartier de Gracia –, car j'ai pour habitude de dormir avec un masque et des bouchons d'oreilles.

C'était la première fois pendant les fêtes que je me sentais seul, laissé-pour-compte, et je désirai que cette mascarade s'achève au plus vite. J'allais avoir devant moi cinq jours tranquilles – enfin, façon de parler. Viendrait ensuite le repas du jour des Rois[1] avec ma sœur et son mari, qui souffrait de dépression depuis que je le connaissais. Ils n'avaient pas d'enfants.

Ce sera un mauvais moment à passer, me dis-je. *Heureusement que tout reviendra à la normale dès le lendemain.*

Réconforté par cette pensée, je sentis que mes paupières se fermaient. Les ouvrirai-je à nouveau un jour ?

Ça y est, c'est la nouvelle année, mais rien de nouveau ne va se produire.

Et je m'endormis enfin, ignorant à quel point je me trompais.

---

1. En Espagne, c'est le jour des Rois mages, le 6 janvier, que l'on échange traditionnellement les cadeaux.

Une assiette de lait

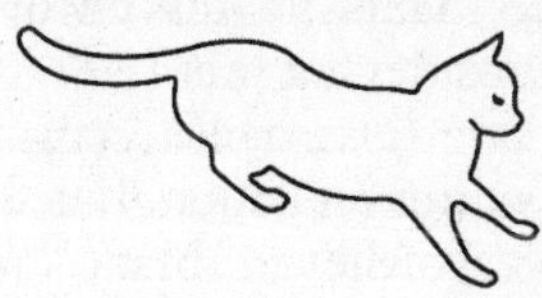

Je me levai tôt et j'eus l'impression que la ville entière, moi excepté, était plongée dans le sommeil. Le silence était tel, tandis que je trempais mes tartines, encore en pyjama, qu'il me sembla presque que je commettais un délit en me trouvant là au lieu de faire la grasse matinée comme la majeure partie du genre humain.

Je ne soupçonnais pas que la nouvelle année me réservait une petite surprise qui allait avoir des effets dévastateurs. À l'instar du battement d'ailes d'un papillon qui déclenche un cataclysme à l'autre bout du globe, une tornade s'approchait qui allait mettre à bas les murs factices entre lesquels ma vie s'était déroulée jusqu'ici. Il n'existe guère de météorologues capables de prédire ce type de tempêtes.

Je posai la cafetière sur le feu et terminai mes tartines. Ensuite, je m'habillai et j'entrepris de programmer la journée, comme à l'accoutumée. Je me sens perdu lorsque je ne m'organise pas, même lorsqu'il s'agit d'un jour férié.

Peu de choix s'offraient à moi. Je pouvais, par exemple, corriger les rédactions des étudiants retardataires. Ils me les avaient remises juste avant Noël, alors que je leur avais demandé de le faire le 1er décembre afin d'avoir le temps de les leur rendre. J'écartai cette possibilité.

J'allais peut-être voir une partie du concert du Nouvel An à Vienne, bien que les valses ne soient pas ce que je préfère. Mais j'avais encore, dans ce cas, environ deux heures devant moi.

Après m'être lavé le visage à grande eau, ce fut au tour du peigne d'entrer en action. Il accrocha immédiatement un nouveau cheveu blanc qui était apparu sournoisement, à la faveur de la nuit, car je pouvais affirmer qu'il n'était pas là le jour précédent.

Je sais bien que les cheveux blancs sont un signe de sagesse, me dis-je tandis que je l'arrachais par la racine avec une pince, *mais je ne veux pas que l'on sache que je suis sage à ce point. Simple question de modestie.*

Je trouve le blanchissement des cheveux plus déprimant que leur chute. En fin de compte, lorsqu'un cheveu tombe, il est toujours possible qu'il en repousse un autre, peut-être même plus vigoureux. Mais celui qui grisonne ne peut plus redevenir noir, du moins naturellement. Et le plus probable, au contraire, c'est qu'il deviendra blanc.

C'est avec ces pensées lugubres en tête que je me dirigeai vers le salon. En passant près du téléphone, je lui jetai un regard plein de tristesse. Il n'avait pas sonné le soir du 31. Pas plus que le soir du 24 ou la matinée du 25. Et en ce premier jour de l'année, rien ne laissait supposer qu'il en serait autrement.

D'un autre côté, cela n'avait rien d'étonnant. Je n'avais appelé personne non plus.

Je me laissai tomber dans le fauteuil, afin de me plonger dans la lecture d'un ouvrage américain qui me distrayait efficacement depuis quelque temps. Je l'avais acheté sur Amazon après avoir découvert son existence dans un roman. Son titre : *They have a word for it*[1]. Il s'agit d'un curieux dictionnaire de mots qui n'existent que dans une langue donnée.

D'après le compilateur de cet ouvrage, Howard Rheingold, le fait d'attribuer un nom à une chose est une manière de conjurer son existence. Nous pensons et nous nous comportons d'une façon déterminée parce que nous disposons de mots qui nous y invitent. Dans ce sens, les mots modèlent nos pensées.

Voici quelques exemples de mots singuliers :

Baraka, en arabe, désigne une énergie spirituelle qui peut être utilisée à des fins mondaines.

Won, en coréen, est la résistance à se défaire d'une illusion.

Razbliuto évoque, en russe, un sentiment que l'on éprouve pour quelqu'un que l'on a aimé jadis et que l'on n'aime plus.

Mokita exprime, en kiriwina, la vérité que tout le monde connaît, mais que personne ne dit.

De l'espagnol, l'éditeur de ce dictionnaire avait choisi des termes tels que *ocurrencia*[2], dont je n'avais jamais pensé qu'il pouvait être intraduisible.

Les mots allemands figuraient en nombre dans ce livre, ce qui s'explique par le fait que cette langue permet à chacun de composer de nouveaux mots en respectant certaines règles. On y trouvait des vocables tels

1. « Ils ont un nom pour ça ».
2. Idée inattendue, originale et qui tombe à point.

que *Torschlüsspanik* (littéralement, la « peur que la porte ne se ferme »), qui était défini comme « l'anxiété frénétique que ressentent les femmes célibataires dans leur course contre la montre biologique ».

D'après ce que j'avais lu jusqu'ici, il me semblait que la langue aux résonances les plus subtiles était le japonais, puisqu'on y trouvait des mots tels que :

Ah-un : la communication tacite entre deux amis.

Ou mon préféré :

Mono no aware : la tristesse des choses.

Tandis que je relisais cette entrée, je m'aperçus qu'un bruit constant me gênait dans ma lecture depuis quelques minutes. C'était un grattement lent et continu, comme un insecte cherchant à se frayer un passage à travers le bois.

J'éteignis la musique pour découvrir d'où provenait ce bruit agaçant. Il s'interrompit aussitôt, comme si son responsable s'était soudain senti repéré.

Sans y accorder plus d'importance, je retournai à mon fauteuil et à ma lecture. Mais avant même que j'aie le temps de fixer mon regard sur la page, le bruit se fit entendre à nouveau, et plus fort.

Cela ne peut pas être un insecte, pensai-je. *Du moins, pas un insecte de taille ordinaire.*

Je tendis l'oreille et il me sembla que le grattement venait de la porte. Je me dirigeai dans cette direction, un peu inquiet. Quelle sorte de fou pouvait bien agir de la sorte ? Je me rappelai alors qu'il existait, en langue bantoue, le *palatyi*, « un monstre mythique qui griffe la porte ».

Homme ou monstre, s'il cherchait à me faire peur, il était en train d'y arriver. En tout cas, il avait entendu mes pas, car lorsque je m'arrêtai devant la porte, il se mit à gratter avec plus de férocité encore.

Éperonné par la peur, j'ouvris brusquement pour effrayer mon adversaire.

Mais il n'y avait personne.

Ou plutôt, il n'y avait aucun être humain à la hauteur de mes yeux. Car, tandis que je regardais, stupéfait, le palier désert, je sentis quelque chose de chaud et de mou se lover entre mes jambes.

Instinctivement, je fis un bond en arrière et baissai les yeux pour voir la créature. C'était un chat, qui me saluait à présent avec un miaulement musical. Il était jeune, mais plus grand qu'un chaton, et son pelage tigré était semblable à celui de millions de chats qui courent à travers le monde.

Je suppose qu'il s'attendait à une attitude plus combative de ma part, car il se frotta plus fort contre moi, décrivant entre mes jambes un « huit » horizontal semblable au ruban de Moebius, qui représente l'infini.

— Ça suffit ! lui dis-je.

Et je le poussai doucement avec la jambe jusque sur le palier.

Mais le chat entra de nouveau et me regarda d'un air interrogatif depuis le milieu de l'entrée.

Surmontant l'aversion que j'avais depuis toujours pour les chats, je le saisis par la peau du cou et le soulevai. Je pensais qu'il m'attaquerait ou qu'il sortirait les griffes, mais il se contenta de lancer un miaulement aigu.

— Et maintenant, fiche le camp ! lui intimai-je en le lançant avec un certain élan vers le palier.

Le chat toucha à peine le sol, repartit en trombe et se trouva de nouveau dans l'entrée avant que j'aie pu refermer la porte.

J'étais presque à bout de nerfs.

J'envisageai un instant de le chasser à coups de balai, comme mon père l'aurait fait à ma place. Mais, peut-être pour m'opposer à ce dernier par-delà la tombe, ou parce qu'il flottait encore un reste d'esprit de Noël, j'allai finalement chercher une assiette de lait pour que l'animal puisse se nourrir et me laisse tranquille.

Je crus que le chat allait me suivre jusqu'à la cuisine, mais il préféra rester dans l'entrée, d'où il m'observait, dans l'expectative.

Je versai un doigt de lait dans l'assiette et revins en marchant lentement dans le couloir afin de ne pas tacher le sol, mais lorsque j'arrivai dans l'entrée, le chat n'était plus là.

Il était parti.

Comme j'avais laissé la porte entrouverte, je supposai qu'il avait filé, croyant que je me désintéressais de lui. Je le maudis de m'avoir fait apporter le lait inutilement. Je posai l'assiette par terre et je sortis la tête pour tenter de l'apercevoir sur le palier.

Pas la moindre trace du chat.

Il a dû poursuivre son excursion dans d'autres étages, me dis-je.

Je suis quelqu'un de rationnel et de pragmatique, et je n'aime pas les actes gratuits. J'avais apporté le lait et, par conséquent, le chat devait le boire. Et comment ! Je me mis à l'appeler en utilisant le son sifflant dont on se sert pour attirer les félins. Mais il ne vint pas.

Fatigué de jouer un rôle qui n'était pas le mien, je laissai l'assiette dehors et fermai la porte.

Le concert du Nouvel An était sur le point de commencer.

Les souffrances du jeune Werther

Le midi et l'après-midi s'écoulèrent sans que rien de particulier ne se produise. Je consultai encore un peu le dictionnaire des mots insolites. Puis je regardai un moment le concert, mais je me lassai de cette succession d'images de cartes postales – des couples qui joignent leurs mains devant un paysage enneigé –, si bien que j'éteignis la télévision.

Ma conscience me recommanda de travailler un peu afin de ne pas avoir l'impression d'avoir perdu ma journée. Je devais donc me résoudre à corriger les rédactions des retardataires.

Il s'agissait d'un exercice tout simple : ils devaient résumer en deux pages le roman le plus célèbre de Goethe, *Die Leiden des jungen Werther*. Ce titre avait eu un nombre incroyable de traductions en espagnol : *Las penas del joven Werther*, *La pasión del joven Werther*, *Las amarguras*..., *Las desventuras*...,

Las tribulaciones…, *Los sufrimientos…*, *Las cuitas del joven Werther*[1]. C'est cette dernière traduction que je préfère, peut-être parce qu'il s'agit de la version que je possédais avant de lire ce livre en allemand. Mais je n'ai jamais très bien compris ce qu'était cette histoire de *cuitas*[2].

Le sujet de ce roman épistolaire est bien connu. Le jeune Werther a rejoint le village idyllique de Wahlheim afin de se consacrer paisiblement à la peinture et à la lecture. Mais à l'occasion d'un bal organisé par les jeunes gens de l'endroit, il fait la connaissance de Charlotte – Lotte pour les amis – et il en tombe éperdument amoureux. Bien que la jeune fille soit déjà promise à un autre que lui, Werther lui rend souvent visite dans l'espoir de s'en faire aimer. Sa passion ne fait que croître, comme il arrive souvent lorsqu'on est ignoré. Suivant les conseils de Wilhelm, son ami et confident, le jeune homme s'éloigne du village et entre au service d'un ambassadeur en tant que secrétaire. Mais la vie mondaine lui est odieuse et il revient à Wahlheim. Se trouvant dans l'impossibilité d'aimer Lotte, qui s'est mariée, Werther se suicide d'un coup de pistolet.

Résumée ainsi, l'histoire peut sembler un peu mièvre et exagérée, mais Goethe donne à toute cette affaire un petit air existentiel. En fin de compte, on en retire l'impression que l'amour démesuré de Werther n'est qu'une excuse et qu'il est, en fait, las de vivre.

---

1. *Les peines du jeune Werther, La passion du jeune Werther, Les chagrins…, Les malheurs…, Les tribulations…, Les souffrances…, Les afflictions du jeune Werther.*

2. Le mot *cuitas*, désormais très peu usité, renvoie à des mots tels que « tourments » ou « afflictions ».

C'est là du moins mon interprétation, et non celle de mes étudiants. Plus de deux siècles après, les jeunes gens et les jeunes filles aiment toujours cette œuvre. Peut-être parce qu'ils ont un âge auquel il est encore possible d'idéaliser l'amour.

Les étudiants apprécient que je leur parle de la fureur que ce roman déchaîna à l'époque. En moins de deux ans, il fut traduit en douze langues – parmi lesquelles le chinois –, ce qui était alors rarissime. Cette œuvre donna naissance à un style de vie dans le monde entier : des légions de romantiques s'habillaient d'un frac bleu et d'un gilet jaune, à l'instar du protagoniste, pleurant abondamment et rédigeant des lettres désespérées à leurs bien-aimées. Napoléon lui-même affirmait avoir lu à sept reprises ce livre qu'il emportait avec lui sur les champs de bataille.

Imitant leur héros, des centaines de jeunes gens finirent par se suicider, et dans certaines villes telles que Leipzig, le roman fut interdit.

Werther est en grande partie responsable du concept d'amour romantique que l'on connaît aujourd'hui encore. Il s'agit d'une œuvre magnifique, même si certains emportements du protagoniste me font rire. Et je suis sûr que, plus d'une fois, Goethe lui-même ne put s'empêcher de rire aux éclats pendant qu'il écrivait ces lignes.

L'assaut

La nuit glacée avait embué les vitres de la cuisine, où je préparais mon dîner en silence. Je n'ai jamais aimé les dernières heures de la journée. C'est comme si je lisais mon propre déclin dans celui du jour. C'est à ce moment que la solitude plante le plus profondément ses crocs invisibles.

Tandis que je me faisais cuire une omelette aux pommes de terre dans une petite poêle, je me demandais pourquoi ça n'avait pas marché avec les différentes filles que j'avais connues. La dernière, cela remontait à de nombreuses années. C'était une blonde très drôle. Son seul défaut était d'avoir déjà un fiancé, mais j'avais mis plusieurs mois à m'en apercevoir. À la fin, son propre frère avait eu pitié de moi et m'avait conseillé, au cours d'un tête-à-tête, de laisser tomber.

— Elle ne vous aime ni l'un ni l'autre, m'avait-il annoncé. Si elle aimait son fiancé, elle ne serait pas avec toi. Et si elle t'aimait, elle quitterait immédiatement son fiancé.

Cette équation toute simple m'avait renvoyé à ma solitude.

Au moins, Werther avait un ami fidèle, Wilhelm, auquel il pouvait confier ses peines. Je n'avais pas même cela.

Je suppose que j'ai cessé de chercher à me faire des amis parce que j'avais peur de connaître de nouvelles déceptions. Pendant mon adolescence, je jouais trop souvent le jeu des autres, et ils me laissaient tomber dès que j'avais besoin d'eux. D'autre part, il n'est pas non plus facile de rencontrer des gens avec lesquels on peut avoir une conversation un tant soit peu intéressante.

Le monde et ses bêtises me blessent.

J'allumai la radio et tournai le bouton de syntonisation pour trouver de la musique. Je tombai sur la retransmission, depuis Tokyo, d'une jam-session. Au moment précis où je fis sauter l'omelette pour la retourner, le public qui assistait au concert applaudit à tout rompre.

Faisant comme si cette ovation était destinée au cuisinier, je m'inclinai à deux reprises pour saluer, avant de retourner à mes fourneaux.

À 23 heures, j'étais déjà au lit et j'avais éteint la lumière, mais je continuais à écouter la retransmission. Apparemment, quatre pointures du jazz accompagnaient un cinquième musicien venu fêter le cinquantième anniversaire de son premier concert sur cette scène.

Tandis que j'écoutais cette compétition de virtuoses, les yeux fixés au plafond, l'image du Japonais archimort revint me hanter.

Peut-être qu'il s'est senti mal fichu au milieu de la nuit et qu'il n'a pu demander de l'aide à personne, pensai-je. *Ça explique sans doute pourquoi les gens mariés vivent, d'après ce qu'on dit, plus longtemps que les célibataires. Par exemple, s'il m'arrivait une tuile maintenant...*

À peine avais-je formulé cette pensée que je sentis sur la poitrine un choc qui me coupa le souffle. Tandis que je cherchais le téléphone d'une main, je sentis que des gouttes de sueur froide perlaient sur mon front. Le combiné tomba par terre. Tremblant des pieds à la tête, je parvins à allumer la lampe de ma table de nuit. Ce fut alors que je le vis.

Deux yeux verts et ronds me regardaient fixement.

Le chat.

Il s'était caché dans l'appartement et venait de sauter sur ma poitrine, d'où il m'observait d'un œil inquisiteur.

— Sale bête ! criai-je en me levant d'un bond, tandis que l'animal fuyait au salon. Tu m'as fichu la trouille !

La situation exigeait un retour à des méthodes archaïques, de sorte que je saisis le balai de la cuisine et que je fis irruption dans le salon, hors de moi, bien décidé à expulser cet intrus.

Mais pas la moindre trace du chat.

Je posai le balai contre le mur et inspectai en vain tous les recoins du salon. Puis je poursuivis dans la chambre : il n'était pas sous les couvertures, ni sous le lit, ni dans l'armoire qui était restée à demi ouverte.

La seconde expédition dans le salon fut aussi infructueuse que la première et je ratissai le reste de l'appartement avec le même résultat. Il était évident que ce chat était un virtuose du cache-cache et qu'il n'allait pas me rendre la tâche facile.

Soudain, je me sentis accablé de fatigue. Deux tiraillements dans le dos me convainquirent de ne plus me baisser et de retourner au lit.

— J'ai perdu la bataille, mais pas la guerre ! dis-je à voix haute en entrant dans ma chambre. Demain, je mettrai l'appartement sens dessus dessous jusqu'à ce que je te trouve. Tu vas voir !

Je me glissai dans le lit et m'endormis presque aussitôt. Je n'eus même pas le temps d'éteindre la radio. La jam-session était finie.

Premières victoires

Je me réveillai avec une sensation d'oppression et de vibration sur la poitrine. Et je n'eus pas besoin d'ouvrir les yeux pour écarter l'hypothèse d'un infarctus.

Encore dans les limbes, je constatai que le chat dormait, placidement roulé en boule sur ma poitrine.

— Tu es obstiné, hein ? lui dis-je, tout en me demandant si je devais lui tordre le cou sur-le-champ.

Presque par curiosité, je passai la main dans son poil court et doux. Le chat ronronna tout en ouvrant ses yeux ensommeillés. Puis il fit des étirements : il levait le dos tout en avançant les pattes antérieures. Enfin, il resta assis sur mon estomac. Il ronronnait de plus belle et il me sembla qu'il souriait.

Un chat peut-il sourire ?

Après le petit déjeuner, je décidai que l'intrus pouvait rester jusqu'à la réouverture de la SPA. J'avais trouvé leur numéro de téléphone dans l'annuaire, mais une voix digitale m'avait précisé qu'ils étaient fermés jusqu'au 6 inclus, après les fêtes.

Je me souvins alors qu'il existait, dans un journal d'annonces gratuit, une rubrique réservée aux animaux de compagnie.

Ça peut être une solution, si le refuge me fait des difficultés, pensai-je, et j'entrepris aussitôt de fouiller mon cagibi. Je finis par mettre la main sur un vieil exemplaire de ce journal que j'avais déjà utilisé pour acheter des meubles d'occasion.

J'appelai, et un homme à la voix maniérée s'occupa tout de suite de moi. Je lui indiquai à quelle rubrique correspondait mon annonce et lui dictai :

« Offre jeune chat. Peu servi. Excellent état. Appeler l'après-midi. »

Je m'étais dit qu'une pincée d'humour pourrait aider à placer cet animal, mais mon interlocuteur ne semblait pas de cet avis.

— C'est tout ? questionna-t-il après avoir noté mon numéro de téléphone.

— Je crois, oui.

— Je ne peux pas accepter votre annonce en l'état. Et les vaccins ?

— Pardon ? lui demandai-je, sans comprendre de quoi il voulait parler.

— Dans cette rubrique, on n'accepte que les animaux dont les vaccins sont à jour. Comme ça, le journal n'est pas responsable en cas de contagion. C'est pour ça qu'il faut le préciser.

J'étais sur le point de lui avouer que j'ignorais si le chat était vacciné, mais je me retins pour ne pas retarder la publication de l'annonce.

— Il est vacciné, mentis-je. Précisez-le à la fin du texte.

— Entendu.

À en croire mon interlocuteur, j'avais eu de la chance, car c'était le jour du bouclage et mon annonce allait paraître dans le numéro du 8 janvier. Je décidai par conséquent de reporter au 15 mon expédition à la SPA. Je devais laisser passer un peu de temps, pour le cas où une âme charitable adopterait cette créature. Mais la question des vaccins devait encore être réglée. La personne qui viendrait ne manquerait pas de me demander son carnet.

Tandis que je réfléchissais à ces questions, le chat m'observait, confortablement installé dans le canapé. Sans quitter sa pose élégante, il suivait du regard mes allées et venues dans le salon et remuait parfois la queue impatiemment.

J'ai pour habitude de me débarrasser des corvées au plus vite, si bien que je consultai à nouveau l'annuaire pour chercher un vétérinaire. Parmi tous les cabinets encadrés, j'en dénichai un qui se trouvait assez près de chez moi. Je téléphonai pour prendre rendez-vous.

Une voix féminine un peu sèche me répondit.

— C'est pour qui, la consultation ?

— Pour un chat. Il lui faut un carnet de vaccination.

— À quel nom ?

— Samuel de Juan.

— Le nom du chat ?

La question me prit au dépourvu. *Est-il nécessaire que les animaux aient un nom ?* me demandai-je. J'avais devant les yeux une étagère pleine de romans et mon regard se posa sur *Le marin rejeté par la mer*. Ne voulant pas donner davantage d'explications, j'indiquai le nom de son auteur :

— Mishima.

Le chat répondit d'un miaulement sonore, comme s'il acceptait de s'appeler comme l'écrivain japonais qui s'était suicidé en se faisant hara-kiri.

— Vous dites ?

Et tandis que j'épelais le nom, je me rendis compte que se posait un problème logistique. Comment allais-je emmener le chat à cette consultation ? Il avait prouvé qu'il savait se faire insaisissable et je ne voulais pas avoir à le poursuivre en pleine rue. Je fis part de mon inquiétude à la voix féminine.

— Vous allez avoir besoin d'une cage de transport, me dit-elle.

— Une cage de transport ? Qu'est-ce que c'est que ça ?

Mishima – Mishi pour les intimes – semblait s'amuser de la situation. Le nombre de coups de queue par minute avait augmenté de façon significative.

La voix m'expliqua qu'il s'agissait d'une boîte homologuée destinée au transport des animaux. Elle me suggéra de passer d'abord au cabinet pour en acheter une et de revenir ensuite avec le chat.

— Cela fait trop d'allées et venues, répondis-je sur un ton irrité. Je ne peux pas perdre ma journée pour un chat. Il n'y a pas d'autre solution ?

— Vous pouvez demander une visite à domicile, mais c'est beaucoup plus cher.

— Peu importe. Finissons-en au plus vite.

— Il faudra que je vienne moi-même, dit-elle, apparemment contrariée. Je suis de garde. En début d'après-midi, ça vous convient ?

Je répondis oui et en profitai pour lui commander tout l'attirail nécessaire : les gamelles, les croquettes, la litière… Sans oublier la cage de transport.

À 14 h 30, la sonnette retentit, et je sus que c'était elle parce que personne ne vient jamais me voir. En ouvrant la porte, j'eus une bonne surprise : la vétérinaire était une belle femme d'une trentaine d'années. En dépit de ses cheveux courts et de ses lunettes, elle avait des traits agréables et un beau front dégagé. Son air sérieux, mais pas tendu, indiquait qu'elle n'aimait pas perdre son temps pour des bêtises.

Juste le genre de femme que j'aimerais avoir pour amie, pensai-je.

Je me voyais parfaitement en train de goûter avec elle, autour d'une tasse de chocolat et de quelques gâteaux, dans l'une des *granjas*[1] de la rue Petritxol.

Le ton sec de sa voix me tira de ma rêverie.

— Commençons tout de suite, dit-elle impatiemment. J'ai beaucoup de travail, aujourd'hui.

— Bien sûr.

Je pris les deux grands sacs et la priai de me suivre au salon, où Mishima avait passé toute la matinée. Mais à notre arrivée, le canapé était vide.

— Où est votre chat ? demanda-t-elle en ouvrant une petite trousse sur la table.

Je courus dans la chambre pour voir si le chat s'était réinstallé sur le lit. Mais il ne s'y trouvait pas. J'allai ensuite à la cuisine, où il avait son assiette de lait. Il n'y était pas non plus. De retour au salon, je vis que la vétérinaire refermait sa trousse et qu'elle s'apprêtait à partir.

— Soyez un peu patiente, lui dis-je, il va revenir.

— N'y comptez pas trop. Tous les chats se cachent le jour de la vaccination. Vous ne le saviez pas ? Il aurait

1. Crèmeries-salons de thé où l'on peut déguster des produits laitiers, du chocolat et des pâtisseries.

fallu l'enfermer dans un endroit où vous auriez pu le surveiller.

— En fait, je ne connais rien aux chats. Vous voulez boire un café ? J'aimerais vous demander quelques conseils.

— Désolée, mais j'ai une visite à 3 heures, fit-elle sèchement. Et puis, c'est pour le chat que je suis venue, pas pour vous.

Sa réponse me blessa. Je lui arrachai la facture des mains pour en finir au plus vite, réglai scrupuleusement la totalité de son montant – consultation comprise – et lui donnai un généreux pourboire, parce que je n'avais pas de monnaie. Puis je me disposai à la raccompagner jusqu'à la porte.

— Lorsque vous le retrouverez, enfermez-le dans la cage et amenez-le au cabinet. Ce n'est pas la peine de prendre rendez-vous.

J'acquiesçai d'un mouvement de tête. Avant d'emprunter le couloir, la vétérinaire me montra une pâte gluante – une sorte de bouillie – sur le bord du tapis. Je ne l'avais pas vue auparavant.

— Et ne lui donnez plus de lait, conclut-elle. Les chats ne le tolèrent pas et ça les fait vomir.

Ce dernier conseil me réconcilia avec elle et je la remerciai avant de fermer la porte.

À peine deux minutes plus tard, Mishima fit son apparition dans le salon et me salua d'un miaulement musical. Comme si de rien n'était. Je ne sus jamais où il s'était caché.

— Tu en as fait de belles ! le grondai-je. Tu es incorrigible, tu sais ?

Le vieux rédacteur

Troisième jour de l'année. Je me réveillai en ayant mal aux os et en éprouvant une sensation de fièvre. Vraisemblablement, la grippe était en train de venir à bout de mes dernières défenses.

Mishima sauta du lit en même temps que moi et nous prîmes notre petit déjeuner, chacun dans sa gamelle, comme deux célibataires qui partagent un appartement. Cette situation exceptionnelle ne devait pas se prolonger au-delà du 15 janvier.

En me levant de la table de la cuisine, la tête me tourna subitement. J'ouvris le tiroir où je rangeais les médicaments, mais je n'y trouvai qu'une boîte d'analgésiques vide.

Je vais devoir descendre à la pharmacie avant que ça n'empire, me dis-je.

Un homme qui vit seul doit être deux fois plus prévoyant qu'un autre, car il ne peut compter que sur lui-même pour s'en sortir.

Sans même ôter mon pyjama, j'enfilai la première chose qui me tomba sous la main et m'apprêtai à sortir, bien décidé à être de retour en un clin d'œil.

C'est alors qu'il se produisit à nouveau quelque chose d'inattendu. J'étais déjà sur le palier et sur le point de fermer la porte, lorsque Mishima sortit comme une flèche par l'entrebâillement et grimpa l'escalier en courant.

— Sale bête ! criai-je, et ma voix résonna dans tout l'escalier.

Il paraissait évident que ce chat n'était pas entré dans ma vie pour me faciliter les choses. Le front brûlant, j'allai chercher la cage de transport et montai à mon tour, résolu à le capturer et à le laisser enfermé dans cette boîte jusqu'au 15 si nécessaire.

Il n'y a heureusement qu'un étage de plus dans l'immeuble, si bien que j'avais l'espoir de pouvoir le coincer et le ramener au bercail. Mais je commençais à comprendre qu'un chat ne fait jamais ce qu'on attend de lui.

Je le découvris, bien calme, sur le paillasson de l'appartement situé au-dessus du mien. Il grattait à la porte patiemment avec sa patte, tout comme il l'avait fait chez moi trois jours plus tôt.

Soudain, je me crus sauvé. Le chat appartenait sans doute au vieux qui habitait l'étage en terrasse. C'était un homme d'aspect farouche. Il était chauve comme une boule de billard et il était difficile de deviner son âge, même si les nombreuses rides qui sillonnaient son front et son cou laissaient penser qu'il avait plus de soixante-dix ans. Il était déjà là lorsque j'avais emménagé six ans plus tôt, mais depuis lors, je ne l'avais croisé que très rarement.

Je sonnai et la porte s'ouvrit avec un puissant bourdonnement. Je la poussai et le chat se faufila immédiatement à l'intérieur. Mon hypothèse était donc la bonne.

Je pénétrai dans l'appartement sans savoir exactement pourquoi. Après tout, une fois le chat rendu à son propriétaire, tout était réglé.

Une odeur douceâtre flottait dans l'air, semblable à celle de musc dans un brûle-parfum.

— Bonjour ? dis-je en refermant la porte derrière moi.

Je n'avais pas la force de dévaler l'escalier à la poursuite du chat s'il s'échappait à nouveau.

Personne ne répondit.

Intrigué, j'avançai le long d'un couloir semblable au mien. Avant d'arriver au salon, cependant, je m'arrêtai à la hauteur d'un tableau qui retint mon attention. Il s'agissait d'une reproduction du *Voyageur contemplant une mer de nuages* de Caspar David Friedrich, le plus important des peintres romantiques allemands.

Pendant mes études, je m'étais beaucoup intéressé à son œuvre peuplée de paysages mélancoliques, presque mystiques, sur lesquels règne un sentiment de solitude et de séparation. Dans l'un de ses tableaux les plus tristes, baptisé *La Mer de glace*, on devine l'ombre d'un bateau qui a fait naufrage sous une pyramide de plaques de glace. Selon un spécialiste de Friedrich, « cette œuvre est un monument au triomphe de la nature sur les aspirations humaines, l'essence même du pessimisme romantique ».

Le *Voyageur*, que je retrouvais ainsi bien des années plus tard, montre un homme de dos, décoiffé, debout sur un rocher escarpé. Appuyé sur un bâton, il contemple le turbulent océan de nuages qui s'étend à ses pieds. Il pourrait parfaitement s'agir de Werther avant qu'il ne se décide à en finir.

J'avais vu ce tableau à de nombreuses reprises. Je crois même que j'avais admiré l'original dans un musée de Hambourg. Et pourtant, le *Voyageur* venait de prendre un sens nouveau à mes yeux. Je compris qu'il était une allégorie de ma vie. J'étais comme ce type : juché sur une montagne, mais ne comprenant rien à ce qui se passait ici-bas.

— Vous entrez, oui ou non ? fit une voix impatiente qui provenait du salon.

— Moi ? demandai-je, tandis que je redescendais brusquement de cet océan de nuages.

— Qui d'autre, sinon ?

Puis il éclata de rire.

Vexé, je passai au salon dans l'intention de régler la question du chat et de ficher le camp.

Le vieux était assis derrière un bureau moderne qui occupait le centre de la pièce. J'examinai la table, cherchant à découvrir le dispositif qui lui avait permis d'ouvrir la porte, mais je ne vis qu'un ordinateur portable. À cet instant, son propriétaire tapait dessus comme si j'étais invisible. À côté de lui était posé un livre de vulgarisation scientifique que j'avais possédé et dont je m'étais défait : *Une histoire de tout, ou presque*. C'est dans cet ouvrage que j'avais lu l'histoire des 650 000 heures.

Avant que le vieux n'interrompe son travail et ne lève les yeux, j'eus encore le temps de remarquer une chose curieuse. Près de lui, sur une table plus petite, il y avait un circuit de trains miniatures semblable à ceux que possédaient les enfants de mon époque. Sous la table, un tapis moelleux sur lequel le chat avait pris ses aises.

Le vieux s'adressa à moi sur un ton soudain devenu plus doux.

— Dites-moi ce qui vous amène.

— Je suis arrivé jusqu'ici en poursuivant le chat. Mais je vois qu'il vous appartient.

— Eh bien, vous voyez mal.

Mishima se débarbouillait, en humidifiant tout d'abord sa patte avec sa langue. Ce n'était manifestement pas la première fois qu'il s'installait sous cette table.

— Alors, à qui appartient-il ?

— Ce chat s'appartient à lui-même, comme vous et moi.

Il paraissait évident que le vieux aimait les joutes verbales – ce que je n'ai jamais supporté pour ma part. Le plus raisonnable aurait sans doute été de quitter immédiatement les lieux et de le laisser avec le chat, quel que soit son propriétaire.

Mais une raison inexplicable me retenait dans ce salon, comme si mes talons avaient été cloués dans le parquet. Le vieux s'étant remis à tapoter sur son ordinateur, je regardai à nouveau le circuit de trains absurde, puis le livre, sur la couverture duquel flottait le globe terrestre.

— J'ai possédé ce livre, mais j'ai fini par l'offrir, dis-je, presque surpris moi-même de raconter cela à un inconnu.

— Pourquoi ? interrogea-t-il sans quitter l'écran des yeux. C'est un ouvrage magnifique.

— La science me déprime. C'est désespérant d'être un tas d'atomes en attente de dissolution. Et le fait de savoir qu'ils se recombineront pour former un tas de fumier – ou, avec un peu de chance, un tapis de champignons – ne parvient pas à me consoler.

— Je vois que vous n'avez absolument rien compris, se moqua-t-il en éteignant l'ordinateur et en le refermant avec précaution. La science est le chemin le plus court pour atteindre Dieu. D'ailleurs, lorsqu'on creuse un peu la biographie des grands scientifiques, on s'aperçoit qu'ils étaient mystiques.

— Peut-être, mais cela n'a rien à voir avec ce que je suis en train de dire. Moi, ce qui m'ennuie, c'est que 650 000 heures après ma naissance, mes atomes et mes molécules aillent former des choses sans me demander mon avis.

— Les atomes et les molécules ne sont rien.

— Je croyais qu'ils étaient tout, ripostai-je. Avec le vide, naturellement. Car j'ai suffisamment lu pour savoir que le vide est omniprésent, dans l'univers comme au niveau moléculaire.

— Oubliez le vide. Pour l'instant, ce que je vois de plus vide, c'est votre tête.

Et il me regarda fixement, comme s'il voulait juger de ma réaction. Mais je ne répondis rien. Cet homme commençait à me fasciner. Il poursuivit :

— Les atomes sont semblables aux lettres. Celles qui composent les chants de Kabîr ou la Bible servent aussi à rédiger la rubrique « Courrier du cœur » d'un magazine ou le prospectus d'une lotion capillaire. Vous voyez où je veux en venir ?

— Non.

— Je vais vous donner un autre exemple, puisque vous me semblez avoir la tête un peu dure. Les mêmes blocs de pierre peuvent servir à bâtir la Sagrada Familia ou les murs d'Auschwitz. Les briques importent peu, c'est l'usage que nous en faisons qui compte. Vous me suivez, maintenant ?

— Je crois que oui.

— Donc, lorsque nous parlons de briques, de pierres ou d'atomes, ce qui compte c'est qui les agence et à quel usage nous les destinons. Pour le dire autrement, ce n'est pas ce que nous sommes, mais ce que nous faisons de ce que nous sommes, qui importe. Il est indifférent de vivre 650 000 heures ou six heures et demie. Les heures ne servent à rien si l'on ne sait pas quoi faire d'elles.

Il se tut brusquement et je ne trouvai rien à ajouter. J'étais impressionné ; je ne m'attendais pas à ce genre de discours de la part de l'ours qui vivait au-dessus de chez moi. Le silence devenant un peu gênant, je demandai :

— Vous vous consacrez à la science ?

— Froid. Vous n'y êtes pas.

— À la philosophie ?

— Glacé. Je ne suis qu'un simple rédacteur qui aime fureter aux frontières de la connaissance.

— Un rédacteur… Cela veut dire que vous écrivez des articles ?

— Si j'écrivais des articles, je vous aurais dit que j'étais journaliste. Et j'ai dit rédacteur. Mon travail consiste à rassembler des textes épars afin de composer les livres que les éditeurs me demandent.

— Expliqué de cette façon, cela paraît très simple, répliquai-je en prenant place dans le canapé sans lui en demander l'autorisation.

— C'est simple quand on a des sources, c'est-à-dire quand on sait où chercher. Si on me demande une anthologie de poèmes d'amour, je sais lesquels de ces textes plairont le plus au public et où je peux les trouver.

Si on me demande un livre sur les remèdes naturels, je sais aussi quels ouvrages il me faut consulter. J'imagine que je suis une espèce de compilateur.

Je demeurai quelques instants mi-pensif, mi-surpris. J'ignorais l'existence d'un travail tel que celui-là. Jusqu'à ce jour, j'avais imaginé que tous les livres étaient rédigés par des auteurs qui étaient des experts dans leur domaine. Je lui demandai :

— Je peux savoir ce que vous êtes en train de compiler, en ce moment ?

Le vieux m'adressa un sourire malicieux avant de répondre :

— Il s'agit d'une commande délicate, parce qu'en plus de faire des recherches dans des livres, il me faut recueillir des témoignages. Peut-être d'ailleurs aimeriez-vous apporter votre pierre à l'édifice.

— De quoi s'agit-il ?

— Le livre s'appelle *Fais un break*. Il contient des récits de personnes qui ont vécu un moment magique, une espèce de *satori*. Vous savez, lorsque le temps semble s'arrêter…

— Je ne crois pas pouvoir vous aider. Je ne me souviens pas avoir connu de tels moments. Ma vie n'est pas très palpitante, voyez-vous. À moins que je n'atteigne le *satori* au moment où je retourne mon omelette.

— Tant pis. Peut-être pourrez-vous alors m'aider d'une autre manière. Puisque vous êtes entré chez moi – avec un chat dans vos bagages, en plus – et que vous semblez avoir du mal à partir, rendez-moi un service.

Cette demande encore imprécise me prit au dépourvu. Le vieux avait raison : que diable faisais-je à bavarder avec un étranger dont j'ignorais jusqu'au nom ? Et pourtant, les bonnes manières me commandèrent de répondre :

— Cela va de soi.

Le vieux frappa doucement la table de la paume de ses mains pour montrer son enthousiasme, puis il fit pivoter son siège jusqu'au circuit de trains. Tandis qu'il s'affairait à dévisser quelque chose, il dit :

— Au fait, je m'appelle Titus. C'est un nom un peu surprenant, si bien que j'utilise toujours un pseudonyme pour signer mes livres.

Je me présentai à mon tour, tout en observant avec étonnement le vieux détacher avec soin un rail – l'une des courbes – et me le tendre en souriant.

— Je ne sais pour quelle mystérieuse raison, il s'est déformé et fait dérailler les trains.

— Et que voulez-vous que je fasse ? fis-je, surpris, le rail entre les doigts.

— Depuis quelques jours, mes jambes me jouent des tours. Peut-être le froid a-t-il réveillé mes rhumatismes, qui sait ? Toujours est-il que le magasin de modélisme se trouve dans le centre-ville. Ce n'est pas très loin, pour un jeune homme tel que vous.

Je me maudis d'avoir accepté avant même de savoir de quoi il s'agissait : alors que la fièvre continuait de monter, j'allais devoir traverser la moitié de la ville pour un jouet !

— Vous n'êtes pas un peu grand pour jouer au petit train ? lui lançai-je.

Je croyais que ce commentaire le blesserait, mais l'homme semblait maintenant rayonner de bonheur. Il se leva avec peine et me tapa dans le dos.

— Cela me détend de voir rouler les trains lorsque je réfléchis. Il est bon d'avoir un point où fixer son attention pour méditer.

Je rangeai le morceau de voie ferrée dans ma poche

et, avant de mettre un terme à cette étrange rencontre, je lui demandai :

— Au fait, par simple curiosité… Comment s'appelle ce chat, en réalité ?

Durant notre conversation, il était resté sous la petite table. À présent il dormait, roulé en boule.

— Mais je n'en sais rien ! Posez-lui la question. Je vous ai déjà dit qu'il n'était pas à moi. Mais je vous le garderai pendant que vous irez au magasin.

Gabriela

Lorsque je sortis dans la rue, je me sentis vraiment fiévreux. Après avoir fait escale dans une pharmacie, je cherchai en vain un taxi. Ils étaient tous occupés, sans doute par des gens qui allaient au centre-ville faire les derniers achats avant le jour des Rois.

Les cartes de crédit sont en train de chauffer, me dis-je, *et moi je vais tomber vraiment malade à cause d'un rail miniature !*

Grelottant, et fulminant contre le vieux, je me dirigeai vers la rue Balmes, l'une des artères qui mènent au centre-ville. En attrapant le 16 ou le 17, j'arriverais au débouché de la rue Pelayo, à l'endroit précis où se trouvait le magasin.

Mais pendant vingt minutes, seules les rafales d'un vent assassin passèrent devant l'arrêt d'autobus. Je m'aperçus ensuite qu'il y avait un écriteau indiquant que les chauffeurs étaient en grève.

Maudissant mon sort, j'entrepris de descendre la rue Balmes à grandes enjambées. Si je ne ralentissais pas, je pouvais arriver là-bas en une vingtaine de minutes. À certains moments, ma faiblesse était telle que je crus m'évanouir, mais je parvins à résister aux effets de la fièvre.

J'arrivai sur place vers une heure de l'après-midi. Un employé apathique en blouse bleue examina le rail et m'annonça :

— Je ne sais pas s'il m'en reste. C'est un modèle qui ne se fabrique plus depuis longtemps.

Et il disparut aussitôt dans l'arrière-boutique, que j'imaginai remplie de boîtes de rails miniatures de toutes formes et de toutes largeurs.

Tandis que je patientais, je jetai un coup d'œil sur la vitrine. Une locomotive en faisait le tour et allumait son phare avant lorsqu'elle arrivait à destination, avant de refaire absurdement le chemin inverse, comme s'il s'agissait d'un film que l'on rembobinait.

— Vous avez de la chance, me dit le vendeur en me montrant un rail identique à celui que je lui avais donné. C'est la dernière pièce qu'il nous reste de cette série. Si vous m'aviez demandé un rail droit, vous seriez reparti les mains vides.

Je ne fis aucun commentaire et allai payer à la caisse. Le prix me parut ridicule au regard d'un voyage aussi pénible. L'employé me tendit le rail, soigneusement enveloppé dans un papier marron, et je quittai le magasin.

Je profitai du fait que le feu était encore vert pour traverser la rue, tout en réfléchissant à la façon la plus rapide de rentrer chez moi. Au moment où je me trouvais juste à mi-chemin entre les deux trottoirs, le feu passa à l'orange. Et ce fut alors que je la vis.

C'était une femme qui avait à peu près mon âge. Elle était grande, élancée, et avait une chevelure noire abondante et ondulée. Ses yeux légèrement en amande et la constellation de taches de rousseur sur ses pommettes achevèrent de me convaincre qu'il s'agissait bien d'elle. Je ne la vis qu'un instant – le dixième de seconde durant lequel nous nous trouvâmes face à face. Et, à travers son regard perplexe, je compris qu'elle aussi m'avait reconnu.

Soudain, ce fut comme si le temps s'était arrêté – dans un *satori* semblable à ceux du livre – et le passé resurgit avec une clarté stupéfiante.

Je revins trente ans en arrière, jusqu'à un samedi après-midi que je croyais oublié. Comme chaque week-end, je m'étais rendu avec ma sœur dans un petit hôtel particulier des Ramblas. Il y avait un grand escalier de marbre et plein d'endroits où se cacher. Nous allions là-bas parce que l'une de ses amies de classe habitait juste à côté. Il y avait toujours des enfants du quartier qui venaient participer aux jeux qui s'y organisaient de façon spontanée. Ce jour-là, il s'agissait d'un cache-cache classique.

Je me rappelle que je m'étais dissimulé sous un escalier, mais quelqu'un avait déjà eu la même idée. Il s'agissait d'une fillette de six ans environ, comme moi, aux cheveux noirs, frisés, et au regard vif.

— Est-ce qu'on t'a déjà donné un baiser papillon ? m'avait-elle murmuré.

— Non, avais-je répondu, effrayé. Qu'est-ce que c'est ?

Aussitôt, elle avait ouvert et refermé les yeux plusieurs fois contre ma joue.

Je n'étais jamais parvenu à oublier complètement cette fillette que je n'avais plus revue. Jusqu'à maintenant. Car c'était elle, sans aucun doute, qui avait traversé la rue et qui s'était arrêtée un instant lorsque nous nous étions croisés.

Aussi étrange que cela puisse paraître, il me sembla qu'elle n'avait, pour l'essentiel, pas vraiment changé.

Et durant ce dixième de seconde, je sus que j'avais toujours aimé Gabriela – je me souvenais encore de son prénom. Je compris soudain qu'elle était l'amour de ma vie et que je ne pourrais jamais aimer personne comme cette fillette qui m'avait donné un baiser papillon sous l'escalier. Je ne me l'expliquais pas. Je le savais, tout simplement.

Le *satori* se dissipa et chacun de nous se dépêcha de regagner son trottoir – le feu était passé au rouge. En arrivant de l'autre côté, je me retournai et vis qu'elle se retournait aussi, un léger sourire aux lèvres, avant de poursuivre sa route.

J'aurais aimé la retenir, lui poser des questions sur sa vie, ou même partager un café, mais les voitures occupaient à nouveau l'asphalte, effaçant tout chemin de retour vers le passé.

Je crois que je levai un bras, car un taxi s'arrêta à mon côté, comme si je l'avais appelé. Je montai par inertie et murmurai mon adresse sans en avoir conscience. J'étais affalé sur la banquette arrière, mon cœur battait d'une façon étrange et je ressentais une pression au niveau de l'estomac que je n'avais plus éprouvée depuis mon adolescence.

Tandis que l'on se faufilait entre les voitures, j'eus un moment de lucidité : j'avais été frappé par une illumination quelques secondes après la réapparition – et la disparition – de Gabriela.

De par son évidence, ce raisonnement aurait peut-être été sans valeur pour un autre que moi, mais je l'accueillis comme une révélation. D'une certaine façon, je compris que Gabriela, l'amour de mon enfance, était revenue parce que j'avais rempli une assiette de lait. Les deux choses n'avaient aucun rapport en apparence, mais elles en avaient à un niveau plus profond.

C'était au moment où je lui avais préparé un peu de lait dans la cuisine que le chat avait réussi à se cacher chez moi. Il m'avait mené jusqu'au vieux et ce dernier m'avait conduit jusqu'au magasin de trains et à Gabriela.

Le tronçon de voie ferrée que j'avais en poche prenait à présent un sens transcendant. Cette courbe en aluminium m'avait dévié de ma route pour me jeter dans les bras d'un fantôme du passé.

Je compris soudain que notre avenir dépendait d'actions aussi infimes que donner à manger à un chat ou acheter un rail miniature.

Mais quel pouvait être le sens de tout cela ? Fallait-il que je tente de retrouver Gabriela ? Devais-je reprendre ma vie là où je l'avais laissée, trente ans plus tôt ? Où conduisaient les maillons de cette chaîne ?

L'amour en minuscules, me dis-je, *voilà le secret*. Il me semblait que ces mots ne venaient pas de moi, mais du rayon de soleil qui traversait la vitre du taxi et qui illuminait une galaxie de particules de poussière.

Une chose était claire : sans cette assiette de lait, je n'aurais pas retrouvé Gabriela. Tout était parti de là.

II

La face cachée de la Lune

Le jour des Rois

La grippe m'avait tenu prostré dans mon lit trois jours durant, et j'avais l'impression de sortir d'un long et pénible cauchemar. Pendant tout ce temps, Mishima ne s'était presque pas éloigné. Comme s'il savait que le pire était passé, il s'approcha en ronronnant et me donna un petit coup de tête contre la joue.

Il me signifiait quelque chose comme : « Secoue-toi et sors de ce lit. Tu as des choses à faire : me donner à manger et à boire, nettoyer ma litière et tout ça… »

Je regardai le réveil du coin de l'œil – pour voir la date surtout, car j'avais perdu la notion des heures et des jours. Six janvier, 10 h 44.

C'est donc aujourd'hui le jour des Rois, me dis-je en tâtant du pied le sol froid. Je me sentais faible, mais l'absence de fièvre et la faim grandissante indiquaient que j'allais bientôt pouvoir reprendre une vie normale. Mais aussi, hélas, qu'il me faudrait manger chez ma sœur – ce que je pouvais peut-être éviter en prenant prétexte de la grippe.

L'inspection sommaire de l'appartement me révéla que je m'y étais déplacé comme un fantôme pendant ma convalescence. Je ne me rappelais pas avoir préparé la gamelle de Mishima, mais le tas de croquettes versé à côté du récipient indiquait que j'avais au moins essayé de le faire.

Après avoir rempli le bol d'eau fraîche, je jetai un coup d'œil dans la salle à manger. Il y avait sur la table un mot couvert de griffonnages. Je reconnus mon écriture. C'était le récit maladroit de ma rencontre avec Gabriela au feu rouge.

Donc ça n'a pas été un rêve, pensai-je, et une douce sensation d'euphorie m'envahit.

Tandis que je nettoyais le plan de travail de la cuisine sur lequel du bouillon et du riz avaient été répandus – ce qui trahissait mes tentatives pour me nourrir durant la maladie –, j'allumai la radio. On y entendait le *Requiem* de Verdi, une œuvre déconcertante qui fait alterner le lyrisme le plus délicat et des passages assourdissants.

J'éteignis la radio et scrutai depuis la cuisine le ciel du matin, traversé à cet instant précis par un moineau qui semblait tenir quelque chose dans son bec.

J'irai à ce repas, me dis-je sans savoir pourquoi. J'avais une raison et même un plan, mais je n'en avais pas conscience à ce moment-là – comme s'il y avait en moi un poste de commandement qui ne me tenait informé que lorsque tout était déjà prêt.

Peut-être ce que nous appelons « intuition » n'est-il rien d'autre que la pointe d'un iceberg, la partie visible de quelque chose qui a pris corps à un niveau plus profond. Cette idée est pour le moins inquiétante, parce qu'elle suppose qu'un autre nous-même, œuvrant dans l'ombre, précède nos actes et décide par avance du chemin à suivre.

En passant près du téléphone, je constatai que le répondeur ne clignotait pas. J'avais donc été coupé du monde trois jours durant. Cela aurait pu être trois ans : comme dans le cas de l'homme de Tokyo, personne ne s'en serait aperçu.

Mishima commença à se frotter contre mes jambes pour se faire remarquer.

— Oui, je sais que tu es là, toi. Et Titus est en haut. Nous sommes trois Rois mages qui ne savent à qui offrir leurs cadeaux.

Aussitôt, je me fis la réflexion que ce ne serait pas une mauvaise idée de rendre visite au vieux avant d'aller manger. Je regardai à nouveau le papier sur la table. Il se réjouirait sûrement de savoir que j'avais recueilli un moment magique à son intention.

La machine à sous cosmique

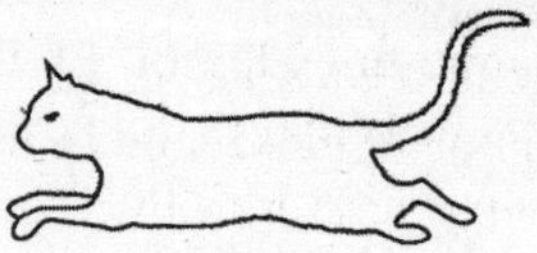

Titus écouta attentivement mon récit après que je lui eus remis le papier. Il le tenait entre ses doigts comme s'il ne savait pas quoi en faire. Lorsque je terminai, il resta pensif quelques secondes durant.

Et tandis que j'attendais, impatient, ses impressions, il me sembla que le vieux avait plus mauvaise mine que la dernière fois. Je me rappelais vaguement lui avoir donné son rail et avoir été suivi par le chat lorsque j'étais revenu à mon appartement. J'avais ensuite succombé aux effets de la fièvre.

À en juger par son teint cireux, Titus n'était pas non plus au mieux de sa forme. Recroquevillé dans un peignoir gris foncé, il faisait penser à un animal attendant le coup de grâce. J'allais l'interroger sur sa santé lorsqu'il me prit de court :

— Je mettrai ton *satori* dans le livre.

— Cela vous paraît idiot ? demandai-je.

— Pas du tout.

Le vieux s'était mis à me tutoyer, mais il était laconique.

Ce qui confirmait qu'il n'allait pas bien. Il aurait été correct de ma part de partir et de le laisser tranquille, mais il y avait quelque chose en lui qui me poussait à me confier, comme cela s'était produit trois jours plus tôt.

— Ce que je veux dire, poursuivis-je, c'est qu'après l'avoir vue, je ne peux pas rester les bras croisés comme si rien ne s'était passé. Je sais que c'est ridicule, mais je crois que je devrais faire quelque chose.

— Eh bien, fais-le.

— Le problème, c'est que je ne sais rien d'elle, excepté son prénom. Je ne sais pas par où commencer. Et quand bien même je la retrouverais, que pourrais-je lui dire pour qu'elle ne me prenne pas pour un fou ? Il me faut une bonne excuse.

— Tu te donnes trop d'excuses, justement. Décide-toi une bonne fois et fais quelque chose !

Sa brusquerie ne me dérangea pas. Au contraire : elle donna des ailes à mon enthousiasme.

— Vous croyez que je dois la retrouver ? C'est le sens de ce qui est arrivé ?

— Sans doute. C'est la mission qui t'a été confiée.

— Mais… Qui me l'a confiée ? Le hasard ?

— Ou l'ombre de Dieu, comme tu préfères.

— J'ai du mal à croire qu'il ne s'agisse que d'un simple hasard. Je ne saurais pas l'expliquer, mais lorsque j'ai croisé Gabriela, j'ai su que je me trouvais là à cet instant parce que c'était nécessaire. Il n'y avait rien de fortuit à ça.

Titus pianota de ses doigts sur le bureau avant de répondre :

— Nous n'acceptons pas le hasard dans notre vie quotidienne lorsqu'il se montre trop capricieux. Mais nous l'acceptons dans l'univers et dans la formation de la vie, qui dépend d'une conjonction d'éléments infiniment plus capricieuse.

— Que voulez-vous dire ?

— La probabilité que la vie apparaisse, c'est comme gagner le jackpot sur un bandit manchot qui alignerait des centaines de symboles. Nous sommes ici parce que, pour une fois, la seule combinaison qui pouvait fonctionner est sortie. Ça ne te semble pas incroyable ? Et puis, qui a mis une pièce pour que les rouleaux de la machine se mettent à tourner ? C'est ça, le grand mystère. Le big bang est sans importance, car ce qui compte, ce n'est pas ce qui s'est passé, mais de savoir qui (ou ce qui) a allumé la mèche.

— Cela signifierait qu'il y a une main invisible derrière tout ce qui nous arrive ?

— Ce serait simplifier beaucoup les choses, dit Titus en souriant pour la première fois. Je crois que c'est Jung qui disait que tous les êtres sont liés par des fils invisibles. Tu tires sur l'un de ces fils et c'est tout l'ensemble qui bouge. C'est pourquoi chaque petit acte affecte tout et nous affecte tous. Il n'est pas besoin de Dieu pour ça.

— Mais cela ne m'aide pas à comprendre pourquoi Gabriela était là, ni surtout ce que je dois faire maintenant.

— Pense à la machine à sous cosmique. Le fait que nous soyons ici est déjà tout un mystère. Un grand mystère, voilà tout ce qu'il y a.

Avoir l'attitude contraire

Ma conversation avec Titus, qui semblait ne plus avoir toute sa tête, n'avait pas précisément servi à clarifier la situation. D'une certaine façon, il m'avait poussé à faire quelque chose, mais sans préciser quoi, ni comment. Peut-être valait-il mieux abandonner toutes ces fantaisies romantiques et oublier cette affaire une fois pour toutes.

Avant de le quitter, je lui avais raconté dans quelles mauvaises dispositions j'allais me rendre chez ma sœur.

— Pour ça, oui, je peux te donner une formule magique, m'avait-il dit alors.

Et lorsque je lui avais demandé de quoi il s'agissait, il m'avait répondu :

— Tu dois avoir l'attitude contraire. Applique cette maxime chaque fois que tu es en colère contre quelqu'un. Il faut faire exactement le contraire de ce que tu ferais naturellement. Crois-moi, ça fait des miracles.

Tandis que j'attendais mon tour à la pâtisserie pour acheter une couronne des Rois, je me proposai de suivre le conseil de Titus, quand bien même ce ne serait qu'à titre d'expérience pour combattre l'ennui.

Rita et Andrés – ma sœur et son mari – formaient un tandem aussi parfait que destructeur. Il avait endossé le rôle du pleurnicheur et se lamentait sans arrêt ; quant à elle, elle se chargeait de désigner les coupables.

Depuis quinze ans qu'ils sont ensemble, je ne me souviens pas avoir jamais assisté à une scène joyeuse dans cette maison. Et j'ai toujours attribué cela au fait qu'ils n'ont pas pu avoir d'enfants. À présent, elle a largement dépassé la quarantaine et j'imagine qu'elle a accepté que plus rien ne changerait. Pas même son sale caractère.

Tandis que je montais en ascenseur jusqu'à leur appartement de l'avenue Diagonal, une sueur froide commença à perler sur ma nuque. C'était toujours la même chose quand j'allais les voir. Le fait de savoir que j'allais passer deux heures avec eux me faisait éprouver un malaise physique avant même d'arriver en haut. C'est ce qu'on appelle une somatisation.

Je dois avoir l'attitude contraire, me dis-je comme si je récitais un mantra, pendant que je sonnais à la porte.

Ce fut Andrés qui se chargea de m'ouvrir. Dès que je vis son expression de bœuf puni, je regrettai de ne pas être resté chez moi et de ne pas avoir fait durer la grippe un jour de plus.

— Comment ça va ? demanda-t-il.

Je savais pertinemment qu'il ne se souciait pas de savoir comment j'allais. Ce « comment ça va » n'était qu'une amorce pour que je lui retourne la question et qu'il puisse commencer à se plaindre. Mais j'appliquai la maxime de Titus et à contrecœur, j'optai pour la solution opposée.

— J'ai eu la grippe pendant trois jours. Mais toi, tu as une mine splendide.

— Vraiment ? réagit-il, stupéfait.

— J'ai du mal à croire que tu aies été opéré de ta hernie il y a deux mois, poursuivis-je. On dirait plutôt que tu es allé dans une station thermale et que tu en es ressorti avec dix ans de moins !

Puis je m'avançai jusque dans la salle à manger, laissant Andrés hébété sur le seuil de la porte. *Ça peut être amusant*, me dis-je.

— Qu'est-ce que tu racontes ? cria ma sœur en guise de bonjour. Tu es ivre ou tu es venu te moquer de nous ?

Si nous vivions dans un monde sans inhibitions, j'aurais déballé tranquillement la couronne des Rois et je la lui aurais lancée à la figure. Mais je voulais poursuivre l'expérience pour voir jusqu'où elle pouvait me conduire.

Je serrai ma sœur dans mes bras et déposai un baiser sonore sur son front.

— J'avais envie de vous voir, mentis-je. La seule chose que je regrette, c'est de ne pas vous avoir apporté de cadeaux cette année.

— Et depuis quand se fait-on des cadeaux ? demanda Rita en m'accompagnant au salon, abasourdie.

— Depuis aujourd'hui. Que diriez-vous d'aller dans un restaurant de fruits de mer un dimanche ? Je vous invite.

J'avais presque du mal à croire que tout cela sortait de ma bouche, mais la farce devait être menée jusqu'à son terme. Soudain, toute tension parut abandonner le visage de ma sœur, laissant place à un sourire timide.

— C’est très gentil de ta part, entendis-je alors, mais Andrés est au régime et je suis végétarienne depuis un mois.

— Tu fais bien. En fin de compte, la viande est bourrée d’hormones et de cochonneries.

— Pour une fois que tu ne me contredis pas, dit-elle.

Puis elle retourna dans la cuisine pour terminer de préparer le repas.

Je m’assis dans le canapé à côté d’Andrés. Hypnotisé, il suivait à présent les informations à la télévision, un verre d’eau à la main. Il me regardait du coin de l’œil de temps à autre, comme s’il craignait vraiment que je sois soûl et que je fasse une bêtise. Lorsqu’il eut enfin compris que cela n’arriverait pas, il soupira :

— Le monde est dans un sale état. Comment ça va finir, tout ça ?

— Il faut faire quelque chose au plus tôt, ajoutai-je sans savoir encore ce que j’allais dire ensuite.

— Parce que tu crois que ça peut s’arranger ? s’exclama-t-il, surpris.

— Bien sûr. D’abord, il faut virer le responsable de ces journaux télévisés. Ils n’ont qu’à en mettre un qui donne de meilleures nouvelles.

À ce moment, Rita arriva avec un plat de lasagnes végétariennes et le posa sur la table.

— On peut savoir ce qui t’arrive ? m’apostropha-t-elle. Tu passes ton temps à dire des bêtises.

Dans des circonstances normales, je me serais assis à table et nous aurions mangé tout en regardant les informations, dans un silence religieux. Mais la maxime de Titus me poussait à faire précisément l’inverse. Je fis l’éloge de chacun des plats qui étaient servis, témoignai de l’intérêt pour certains détails de leur vie, et je racontai quelques anecdotes destinées à animer la soirée.

— Un chat s'est invité chez moi, annonçai-je entre deux bouchées. J'ai d'abord pensé qu'il appartenait à Titus, mais apparemment il n'est à personne.

— Qui est Titus ? demanda Andrés en éteignant la télévision avec la télécommande.

Avant que je ne puisse répondre, Rita intervint :

— C'est très bien que tu aies un chat. Il te donnera de bonnes vibrations. Tu sais qu'ils absorbent l'énergie négative…

Le Samuel habituel lui aurait rétorqué sur un ton ironique : « Précisément, je pensais te l'offrir. » Mais au lieu de cela, j'amenai la conversation sur un sujet inattendu. Je lui rappelai ce que nous avions coutume de faire, trente ans plus tôt, les samedis après-midi. Et je lui demandai si elle savait quelque chose de Gabriela.

— Ce prénom ne me dit absolument rien. Il y avait plein d'enfants qui venaient du quartier gothique et qu'on ne connaissait pas.

— Elle s'était cachée avec moi sous un escalier. Et je crois que c'est toi qui nous avais découverts.

— Et tu t'imagines que je m'en souviens ? En plus, si elle était sous un escalier, c'est que c'était un démon.

— Je pensais que tu ne croyais plus à tout ça…

— Tu sais pourquoi les gens évitent de passer sous les échelles ? Dans un passage de la Bible, je crois, c'est là que se cache le démon.

La conversation dégénéra et on en arriva à parler, je ne sais comment, de la guérison par les bougies – une discipline à laquelle ma sœur s'était intéressée dernièrement. Avant de m'embarquer dans une de nos éternelles discussions, j'avalai mon café en une gorgée et mis un terme à cette visite de courtoisie.

— Va te coucher, me dit Rita d'un air cynique. J'ai l'impression que la grippe t'a ramolli le cerveau.

L'illumination en un week-end

L'après-midi du jour des Rois, mon cadeau, ce furent les dernières copies des retardataires, qui n'avaient même pas été capables d'orthographier correctement le nom de Werther. Je mis la moyenne à certains par pitié, et à d'autres pour ne plus avoir à les lire en septembre. J'étais devenu pragmatique.

Je rassemblai les rédactions et les rangeai dans ma serviette pour le lendemain matin. J'avais cours avec ce groupe en début de matinée.

La lumière du jour commençait à faiblir, si bien que j'allumai le lampadaire pour parcourir le dictionnaire de Rheingold jusqu'à l'heure du dîner. Et mon attention fut attirée par sa définition d'un mot allemand assez peu usité :

Weltschmerz : littéralement, « douleur du monde », tristesse romantique qu'éprouvent surtout les jeunes gens privilégiés.

Ce mot paraissait avoir été créé pour le héros de Goethe. L'auteur du dictionnaire avait ajouté à la fin de cette entrée la précision suivante :

« Ceux qui éprouvent le *Weltschmerz* ont, semble-t-il, un point commun : il s'agit souvent de garçons (plus rarement de filles) qui sont issus de familles aisées, de sorte qu'ils n'ont pas à se soucier du gîte et du couvert et qu'ils ont la liberté de s'abandonner à un sentiment de douleur né de leur état existentiel. »

Cette définition me fit penser à ma sœur Rita. Car bien qu'elle n'ait rien de romantique, elle manifeste depuis son adolescence une sorte de mal-être constant. Et comment !

Peut-être cela s'explique-t-il par le fait que notre mère mourut lorsque nous étions encore des enfants et que nous fûmes confiés à un homme qui ne s'occupa guère de nous parce qu'il avait d'autres priorités. Il légua à Rita l'appartement dans lequel elle vit avec son mari ; il me laissa à moi des actions auxquelles je n'ai jamais touché, et un sentiment d'amertume qui ne me quitte pas.

Jusqu'à nos vingt ans, Rita et moi étions assez proches. Adolescente, elle se montrait déjà despotique et malveillante, mais elle nourrissait encore l'illusion de pouvoir changer. Je l'appelais « la fille des stages », parce qu'elle n'arrêtait pas d'essayer de nouvelles choses : le taï-chi, le reiki, la biodanse…

Elle cherchait à être bien dans sa peau… Une pulsion purement égoïste qui ne lui servit, en plus, jamais à rien.

Mais à cette époque, elle m'amusait. Elle avait toujours quelque chose de nouveau à raconter et je l'écoutais avec curiosité. Pourtant, je ne croyais pas que rien de tout cela puisse servir à trouver le bonheur.

Je me souviens qu'un week-end, à l'époque où je commençais mes études, j'acceptai de l'accompagner à un stage de ce que l'on appelait alors « méditation transcendantale ». Le maître, un type bronzé d'une cinquantaine d'années, avait loué dans l'Ampurdán une ferme où nous allions connaître – à en croire le prospectus – le miracle de l'illumination en un week-end.

Presque sans savoir comment j'étais arrivé là, je me retrouvai à partager une pièce mansardée avec une vingtaine de jeunes gens avides de savoir en quoi consistait cette chose que l'on nomme existence.

Le samedi, après le petit déjeuner, le maître nous réunit dans le jardin pour nous faire un discours. Il commença par critiquer ceux qui étaient selon lui de « faux maîtres » – c'est-à-dire la concurrence – et il nous assura que l'illumination était à la portée de tous ceux qui oseraient ouvrir les yeux.

— Et d'ailleurs, nous dit-il, chacun d'entre vous est déjà illuminé. Ce qu'il y a, c'est que vous ne vous en êtes pas encore rendu compte.

Jusque-là, tout s'était passé à peu près normalement. Ensuite, nous entrâmes dans une salle où il y avait des tapis épais et un oreiller dur pour chacun d'entre nous. Il nous expliqua en quoi consistaient les positions du lotus et du demi-lotus, mais il nous prévint qu'il nous faudrait un certain temps avant de réussir à les exécuter. Pour le moment, il s'estimerait satisfait – fit-il remarquer – si nous parvenions à nous asseoir le dos bien droit et les yeux mi-clos.

Il nous dit d'un ton grave :

— Chaque seconde durant laquelle vous réussissez à faire le vide dans votre esprit est une brèche dans votre cuirasse qui permet à la tendresse et à la clarté de pénétrer en vous.

Ce maître se révéla un homme plein d'amour, tout spécialement envers les femmes au corps bien fait, qu'il aidait sans cesse à corriger leur position. Il tenait en particulier à ce qu'elles soulèvent la cage thoracique en respirant, opération qu'il supervisait par-derrière en posant la paume de ses mains sur leurs seins. L'utilisation du soutien-gorge était interdite pendant la méditation au prétexte, selon lui, qu'il « entravait le souffle de la vie ».

Je devais être un élève assez doué pour respirer et méditer, car il n'eut jamais à s'occuper de moi.

Le soir de ce même samedi, il y eut une certaine agitation lorsque notre gourou choisit une jeune fille pour l'initiation tantrique. Cette fille, qui avait été l'objet d'attentions constantes pendant la méditation, refusa ce privilège en avançant qu'elle ne se sentait pas prête. Le maître se mit alors en colère et la ridiculisa devant tout le groupe.

— Tant que tu ne te débarrasseras pas de tes habitudes de petite-bourgeoise, lui dit-il, il n'y aura pas d'espoir de libération pour toi.

Je crois qu'il ne savait, en fait, que « libérer » les soutiens-gorge et les petites culottes, mais je n'en étais pas conscient à l'époque.

En tout cas, je compris que le maître était très loin d'avoir pénétré les mystères de la réalité. En étant généreux, on peut dire que son degré d'illumination était comparable à celui d'une ampoule miteuse de 40 watts.

Franz et Milena

Après le cours de rédaction soporifique, j'avais un séminaire de littérature contemporaine avec les étudiants de quatrième année. C'était un groupe de huit étudiants plutôt agréable, car ils lisaient l'allemand avec une certaine aisance, même s'il était difficile de leur faire avaler un livre entier.

Comme il s'agissait d'un cours purement introductif, nous consacrions deux semaines à chaque auteur. Je faisais moi-même une brève présentation de la biographie et des œuvres de l'écrivain en question, puis j'assignais à chaque étudiant un sujet qu'il aurait à traiter en cours.

C'est ainsi que se déroulent les études de lettres en Allemagne. Dans ce pays, les étudiants ont du mal à prendre des initiatives. La plupart d'entre eux préfèrent la méthode traditionnelle, qu'on appelle également « cours magistral » : le professeur dicte ses notes de façon monotone, année après année, tandis que les étudiants ne lèvent pas la tête de leur copie.

Ce jour-là, ma présentation concernait Franz Kafka, un auteur qui intimide beaucoup de gens, parce qu'il existe un préjugé selon lequel ses œuvres seraient compliquées. Rien n'est plus éloigné de la réalité. Bien qu'il décrive des univers oppressants, Kafka a un sens aigu de la tension narrative et parvient à séduire le lecteur dès la première ligne, qui contient en germe le conflit et nous plonge d'emblée dans la trame du livre.

Pour appuyer ma thèse, j'avais écrit au tableau la première phrase de deux de ses œuvres principales, *La Métamorphose* et *Le Procès* :

« Un matin, au sortir d'un rêve agité, Grégoire Samsa s'éveilla transformé dans son lit en une véritable vermine[1]. »
« On avait sûrement calomnié Joseph K..., car, sans avoir rien fait de mal, il fut arrêté un matin[2]. »

Avant de distribuer les sujets aux étudiants, je fis un bref résumé de la biographie de Kafka. Je négligeai d'évoquer certains faits trop connus, comme les problèmes avec son père, auquel il écrivit une lettre amère de cent pages que sa mère intercepta afin qu'elle ne parvienne pas à son destinataire.

Je leur racontai, en revanche, quelques anecdotes curieuses : apparemment, un oncle de Kafka établi à Madrid était devenu le directeur général d'une compagnie de chemin de fer. Les étudiants aiment bien aussi savoir

1. Franz Kafka (trad. Alexandre Vialatte), *La Métamorphose*, Paris, Gallimard, 1955.

2. Franz Kafka (trad. Alexandre Vialatte), *Le Procès*, Paris, Gallimard, 1933.

que Kafka faisait une sieste quotidienne de quatre heures et demie, ou encore qu'il rêvait, à la fin de sa vie, d'ouvrir un restaurant à Tel-Aviv et d'y travailler comme serveur.

J'imagine que c'est la culture des potins qui est arrivée jusque dans les salles de cours ; pour intéresser les étudiants, il faut chercher à les atteindre avec ce type d'armes.

Je consacrai les vingt dernières minutes de mon cours à l'œuvre épistolaire de Kafka. Car il ne se contenta pas d'écrire des romans qui restèrent inachevés, il envoya aussi à ses amoureuses des centaines de lettres merveilleuses. Les plus belles sont sans doute celles que reçut Milena Jesenská, qui avait traduit en tchèque certaines de ses œuvres.

Lors de l'occupation de la Tchécoslovaquie par les nazis, et en dépit du fait qu'elle n'était pas juive, contrairement à lui, Milena fut internée dans le camp de concentration de Ravensbrück, où elle mourut en 1944. Ce fut presque une chance pour Franz de disparaître vingt ans plus tôt de la tuberculose.

Leur histoire d'amour était vouée à l'échec, d'abord parce qu'elle était mariée. Mais cela ne les empêcha pas de se voir à deux reprises et Kafka lui écrivit des lettres telles que celle-ci :

« Chère Madame Milena,
Que la journée est brève ! Vous suffisez à la remplir, à part quelques rares bagatelles ; la voilà déjà terminée. À peine me reste-t-il une bribe de temps pour écrire à la vraie Milena, l'encore plus vraie étant restée ici toute la journée, dans la chambre, sur le balcon, dans les nuages[1]. »

---

1. Franz Kafka (trad. Alexandre Vialatte), *Lettres à Milena*, Paris, Gallimard, 1956, coll. « L'Imaginaire », p. 24.

Lunatique

Les amours épistolaires de Kafka avaient dû me rendre romantique, car je décidai, en quittant l'université, de me rapprocher du lieu du crime.

Il était une heure de l'après-midi, comme le jour de notre rencontre, et le carrefour se trouvait à deux minutes de l'université. Je n'eus qu'à traverser la place et à prendre la rue Pelayo. Le magasin de modélisme était là, et la locomotive miniature continuait de traverser la vitrine comme un fauve en cage.

Juste en face, le feu rouge où je l'avais vue : le territoire du *satori*.

Cette fois, en revanche, je n'éprouvai aucune espèce d'émotion. La rue me parut être semblable à n'importe quelle autre ; elle était parcourue par un flot incessant d'autobus, de voitures et de motos.

Cette rue perd beaucoup de son charme lorsque

Gabriela ne la traverse pas, me dis-je, et je ris aussitôt de ma propre bêtise.

Il y avait, de l'autre côté de la chaussée, un petit café avec une terrasse, juste au commencement de la rue Vergara. Je me fis la réflexion que ce ne serait pas une mauvaise idée de m'y poster quelques instants au cas où le miracle se répéterait. Le fait qu'une personne passe un jour à une certaine heure dans une certaine rue ne garantit en aucune façon qu'elle le fera à nouveau, mais disons que la probabilité que cela se produise est plus importante qu'en tout autre lieu et à tout autre moment.

Tandis que je me hâtais de rejoindre la seule table restée libre de la terrasse, je me rappelai la blague de l'ivrogne qui, rentrant tard le soir, cherche ses clés près d'un réverbère – non qu'il les ait perdues à cet endroit, mais parce qu'il y trouve davantage de lumière. C'était un peu ce qui m'arrivait, ou peut-être, dans le fond, cherchais-je simplement à prolonger une illusion.

Le soleil brillait, mais il était tout de même surprenant que deux des trois tables de la terrasse soient occupées en plein hiver. Un couple de personnes âgées de type nordique avait pris place à l'une d'elles. Pour eux, j'imagine, les cinq degrés qu'il faisait et les quelques rayons de soleil gelés représentaient déjà l'été. À l'autre table était assis un barbu d'une quarantaine d'années vêtu d'un manteau gris, coiffé d'un chapeau noir à large bord et portant une écharpe blanche. Il tenait entre ses mains un gros paquet de feuilles reliées avec une spirale.

Je m'installai à la table inoccupée entre les deux autres et commandai un vermouth. Je constatai que la vue sur le carrefour était excellente, même si rien ne pouvait m'assurer que je pourrais rattraper Gabriela si elle faisait son apparition. Tout dépendait du sens dans lequel elle se dirigerait : si elle traversait en direction du magasin de modélisme, il me faudrait courir et espérer que le feu rouge et la circulation ne me couperaient pas la route, comme cela s'était produit la dernière fois. Mais si elle venait dans l'autre sens, il me suffisait d'attendre à l'endroit même où je me trouvais.

J'imaginai la conversation idéale que nous pourrions avoir :

— Tiens, Gabriela ! Quelle coïncidence ! J'ai été désolé de ne pas avoir pu te dire bonjour, la dernière fois.

— Moi aussi, me répondrait-elle. C'est un vrai miracle que l'on se rencontre encore une fois !

— Il semble que le hasard nous a réunis à nouveau, dirais-je alors. Bien qu'il soit parfois nécessaire de lui donner un petit coup de pouce – comme au destin.

— Peu importe, répliquerait-elle, ce qui compte, c'est que nous soyons ensemble, n'est-ce pas ?

— Oui, rien ne pourra jamais plus nous séparer.

Tandis que j'inventais, tout ému, cette conversation, je m'aperçus que le barbu m'observait fixement, sans la moindre discrétion ni la moindre gêne. Je soutins son regard dans le but de l'intimider, mais il resta imperturbable. Il paraissait comme hypnotisé par ma présence.

Finalement, je m'avouai vaincu et baissai les yeux sur le manuscrit qui se trouvait sur sa table. C'était un pavé de plus de trois cents pages. Je parvins à en lire le titre, écrit en grands caractères sur la couverture :

« LA FACE CACHÉE DE LA LUNE »

Sans doute un cinglé, me dis-je. Avant que la situation ne se complique, je payai et me levai pour quitter ce poste d'observation absurde. L'homme au chapeau continuait à me scanner du regard.

Et tandis que je remontais la rue, je sentais dans mon dos son regard de lunatique.

Une bouteille à la mer

J'avalai un sandwich en chemin, pour ne pas perdre de temps une fois arrivé à la maison. Je m'étais préparé un programme de tâches ménagères ambitieux : il s'agissait de faire deux machines, de passer un coup d'aspirateur sur le tapis du salon et de préparer de la soupe pour toute la semaine.

Je comptais aussi mettre de l'ordre dans mes notes sur Kafka, en prévision du moment où les étudiants allaient commencer à faire leurs exposés.

Trois stations de métro et j'étais à nouveau dans Gracia, le seul quartier de Barcelone où les piétons ont plus d'espace que les voitures. Sur le chemin de mon appartement, je m'arrêtai devant le Verdi pour voir ce que l'on y projetait, puis je m'achetai un journal et une bouteille d'eau gazeuse.

À présent, je pouvais m'enfermer jusqu'au lendemain.

En rentrant, je m'aperçus que le répondeur clignotait, ce qui était plutôt rare. L'écran à quartz indiquait que j'avais deux messages, les premiers depuis une bonne semaine. J'appuyai sur le bouton pour les écouter pendant que je posais le journal sur la table et que je rangeais l'eau dans le frigidaire.

Une voix d'homme plutôt grossière annonça :

« Bonjour. Je m'appelle Paco Liñán et je téléphone au sujet du chat. J'aimerais le voir avant de me décider à le prendre. Mon numéro est le… »

Je pressai le bouton pour effacer le message. Je venais de décider que Mishima n'irait nulle part. Le chat paraissait comprendre la situation, car il se promenait la queue dressée dans le salon, tout fier.

Il était aussi l'objet du second message :

« Bonjour. Je suis la vétérinaire. Comme vous n'avez toujours pas amené votre chat, je vous appelle pour que vous pensiez à ses vaccins. Si vous venez, vous ne paierez pas la consultation. Ciao. »

— Chic fille, répondis-je au répondeur. Peut-être pourrions-nous encore boire un chocolat et manger des gâteaux.

Je fus tenté d'enfermer Mishima dans la cage de transport pour l'emmener chez la vétérinaire, mais je me retins. J'avais décidé de consacrer l'après-midi aux tâches ménagères, et c'était bien ce que j'allais faire.

Mais par où commencer ? Il convenait de procéder de façon logique : comme la soupe à l'oignon avait besoin de mijoter pendant deux heures, mieux valait s'y mettre tout de suite. Pendant qu'elle serait sur le feu, je pourrais lancer les deux machines et aspirer le tapis. J'aurais le temps de faire tout cela, et plus encore.

Je sortis les légumes du réfrigérateur et les disposai méthodiquement sur le plan de travail.

Houston, nous avons un problème, me dis-je, imitant le capitaine d'Apollo 13.

Un seul oignon, ce n'était pas assez pour une cocotte entière de soupe. Avec les autres ingrédients, je pouvais toujours m'arranger, mais une soupe à l'oignon devait avoir le goût de l'oignon ! Je devais m'en procurer un ou deux autres.

Je pensai tout d'abord, bien embêté, qu'il me faudrait ressortir, mais j'optai aussitôt pour une autre solution : il était plus simple d'emprunter quelques oignons à Titus – si du moins il ne se nourrissait pas exclusivement de conserves.

Affublé de ma robe de chambre et de mes pantoufles, je montai l'escalier à grandes enjambées jusqu'à son appartement et sonnai. Contrairement aux autres fois, la porte ne s'ouvrit pas immédiatement. Je sonnai à nouveau, mais seul le silence me répondit.

Je collai l'oreille contre le chambranle pour essayer de déceler le signe d'une activité quelconque dans l'appartement, et ce fut alors que j'aperçus le papier qui dépassait sous la porte. Une intuition soudaine – ce concentré de sagesse dont on ignore l'origine – me dit que cette note m'était destinée et que quelque chose clochait.

Je me penchai pour ramasser le papier et je lus :

« Samuel, on m'emmène au CHU. J'ai besoin d'aide. C'est urgent et il n'y a que toi qui puisses m'aider. »

La commande

Je ne me rappelais pas que cet hôpital était à ce point labyrinthique et kafkaïen. Il était parcouru de nombreux couloirs lugubres faiblement éclairés au néon, et je mis plus d'une demi-heure pour trouver la chambre que Titus partageait avec un vieillard à l'article de la mort.

Il leva la main en guise de salut et me sourit doucement. Mal rasé et vêtu d'un pyjama vert, le Titus qui me regardait depuis le lit semblait avoir vieilli de dix ans en une journée. En le voyant si vulnérable, raccordé à sa poche de sérum, un sentiment de tristesse m'envahit. Je m'efforçai de résister en appliquant la formule qu'il m'avait transmise :

— Je vois que vous vous accordez un peu de repos. Même si cet hôtel a bien peu d'étoiles…

— Tais-toi, tu veux ? J'ai eu une angine de poitrine, mais je vais m'en tirer. Je suis content que tu sois venu.

À ce moment précis, une infirmière voluptueuse vint s'occuper de son voisin de chambre.

— On est très bien, ici, dis-je sur un ton moqueur. Pourquoi disiez-vous dans votre mot que moi seul pouvais vous aider ?

— Ce que je dois te demander n'a rien à voir avec l'hôpital. C'est quelque chose de bien plus important.

Je pris place à ses côtés, prêt à entendre une extravagance quelconque. Et je ne me trompais pas.

— Tu sais que je vis de ma plume. Et je ne peux pas m'arrêter, même si je suis enfermé ici. Il paraît que j'en ai pour trois semaines au moins, parce que la crise risque de se reproduire.

— De sorte que le repos s'impose, c'est ça ? Si vous avez besoin d'argent, je peux…

— Merci, mais il ne s'agit pas de ça, coupa-t-il. Ce dont il est question, c'est de sortir de ce pétrin. À mon âge, je ne peux pas me permettre de rater la moindre proposition, sans quoi je disparaîtrai du monde de l'édition.

— Je ne comprends pas.

— Il y a deux jours, j'ai reçu une commande d'un éditeur intraitable – de ceux qui n'acceptent aucun retard. S'il apprend que je suis à l'hôpital, il cherchera un autre rédacteur et ne fera plus appel à moi. Et il est dans mon intérêt qu'il continue à me donner du travail une fois que je serai sorti d'ici.

— Et en quoi cela me concerne-t-il ? Vous voulez que je lui parle et que je lui explique la situation ?

— Mais non ! s'exclama-t-il, furieux. C'est précisément ce qu'il faut éviter. Il doit croire que je travaille et que l'ouvrage lui sera remis dans les délais. C'est le premier de trois volumes, tu sais. Et si je ne fais pas ce qui était convenu, je serai mis sur la touche.

— Alors, je ne vois pas de solution, dus-je admettre. À moins que vous ne vous envoliez comme par magie de cet hôpital.

— C'est précisément de magie qu'il s'agit, dit-il avec un éclair d'enthousiasme dans le regard. Pour une fois, tu as mis dans le mille.

— Je n'y comprends toujours rien.

— Un peu d'imagination, Samuel ! Je te demande d'honorer cette commande à ma place.

— Quoi ? Vous ne voulez quand même pas que je me mette à assembler l'un de vos livres de spiritualité…

— Si. Et je dirigerai le travail d'ici pour que cela te soit plus facile. Tu peux prendre mes clés et utiliser mon bureau. J'ai laissé un document à ton intention dans mon ordinateur.

Si Titus ne venait pas de remporter une balle de match contre la mort, je me serais enfui pour ne jamais plus le revoir. On ne peut pas demander ce genre de choses à un professeur habitué aux notes en bas de page et aux bibliographies rigoureuses.

— Et j'imagine que je ne peux pas refuser.

— En effet, tu ne peux pas.

— Comment s'appellera ce livre ?

— *Petit cours de magie quotidienne*.

Le dernier film de Marilyn

Je rentrai chez moi, accablé par ce qui m'était tombé dessus. Comme si je n'avais pas assez à faire avec la préparation de mes cours, la correction des exercices et les tâches ménagères, j'allais à présent devoir me mettre dans la peau du vieux rédacteur pour un travail que j'imaginais impossible !

Avant de rentrer dans mon appartement, je ressentis le besoin de voir le bureau de Titus, un peu à la façon d'un terroriste qui examine l'endroit où il va perpétrer son attentat.

Lorsque j'ouvris la porte, je me sentis curieusement tranquille, comme si j'étais chez moi, comme s'il était logique de faire usage de cet appartement. J'allumai la lumière du couloir, au bout duquel m'attendait le voyageur sur la mer de nuages. Je m'arrêtai une fois de plus pour le regarder.

Maintenant, je suis encore plus seul qu'avant, me dis-je.

J'avais lu dans le journal que 20,3 % des foyers de ce pays étaient constitués d'une seule personne. J'étais concerné par cette statistique, j'étais l'un de ces « hommes-foyers », comme les appelait l'auteur de l'article : un escargot attaché à une maison où lui seul peut tenir.

J'aurais à présent deux foyers et deux vies parallèles. Chez moi, je continuerais à mener la vie de Samuel, le professeur d'allemand, et à l'étage supérieur je jouerais le rôle de Titus quelques heures par jour. Mais le pire de tout, c'est que j'étais en train d'accepter ce dédoublement de personnalité avec un calme inquiétant.

Que pouvait-il arriver d'autre ?

Je contemplai la table de travail dans la lumière de cette fin d'après-midi. Tout était là : l'ordinateur, le livre de vulgarisation scientifique, le circuit de trains. Trois volumes étaient dispersés sur le tapis, comme s'ils étaient tombés des mains de Titus au moment où la crise s'était produite.

Je me penchai pour les ramasser. L'un contenait les aphorismes les plus célèbres de Siddhârta Gautama, le Bouddha. Les deux autres étaient les biographies d'Alan Watts et de Thomas Merton.

Je décidai de les emporter chez moi pour m'imprégner de mon nouveau rôle. Je ne m'attellerais à la rédaction du livre que le lendemain – si du moins j'étais capable de faire quelque chose.

Vers 20 heures, je commençai à me sentir angoissé, comme si les derniers événements avaient fini par avoir raison de moi. J'avais posé les trois livres sur ma table de nuit. Ils allaient devenir mes livres de chevet.

Soudain, je compris que je voulais sortir, même si je n'avais rien fait de ce que j'avais prévu. Au Verdi, on repassait l'un de mes films préférés, *The Misfits*, qui avait eu pour titre *Vidas rebeldes*[1] lorsqu'il avait été projeté pour la première fois en Espagne. Je consultai les horaires dans le journal et constatai que j'avais encore le temps d'arriver à l'avant-dernière séance.

J'enfilai aussitôt mon manteau et quittai l'appartement en ayant l'illusion de me fuir moi-même.

Avant le début de la séance, je patientai dans la salle en lisant l'histoire du tournage. Ce film, qui allait être le dernier de Marilyn Monroe – et dont le scénario avait été écrit par Arthur Miller, son mari –, avait été un enchaînement d'absurdités et de catastrophes du début à la fin.

Le tournage dura cent onze jours et Marilyn travailla aux côtés de Clark Gable et de Montgomery Clift. Mais comme on le découvrit bientôt, aucun d'entre eux n'était au mieux de sa forme, à l'instar des personnages qu'ils interprétaient.

Marilyn arrivait chaque jour avec plusieurs heures de retard, car elle prenait une telle quantité de tranquillisants qu'il était impossible de la réveiller. Apparemment, elle se sentait trahie par ses trois amants : Kennedy, Yves Montand et Miller lui-même, qui l'avait utilisée pour donner un nouveau souffle à sa carrière. Et lorsqu'elle arrivait sur le plateau, cela ne servait pas à grand-chose : ou elle avait oublié son texte, ou elle avait le regard à ce point perdu que le réalisateur, John Huston, renonçait à faire la prise.

À cinquante-neuf ans, Clark Gable avait une santé très fragile, mais cela ne l'empêchait pas de boire chaque jour deux litres de whisky et de fumer trois paquets de cigarettes. En vrai gentleman, il ne perdait

1. « Vies rebelles ». En français : *Les Désaxés*.

jamais son calme lorsque Marilyn était en retard. Quand elle finissait par arriver, il se contentait de lui pincer les fesses et de lui dire : « Au travail, ma beauté ! »

De son côté, Montgomery Clift était dépendant de l'alcool et des drogues depuis qu'il avait été défiguré à la suite d'un accident, sans compter qu'il n'assumait pas son homosexualité.

Face à un tel tableau, John Huston se désintéressa du travail et passa ses nuits au casino. Il y arrivait à 23 heures et n'en repartait qu'à 5 heures du matin. Il accumula de telles dettes que, d'après certains, il arrêta le tournage et envoya Marilyn dans un hôpital pour gagner du temps et se tirer d'affaire.

Ce fut un miracle s'ils parvinrent, le 5 novembre 1960, à achever le tournage du film. Il s'agit certainement d'une expérience éprouvante, car Clark Gable mourut d'une crise cardiaque le jour suivant. Ce fut également le dernier film de Marilyn, qui succomba à une overdose de médicaments en août 1962. Pour finir, *The Misfits* fut un échec commercial.

Le feuillet consacré au film s'achevait sur la version abrégée d'une oraison écrite pour l'actrice par le poète Ernesto Cardenal :

« Seigneur/reçois cette jeune femme connue dans le Monde entier sous le nom de Marilyn Monroe/[…]/et qui maintenant se présente devant Toi sans maquillage aucun,/sans son attaché de presse,/sans photographes et sans signer d'autographes,/seule comme un astronaute face à la nuit spatiale. »

Le jardin secret

Tandis que je me dirigeais vers la terrasse du café comme le jour précédent, les chevaux sauvages que Marilyn s'efforce de sauver dans le film me galopaient toujours dans la tête. Cette soirée au cinéma m'avait donné envie de m'intéresser à nouveau aux grands classiques – au moment précis où j'avais le moins de temps pour ça.

Et le souvenir d'un bijou du néoréalisme italien, *Le Voleur de bicyclette*, m'empêcha de faire une bêtise.

Comme, dans le fond, je ne croyais pas que le fait de me poster à la terrasse du café me serait d'une quelconque utilité, j'avais eu une idée désespérée : aller trouver une voyante afin qu'elle me mette sur la piste de Gabriela. J'avais lu que la police utilise parfois des mentalistes dans certains cas d'enlèvement et de disparition. En promenant leur pendule au-dessus d'une carte, ils délimitent le terrain jusqu'à trouver l'endroit recherché.

Mais une scène du *Voleur de bicyclette* vint aussitôt à mon secours. Après s'être fait dérober la bicyclette dont il se sert pour aller coller des affiches – ce qui représente son seul moyen de subsistance –, le personnage principal va consulter une voyante afin qu'elle l'aide à la récupérer. Le pauvre diable dépense ses dernières pièces pour obtenir cette terrible réponse : « Ou tu la retrouves tout de suite, ou tu ne la retrouves jamais. »

Décidément, la terrasse du café était préférable.

Merde ! me dis-je, apercevant de loin une silhouette déplaisante assise dans le café. Le chapeau noir et l'écharpe blanche ne laissaient pas de place au doute : c'était lui.

Je songeai un moment à faire demi-tour et à ne plus remettre les pieds dans ce coin, mais le barbu était à tel point absorbé dans sa lecture qu'il ne s'apercevrait peut-être même pas de ma présence. D'ailleurs, ce type avait l'air assez fou pour m'avoir oublié. Et pour avoir oublié aussi le reste du monde.

Je m'installai cette fois encore à la table du milieu sans qu'il détourne son regard du paquet de feuilles. Je pouvais être tranquille.

Je commandai un vermouth et le payai aussitôt par mesure de précaution. Si Gabriela traversait en direction du magasin de modélisme, il me faudrait partir tout de suite. Et je ne voulais pas que le garçon de café me retienne au moment le moins opportun.

Ce jeudi midi, le brouhaha des voitures et des passants était plus fort qu'à l'accoutumée, si bien qu'il me fallut prêter une attention particulièrement soutenue pour me livrer à mon activité d'espionnage. J'étais tellement concentré sur les gens qui allaient et venaient que je mis un certain temps à m'apercevoir que le barbu était parti, oubliant son manuscrit sur la table.

Je devais le remettre au garçon pour qu'il le lui garde. Le barbu était certainement un client assidu. Il ne tarderait guère à le récupérer.

Mais dès que le manuscrit se trouva entre mes mains, je ne pus m'empêcher d'y jeter un coup d'œil. Soit curiosité soit simple ennui, le fait est que je le rapportai à ma place. Je lus à nouveau le titre, *La Face cachée de la Lune*, et je tournai la page pour voir de quoi il s'agissait.

Je découvris alors ce qui ressemblait à un avant-propos ou à une déclaration de principes :

« Toute lumière est porteuse de son ombre. Les gens les plus simples en apparence occultent un monde où se déroulent des choses impensables. S'il advient par hasard que nous y pénétrions, nous sommes envahis par un sentiment de désarroi et de crainte semblable à celui qu'éprouverait quelqu'un qui se glisserait dans le jardin d'autrui.

« On s'aperçoit soudain que quelque chose nous avait échappé qui avait toujours été là. L'étape suivante consiste à étendre le territoire du doute aux champs voisins. Dès lors, la région de l'ombre peut nous conduire en des lieux jamais imaginés. En fin de compte, le revers de la pièce occupe la même surface que l'avers.

« Tu peux découvrir que tu ne savais rien de qui vivait à tes côtés, ou que tu avais jusqu'ici fermé les yeux pour ne pas le voir. Et tu souhaiterais que cette première révélation – qui a déchiré la douceur du quotidien – ne se soit jamais produite.

« C'est pourquoi il convient parfois de ne pas vouloir tout savoir. »

Après avoir lu ça, je demeurai quelques secondes interloqué, ne sachant que penser. Cette présentation n'indiquait en rien de quoi il allait être question par la suite.

Intrigué, j'allais entrer dans le cœur du sujet quand j'eus la bonne idée de lever les yeux. Le barbu était en train de traverser la rue à grandes enjambées. D'une certaine façon, je compris qu'il n'en avait pas après moi – d'ailleurs, il ne me regardait même pas. C'était lui-même qu'il maudissait, pour avoir oublié le manuscrit à la terrasse du café. Une faute impardonnable.

Pris de panique, je posai le manuscrit sur sa table et filai. Je courus presque dans la direction opposée, sans regarder derrière moi.

Table des matières (essai)

J'arrivai chez moi de mauvaise humeur. La rencontre avec le barbu et son manuscrit avait fait passer tous les voyants au rouge, comme si le fait d'avoir lu ce que je n'aurais pas dû lire devait prêter à conséquences.

Mais qu'avais-je donc lu ?

Peut-être mon audace avait-elle déjà déclenché un ouragan de petits événements – l'effet papillon – dont les terribles conséquences ne seraient perceptibles que lorsqu'il serait trop tard.

Mais je ne me fis ces réflexions qu'après coup. Et sans doute n'aurais-je pas donné d'importance à cette affaire si rien ne s'était produit au moment de préparer le repas. Or le simple fait d'allumer la radio – un geste inoffensif pour tout autre – avait produit sur moi l'effet de la foudre.

Alors que je tournais le bouton de la radio à la recherche d'une station diffusant de la bonne musique, un son de guitare des années soixante-dix retint mon attention. Je préfère généralement écouter de la musique classique ou du jazz, mais j'apprécie certains monstres sacrés du rock. Apparemment, l'émission était consacrée à un disque des Pink Floyd dont on fêtait je ne sais quel anniversaire.

L'animateur de Radio 3 expliquait d'une voix grave et détendue :

« … Il s'agit de l'un des albums les plus emblématiques de tous les temps, qui s'est vendu à plus de vingt-cinq millions d'exemplaires depuis sa sortie en 1973. Après avoir joué les morceaux en public, le groupe avait fini par s'enfermer dans les studios mythiques d'Abbey Road. L'ingénieur du son – qui n'était autre qu'Alan Parsons – était parvenu à enregistrer sur seize pistes, et avec la nouvelle technologie Dolby, une véritable œuvre d'art. C'est un enregistrement bourré de surprises insolites, comme ce fragment où l'on entend parler le concierge du studio, qui ne s'attendait pas à se retrouver sur le disque. Nous avons l'immense plaisir d'offrir à tous nos auditeurs la version remastérisée de ce grand classique qu'est *The Dark Side of the Moon*, “La Face cachée de la Lune”. »

Avec le sentiment d'une fatalité planant sur moi, je m'enfermai ensuite dans le bureau de Titus pour oublier cet épisode. Tant que je m'échinerais à rédiger ce livre, au moins, je resterais à l'abri de cet espace d'ombre qui gagnait du terrain. Je me rappelai à ce moment ce qu'avait dit le vieux : « Le hasard est l'ombre de Dieu. »

Plus d'ombres, par pitié ! dis-je à mon interlocuteur invisible en allumant l'ordinateur portable.

Mishima m'avait tout naturellement suivi à l'étage supérieur, et il dormait à présent sous la table du train.

Un poêle à butane réchauffait l'atmosphère de ses gaz narcotiques.

Sur le bureau de l'ordinateur, je trouvai un document intitulé *Petit cours de magie quotidienne*. Je cliquai dessus et il s'ouvrit aussitôt car – je le constatai rapidement – il ne contenait, hormis ce titre, que bien peu d'informations.

Titus signait cette anthologie du nom de Francis Amalfi, l'un de ses nombreux pseudonymes. Et comme j'étais à présent censé compiler ce livre, ce nom allait devenir mon pseudonyme et ma seconde personnalité. Car on ne peut pas être Samuel de Juan, docteur en philologie germanique, et composer en même temps des livres gentillets destinés au grand public.

Je fis tourner la molette de la souris pour atteindre la table des matières. C'était tout ce qu'avait fait Titus, le reste de l'ouvrage était resté vierge. Je lus les titres des chapitres pour voir s'il me venait à l'esprit quelque chose pouvant convenir à l'un d'eux :

Table des matières (essai)
0. Avant-propos : bienvenue dans la magie
1. Les trésors de la solitude
2. Des caresses quotidiennes pour l'âme
3. Les fleurs du hasard
4. Le cœur sur la main
5.
6.
7.

Ce n'est pas grand-chose, me dis-je, épuisé par avance à l'idée du travail qui m'attendait. Titus n'avait même pas terminé la table des matières, et il attendait de moi que je donne du sens à tout ça et que j'en fasse un livre…

Méthodique par nature, je décidai qu'il convenait de compléter cette table avant de m'attaquer à la rédaction proprement dite. Je regardai comme hypnotisé l'espace vide à droite du chiffre 5, comme s'il pouvait naître spontanément quelque chose du néant. C'est alors qu'un miaulement inattendu de Mishima me sortit de mon hébétude avec toute la force d'un *satori*.

— Merci pour cette suggestion, lui dis-je, et je tapai aussitôt :

5. Philosophie féline

Ce n'était sans doute pas un titre très brillant, mais l'idée de laisser ce chapitre à un chat me parut amusante, même si je n'avais pas la moindre idée de ce que j'allais écrire.

Encouragé, je me concentrai sur le sixième chapitre et songeai qu'il conviendrait peut-être de pourvoir cet ouvrage d'une espèce de dictionnaire. Je pourrais utiliser certains mots de *They have a word for it* si je ne trouvais rien d'autre. Pour l'instant, je l'appellerais :

6. Le langage secret

Joli titre, me dis-je, enthousiaste. Et une chose menant à une autre, je tapai, sans presque m'en apercevoir, celui du dernier chapitre. À présent, la table des matières était enfin complète :

7. Amour en minuscules

Je contemplai ce titre avec fierté, parce qu'il était de mon cru. Sans doute pour cette même raison, c'était le seul chapitre dont je savais ce que je voulais faire. Il serait précédé d'une introduction traitant de la force des petits actes du quotidien. Ensuite, je dresserais une liste de ce qui déclenche « l'amour en minuscules ».

Je fis tourner la molette de la souris jusqu'à la fin du document et j'écrivis :

#1. Donner du lait à un chat (même si ce n'est pas bon pour lui)

Cela me rappela que je devais me rendre au cabinet vétérinaire pour faire vacciner Mishima. J'y étais attendu par cette femme attirante qui avait mauvais caractère, mais bon cœur – tel avait été du moins mon diagnostic.

Lorsque j'éteignis l'ordinateur, je me sentis envahi par une fatigue qui, plus que physique, était existentielle. Je n'avais pas beaucoup avancé, et je ne savais même pas si tout cela avait un sens.

Le chat sur les talons, je m'arrêtai un moment devant le voyageur de ce tableau qui était devenu mon miroir. Je lui dis :

— Lorsque le ciel sera un peu plus dégagé, fais-moi signe.

Le canon naturel de la beauté

Je commençais à connaître un peu le comportement des félins. Aussi, j'avais laissé la porte de la chambre à coucher fermée toute la nuit pour que Mishima ne se cache pas. L'animal avait deviné ce qui l'attendait, car il avait tout essayé pour me faire ouvrir la porte.

Lorsqu'il avait compris qu'il ne suffisait pas de gratter à la porte, il s'était mis à miauler et à sauter sur le lit pour me réveiller. Mais je n'avais pas cédé, au risque de ne pas fermer l'œil de la nuit. Le chat avait fini par s'avouer vaincu et dormait à présent en boule à mes pieds.

Avant de préparer le petit déjeuner, j'enfermai Mishima dans sa cage de transport. Il se mit à gémir, plutôt qu'à miauler, et je m'efforçai de le rassurer en lui caressant la tête avec un doigt glissé à travers la fente.

— C'est la vie, lui dis-je. Ne le prends pas mal.

Dans le cabinet vétérinaire, j'avais devant moi un pitbull baveux qui nous regardait d'un air menaçant. Je pouvais presque sentir le poil de Mishima se hérisser à l'intérieur de sa cage. Pour une fois, il était content d'être enfermé là-dedans.

Le propriétaire du chien était un jeune skinhead au visage peu avenant.

La porte de la salle de consultation s'ouvrit et une vieille dame aux cheveux couleur lilas en sortit, un caniche dans les bras. Le pitbull s'énerva et se mit à gronder et à baver, mais une main ferme le saisit par le collier et le souleva légèrement pour l'étrangler et le faire taire.

— Je m'occupe de toi tout de suite, dit en souriant la vétérinaire avant de refermer la porte.

Mishima miaula faiblement, comme s'il voulait dire : « Il n'y a plus de danger. »

En attendant notre tour, je passai le temps en regardant les posters qui décoraient la pièce, et qui avaient tous été offerts par des marques de nourriture pour animaux. J'avais devant les yeux une iconographie un brin cucul de chiens bondissant et de chats angoras qui examinaient leur pâtée d'un air exigeant.

Lorsque le pitbull et son maître furent sortis, je pénétrai dans la petite pièce avec la cage de transport. La vétérinaire paraissait bien plus à l'aise que chez moi, sans doute parce qu'elle était dans son univers.

— Au fait, je m'appelle Meritxell, dit-elle sans que je lui pose la question, tout en sortant le chat de sa cage.

Tandis qu'elle vaccinait Mishima, j'admirai une fois de plus l'harmonie de son visage, que ses cheveux courts mettaient encore plus en valeur.

J'ai lu quelque part que la beauté du visage n'était pas un canon culturel, mais un concept commun à toutes les ethnies humaines. Apparemment, il est des visages qui paraissent attirants à l'immense majorité de l'humanité. On a même fait des tests dans des garderies avec des bébés qui réagissent de façon différente en fonction des traits du visage de la personne qui s'occupe d'eux. Alors qu'ils pleurent en présence des visages les plus irréguliers, ils accueillent positivement les visages harmonieux qui se penchent sur leur berceau et ils sourient.

Cette étude a permis d'en conclure que le concept universel de la beauté se fonde sur la symétrie des traits du visage. Il existe sans doute d'autres types de beauté, mais les bébés ne peuvent pas encore y être sensibles.

Cette Meritxell me paraissait être un bon exemple de beauté et de tempérament. Lorsqu'elle eut fini son travail, elle m'offrit un deuxième sourire. Mais cela ne signifiait pas pour autant qu'elle accepterait une invitation à venir prendre un chocolat avec des gâteaux. J'optai donc pour la discrétion et quittai les lieux sans rien lui dire.

Je crus presque déceler, sur le visage symétrique de Meritxell, une légère déception. Sans doute aurait-elle refusé, mais elle aurait tout de même aimé que je l'invite. Ce sont là des mystères de la coquetterie féminine que je n'ai jamais osé démêler.

Chercher et trouver

Comme j'avais toute la matinée libre, je me dis en revenant chez moi que ce serait une bonne idée d'aller rendre visite à Titus à l'hôpital. D'un centre de soins à l'autre… Même si le premier était destiné aux animaux et le second aux personnes.

Je profitai du trajet en métro pour lire quelques aphorismes de Bouddha pour le livre. Au début, j'eus certaines réticences à sortir l'anthologie que j'avais trouvée dans l'appartement. Un wagon peuplé de visages gris n'est pas l'endroit idéal pour se livrer à des lectures contemplatives. Mais je constatai rapidement que personne ne prêtait la moindre attention à ce que je faisais – ni d'ailleurs à ce que quiconque pouvait faire.

Ils avaient les yeux ouverts, bien sûr, mais ils regardaient sans voir. Ce qui est bien pire que de garder les yeux fermés, puisqu'il existe toujours, dans ce cas, la possibilité de rêver.

Cela me fit penser à un passage du *Livre de l'intranquillité* de Pessoa que j'avais particulièrement aimé. Il y était écrit quelque chose de ce genre : celui qui dort est à nouveau enfant, car dans le sommeil on ne peut pas faire de mal et on n'a pas à rendre compte de sa vie. Le plus grand des criminels, l'égoïste le plus endurci, est sacré lorsqu'il dort, par l'effet d'une magie naturelle. C'est pourquoi, entre tuer quelqu'un qui dort et tuer un enfant, il n'existait pas – selon le poète – de différence substantielle.

De la *saudade* – un autre mot intraduisible – de l'auteur portugais, je passai aux propos prêtés à Siddhârta Gautama. Je signalai les aphorismes qui me paraissaient les plus importants, avec l'idée de les glisser dans quelque chapitre :

« La douleur est inévitable, mais la souffrance est facultative. »

« Celui qui ne sait de quelles choses faire cas ni quelles choses négliger, celui-là fait cas de ce qui importe peu et néglige l'essentiel. »

Ça, c'est tout moi, me dis-je en descendant à l'arrêt du CHU, et je fus presque vexé de recevoir les conseils de quelqu'un qui avait vécu deux mille cinq cents ans plus tôt.

— Alors, ça avance, ces deux devoirs ? me demanda Titus.

— J'ai commencé par compléter la table des matières. Mais quel est le second devoir ?

— Trouver Gabriela, voyons !

— Pour tout dire, mes recherches n'ont rien donné, pour l'instant.

— Je ne te parle pas de la chercher, mais de la trouver, précisa Titus.

— Je ne vois pas la différence.

— Pendant que tu la cherches, ton regard se borne aux limites de ton attente. C'est comme si, pour trouver Dieu, je le cherchais sous le lit parce que ça m'est plus commode dans ma position. Tu saisis ?

J'acquiesçai et je ne pus m'empêcher de penser à nouveau à la blague de l'ivrogne qui cherche ses clés près d'un réverbère. Titus poursuivit :

— Aussi, tu ne trouveras rien de vraiment important tant que tu chercheras.

— Que faut-il que je fasse, dans ce cas ? Me croiser les bras ?

— Bien au contraire ! répondit vivement Titus en se redressant presque sur son lit.

Inquiet, je regardai à ma droite pour voir si nous dérangions son voisin de chambre, mais je m'aperçus alors, pour la première fois depuis mon arrivée, que le lit était vide.

Le vieux rédacteur saisit ma main avec force et dit :

— Pour trouver, tu dois te laisser porter. Tant que tu auras des idées préconçues, tu seras incapable de voir ce qui se passe sous ton nez.

Mon regard se reporta alors sur le lit vide et je demandai un peu naïvement des nouvelles du vieillard qui l'avait occupé une semaine plus tôt.

— Où est-il parti ?

Titus rit faiblement avant de répondre :

— Si je le savais, j'obtiendrais le prix Nobel toutes disciplines confondues.

Ce qui est difficile, je le fais maintenant, ce qui est impossible prendra un peu plus de temps

L'exposé sur *Le Château* de Kafka avait été révélateur, car il avait démontré que l'étudiant n'y avait rien compris.

Peut-être parce qu'il est le plus énigmatique, *Le Château* est depuis toujours le roman que je préfère de cet auteur tchèque qui écrivait en allemand. Comme Kafka le laissa inachevé, on ne peut que spéculer sur la fin possible de l'arpenteur K. qui s'efforce en vain d'arriver à un château qui s'éloigne chaque fois plus de lui.

Gabriela allait-elle être mon château à moi ? Troublé par cette association, je me remémorai schématiquement la trame du roman tout en me dirigeant vers la terrasse du café.

L'arpenteur K. avance à la dérive, dérouté par une série d'indications contradictoires :

1) K. arrive dans un village enneigé après avoir été appelé à entrer au service du seigneur du château.

2) Lorsqu'il s'installe dans l'auberge du village, on lui annonce par téléphone qu'il ne pourra jamais se rendre au château.

3) Peu après, il reçoit une lettre qui lui confirme son engagement au service du seigneur.

4) Le maire fait savoir à K. que le château n'a besoin d'aucun arpenteur, et que cette situation embarrassante est due à une erreur administrative.

5) Il reçoit le même jour une lettre lui indiquant qu'on est très satisfait, au château, de son travail d'arpenteur.

6) En dépit de cette lettre, K. ne peut toujours pas exercer ses fonctions et toutes ses tentatives pour arriver jusqu'au château se soldent par des échecs.

Le château est un symbole des aspirations humaines les plus absurdes, comme le désir d'immortalité ou mes propres efforts pour ressusciter un amour vieux de trente ans. Cette idée ramena mes pensées vers Titus : il m'avait affirmé que je ne trouverais rien tant que je chercherais, mais je voulais faire un dernier essai.

J'avais décidé que si le lunatique se trouvait au café, je passerais mon chemin et ne retournerais plus là-bas. Comme les trois tables étaient restées libres – c'était un jour froid et venteux –, je m'assis une fois de plus à celle du milieu et commandai un vermouth. Tandis que je me frottais les mains pour me réchauffer, il me fallut admettre que cette terrasse exerçait sur moi une attraction irrésistible, du type de celle que la Terre exerce sur la Lune.

Et j'étais, moi, un satellite ridicule qui tournait autour d'un rêve impossible.

Avec l'énergie de ceux qui décident de faire quelque chose pour la dernière fois, je scrutai le flot des passants qui traversaient dans l'un ou l'autre sens. Voir paraître Gabriela au beau milieu de tous ces gens pressés était aussi difficile que de trouver une aiguille dans une botte de foin, mais je voulais lui laisser une dernière chance.

Comme pour renforcer mon espoir, on entendit dans le café, en fond sonore, une chanson de Billie Holiday qui disait : « Ce qui est difficile, je le fais maintenant, ce qui est impossible prendra un peu plus de temps. »

Ce message musical me réconforta, et je me sentis aussi rassuré au sujet de la compilation du livre de Francis Amalfi – c'est-à-dire de moi-même.

Mais alors que je fredonnais la chanson et que je me livrais à des pensées pleines d'optimisme, un personnage sinistre fit son apparition. Cela se passa si vite que je n'eus pas le temps de réagir. Le barbu au chapeau tourna le coin de la rue et se laissa tomber sur la chaise métallique. Puis il posa son manuscrit sur la table.

J'aurais très bien pu avaler en vitesse mon vermouth et filer pour ne plus revenir, mais une paralysie inexplicable m'obligeait à rester assis. Saisi d'un calme étrange, je continuai à observer l'évolution des passants.

Aujourd'hui, il va se passer quelque chose, me dis-je.

Je n'avais pas la moindre raison de penser cela, mais une flèche avait traversé la fine couche de mon inconscient pour m'avertir que quelque chose allait se produire. C'est peut-être pour cela que je ne sursautai pas lorsque l'homme au chapeau me demanda :

— Tu as la nostalgie de l'avenir ?

Un échec réussi

Sa phrase résonna en moi durant quelques secondes tandis que le vent redoublait.

Aussi curieux que cela puisse paraître, je ne m'étonnai pas du fait qu'il m'adresse la parole, ni même qu'il décide de me tutoyer comme si nous étions déjà amis. L'absurdité de sa question ne me surprit pas non plus.

Je le regardai attentivement. Et je m'aperçus qu'il portait la barbe et la moustache pour masquer un visage trop rond et une lèvre supérieure en retrait.

Lui aussi paraissait très calme, comme s'il n'était pas du tout pressé d'obtenir une réponse.

J'avais pour ma part le sentiment de me réveiller après un long rêve. C'était comme si j'avais déjà vécu tout cela à titre d'essai – l'illusion du déjà-vu – et que l'heure de vérité avait enfin sonné. À ma place, un type sensé se serait levé et aurait abandonné le lunatique à ses questions, mais j'avais décidé de prendre le taureau par les cornes. Tout à fait serein, je lui répondis :

— Je ne peux pas éprouver de nostalgie pour ce qui ne s'est pas encore produit.

— C'est ce que tu crois, répliqua-t-il, et il rapprocha sa chaise de la mienne sans quitter pour autant sa table.

Nous étions comme deux marins à la dérive, chacun de nous parlant depuis son bateau qui prenait l'eau. Et la mer était vraiment agitée.

Le barbu revint à la charge :

— Nous savons tous plus ou moins ce qui va nous arriver, puisque nous choisissons en grande partie notre avenir. C'est ça, le truc des vrais devins.

— Que veux-tu dire ? lui demandai-je, acceptant le tutoiement.

— Prédire l'avenir, c'est comme jouer aux échecs. Un joueur modeste peut arriver à prévoir les deux ou trois coups qui vont se produire, tandis qu'un bon joueur parvient à en prévoir beaucoup plus. C'est une question de logique et de cohérence.

— Et toi, tu as été capable de prévoir quelle direction allait prendre ta partie…

— Oui. Avant l'échec et mat, il y aura des aventures passionnantes. C'est pourquoi j'ai la nostalgie de l'avenir. Ce sera merveilleux, et j'aimerais déjà y être.

— Puisque cela dépend de toi, fis-je pour l'obliger à parler davantage, tu ne pourrais pas faire en sorte de pouvoir jouer plus tôt ?

Ce n'était peut-être pas sans raison que je le soupçonnais d'être cinglé.

— Ce n'est pas possible, répondit-il, parce que beaucoup d'autres choses doivent se produire auparavant. Tu comprends ? Aux échecs, un coup mène à d'autres coups. Si tu fiches en l'air la partie, il ne se passera rien du tout.

— Laisse-moi deviner quelque chose, intervins-je avec une audace peu habituelle chez moi. Cet avenir dont tu as la nostalgie, il en est question dans ce manuscrit que tu transportes toujours avec toi.

Le barbu fit une grimace.

— Tu es un garçon malin. Je savais que je pourrais compter sur toi.

— Houston, nous avons un problème, dis-je sans y réfléchir, pressentant que j'allais au-devant de nouveaux ennuis.

— 11 avril 1970, assena-t-il.

— Pardon ?

— C'est à cette date que fut lancé dans l'espace Apollo 13. Un mauvais numéro qui manqua de les envoyer en enfer.

— Je vois que tu es superstitieux.

— Il faut bien, quand les indices sont à ce point évidents. Le lancement d'Apollo 13 eut lieu à 13 h 13, à une date dont les chiffres, si on les ajoute, font 13. Vérifie : 11/04/70.

J'additionnai mentalement les six chiffres et j'obtins effectivement 13. Mais cela ne voulait rien dire.

— Ce qui est incroyable, c'est qu'ils sont parvenus à sauver leur peau, poursuivit-il. L'équipage d'Apollo 13 allait être le deuxième à marcher sur la Lune, mais alors qu'ils se trouvaient à 370 000 kilomètres de la Terre, une explosion endommagea la fusée, qui se mit à errer à l'aveuglette dans l'orbite lunaire. Ce furent les quatre-vingt-dix heures les plus longues de toute l'histoire de la conquête spatiale.

— Je vois que tu es un expert en la matière.

— Quand le second réservoir d'oxygène explosa, les astronautes éteignirent tous les mécanismes susceptibles de consommer l'énergie du vaisseau. Ils eurent du mal à rejoindre l'orbite terrestre, et ce fut un miracle s'ils parvinrent à amerrir le 17 avril au sud de l'île de Pago Pago. C'est pour cela que la NASA qualifia cette mission d'« échec réussi ». Jolie définition, non ?

Au lieu de répondre, je demeurai pensif quelques instants. Sans doute cet homme était-il vraiment dans la Lune, même si la page que j'avais lue de son livre paraissait sans rapport avec notre satellite naturel.

Comme en réponse à mon silence, il dit :

— Mais je ne peux pas m'occuper maintenant de la Lune. Nous irons bientôt voir ça de plus près.

Je trouvai inquiétant qu'il utilise la première personne du pluriel pour évoquer des questions telles que des voyages vers la Lune, mais je m'efforçai de me protéger en montrant une normalité de façade.

— Chaque chose en son temps, poursuivit-il. Il faut d'abord s'occuper d'autres choses.

Et il conclut cette phrase par un regard complice, tout en avalant une dernière gorgée de café. Pour la première fois au cours de notre conversation, je m'aperçus que j'avais abandonné la surveillance du carrefour. Et cela valait peut-être mieux.

— Et quel est le coup à jouer aujourd'hui ? lui demandai-je presque pour m'amuser, en reprenant son histoire d'échiquier.

— Pour moi, il s'agit de découvrir l'auteur d'un morceau de musique que j'aime beaucoup.

— Je m'y connais un peu en musique, avançai-je. Peut-être que je peux t'aider. Quel est ce morceau ?

— Ça, c'est une bonne nouvelle ! dit-il, subitement enthousiaste. Hier, j'ai vu un film à la télévision : deux vampires modernes sont enfermés dans un appartement à New York. Lui a perdu son immortalité et se met à vieillir de minute en minute devant sa compagne, qui finit par l'enterrer comme un vieux décrépit. On entend de temps à autre une mélodie très triste jouée au piano. J'aimerais savoir qui l'a composée. Je n'ai rien compris au générique.

— Les vampires, c'est Catherine Deneuve et David Bowie ?

— Je crois bien.

— Alors, c'est un morceau de Ravel. Je crois qu'il s'intitule *Le Gibet*, ou quelque chose de ce genre. Ce n'est pas un titre très gai.

— Sans doute, mais je te remercie pour cette information.

Puis il se leva, comme s'il était soudain très pressé. Il laissa une pièce sur la table et souleva légèrement son chapeau en guise de salut.

— Valdemar s'en va.

Et sans me laisser le temps de prononcer mon nom, il repartit par où il était arrivé, son manuscrit sous le bras.

Chanson du gondolier vénitien

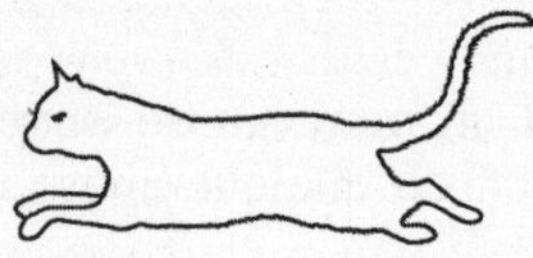

Je terminai mon vermouth et restai à ma table, un peu étourdi, jusqu'à ce que le vent glacé m'invite à quitter les lieux.

Les accords languissants de Ravel résonnaient dans ma tête, et j'éprouvai soudain l'envie d'écouter ce morceau. Je regardai ma montre. Si je me dépêchais un peu, je pouvais encore arriver au magasin de disques avant qu'il ne ferme.

Cela faisait plus d'un an que je n'étais pas allé chez ce petit disquaire de la rue Tallers qui était spécialisé dans la musique classique. Si je pouvais trouver le disque de Ravel quelque part, c'était là.

Plutôt que de me diriger vers le feu rouge, je traversai la rue Pelayo de façon un peu téméraire et coupai par la rue Jovellanos. Puis je tournai à gauche et continuai jusqu'au magasin, qui était encore ouvert pour quelques minutes.

Je fus accueilli par un caissier somnolent, mais aussi par une délicieuse mélodie que je n'avais pas entendue depuis des années : l'une des *Romances sans paroles* de Mendelssohn intitulée *Chanson du gondolier vénitien*. Il s'agit d'un morceau pour piano, comme celui de Ravel, mais d'un lyrisme saisissant.

Je décidai de laisser de côté mon *Gibet* et passai, les yeux mi-clos, du rayon de la musique contemporaine à celui de la musique romantique. Avant de me mettre en quête du disque que j'emporterais chez moi, j'attendis que s'éteignent les derniers accords du *Gondolier*. Et lorsque j'ouvris les yeux, mon cœur se mit à battre si fort que je fus sur le point de m'évanouir : Gabriela se trouvait juste de l'autre côté du rayonnage.

Quelques centimètres seulement nous séparaient – le parfum de ses cheveux noirs et ondulés arrivait jusqu'à moi –, mais elle ne m'avait pas vu. Elle clignait des yeux tout en cherchant rapidement quelque chose sur l'un des rayons.

Résistant à la panique qui me poussait à fuir, je retins ma respiration en attendant que Gabriela lève la tête.

Lorsque cela se produisit, mon cœur se mit à battre comme un tambour de guerre. J'eus quelques instants pour admirer la constellation de taches de rousseur sur ses joues, avant qu'elle ne me lance un regard interrogateur.

Mon entrée en matière ne fut pas très brillante. Je lui dis :

— Salut.

Une expression de perplexité se dessina sur son visage. C'était normal, j'avais moi-même l'impression de vivre un rêve. Je terminai de briser la glace de la façon la plus balourde qui soit :

— Tu te souviens de moi ?

Elle m'examina une seconde de ses yeux en amande et répondit aussitôt :

— Non. Que désirez-vous ?

Je fus désarçonné à un tel point que j'hésitai à poursuivre. Si tout cela n'était qu'une illusion et que moi seul l'avais reconnue, j'allais me mettre dans une situation ridicule. Mais je décidai quand même de tout lui dire :

— Il y a de nombreuses années de cela, dans un hôtel particulier néoclassique qui se trouve à droite sur les Ramblas… Je crois que nous avons joué à cache-cache et…

— Je ne sais pas de quoi vous parlez, fit-elle, effrayée. Vous devez vous tromper de personne.

Puis elle me tourna le dos et se réfugia dans un coin du magasin.

Rouge de honte, je sortis dans la rue sans autre musique que celle de mon cœur réduit en miettes.

Une lanterne magique

Pour dissiper ma tristesse, je me pris à songer que cet après-midi était bien le plus étonnant de toute mon existence : après *Le Château* et la conversation avec Valdemar, j'étais tombé nez à nez avec Gabriela et elle ne m'avait même pas reconnu.

Alors pourquoi m'avait-elle dévisagé de façon si pénétrante au feu rouge ? Elle s'était même retournée pour me lancer un dernier regard avant de poursuivre son chemin. Cela n'avait-il été qu'une hallucination due à la fièvre ?

Sur le chemin du retour, je me repassai plusieurs fois cette scène, ainsi que celle du magasin de disques. Et j'arrivai à la seule conclusion logique : nos yeux s'étaient simplement rencontrés au feu rouge, puis elle s'était retournée par hasard. Tout le monde se retourne de temps en temps en marchant dans la rue.

Elle était sans nul doute celle qui avait éveillé mon

cœur trente ans plus tôt d'un baiser papillon. Le problème était qu'elle ne s'en souvenait pas. Cette scène d'enfance n'avait probablement rien signifié de particulier pour Gabriela, ni à l'époque ni – à plus forte raison – maintenant.

Pour la première fois, j'assumai dans la douleur ma condition d'homme oubliable. Et ce qui était le plus absurde, c'est que j'étais tout de même éperdument amoureux d'elle.

De retour chez moi, je fus tenté de courir à l'hôpital pour me confier au vieux. Ne dit-on pas qu'une peine partagée est à moitié soulagée ?

Je renonçai pourtant. Je ne voulais pas remuer le couteau dans la plaie en reconnaissant ma défaite. Pour calmer ma douleur, je ferais la seule chose à laquelle j'avais été bien préparé : je travaillerais. Et tandis que je montais les escaliers chargé de livres, je me réjouissais presque de cumuler les emplois dans l'appartement du dessus.

Après avoir exécuté l'arrêt de rigueur devant le *Voyageur*, je m'installai à la table du rédacteur, dans l'intention d'avancer mon travail.

J'avais recopié les titres de la table des matières sur des pages espacées de mon document, afin de remplir chaque section avec ce qui me passerait par la tête. Je jetai un coup d'œil à la dernière partie, *Amour en minuscules*, et j'ajoutai un nouveau déclencheur de tendresse universelle :

#2. Parler avec un inconnu

Il fallait introduire cela, puisque ma conversation avec Valdemar m'avait conduit jusqu'à Ravel et que j'étais entré dans le magasin de disques grâce à ce dernier. Là, le *Gondolier vénitien* de Mendelssohn m'avait mené, par des voies impénétrables, jusqu'à Gabriela. La question était de savoir à quoi cela m'avait servi.

J'abandonnai momentanément cette partie de l'ouvrage pour revenir au chapitre intitulé « Le cœur sur la main ». Alors que je relisais Werther pour préparer un cours, j'avais retenu un passage dans lequel le personnage principal partage avec son ami une réflexion émouvante sur les mystères de l'amour, ainsi qu'une anecdote. La douleur à fleur de peau, je commençai à recopier :

« Wilhelm, qu'est-ce que le monde pour notre cœur sans l'amour ? Ce qu'une lanterne magique est sans lumière : à peine y introduisez-vous le flambeau, qu'aussitôt les images les plus variées se peignent sur la muraille ; et lors même que tout cela ne serait que fantômes qui passent, encore ces fantômes font-ils notre bonheur quand nous nous tenons là, et que, tels des gamins ébahis, nous nous extasions sur ces apparitions merveilleuses. Aujourd'hui je ne pouvais aller voir Charlotte ; j'étais emprisonné dans une société d'où il n'y avait pas moyen de m'échapper. Que faire ? J'envoyai chez elle mon domestique, afin d'avoir au moins près de moi quelqu'un qui eût approché d'elle dans la journée. Avec quelle impatience j'attendais son retour ! Avec quelle joie je le revis ! Si j'avais osé, je me serais jeté à son cou, et je l'aurais embrassé.
On prétend que la pierre de Bologne, exposée au soleil, se pénètre de ses rayons, et éclaire quelque temps dans la nuit. Il en était ainsi pour moi de ce jeune homme. L'idée que les yeux de Charlotte s'étaient arrêtés sur ses traits, sur ses joues, sur les boutons de son habit et le collet de son

surtout, me rendait tout cela si cher, si sacré ! Je n'aurais pas donné ce garçon pour mille écus ! Sa présence me faisait tant de bien !… Dieu te préserve d'en rire, Wilhelm ! Sont-ce là des fantômes ? Est-ce une illusion que d'être heureux[1] ? »

1. Johann Wolfgang von Goethe (trad. Bernard Groethuysen), *Les Souffrances du jeune Werther*, Paris, Gallimard, 1947 et Le Livre de poche, pp. 59-60.

III

La tristesse des choses

Le retour du gondolier

Une semaine après cet après-midi étrange et triste, un nouveau signe attira mon attention. Ayant la matinée libre, je m'occupai à mettre un peu d'ordre dans l'appartement en écoutant une radio qui passait de la musique classique.

J'étais en train de laver une pile d'assiettes dans lesquelles des restes de nourriture avaient séché lorsque j'entendis l'animateur parler des *Romances sans paroles*. Je fermai le robinet et montai le volume de la radio, espérant pouvoir déceler quelque message :

« … En 1828, Fanny, la sœur préférée du compositeur, reçut de ce dernier une *Chanson sans paroles* en cadeau d'anniversaire. Mendelssohn avait alors dix-neuf ans, et il allait réunir tout au long de sa carrière d'autres pièces courtes pour piano. Le premier livret de *Chansons* ou de *Romances sans paroles* fut publié en 1832 et connut un succès retentissant auprès du public bourgeois de l'époque qui, de plus en plus, installait un piano dans le salon familial et appréciait ce type de pièces courtes. Malgré la dénomination explicite de ces morceaux pour piano, les gens de l'époque victorienne leur donnèrent des titres pleins d'affectation comme *Bonheur perdu*, ou absurdes comme *Le Mariage de l'abeille*, persuadés que ces miniatures musicales recélaient une histoire. Et Mendelssohn lui-même contribua à baptiser les *Romances sans paroles*, puisqu'il donna leur nom à des morceaux emblématiques tels que la *Chanson du gondolier vénitien*, que nous allons écouter maintenant. »

Voici à nouveau ce morceau, me dis-je, et je tendis l'oreille en fermant à demi les yeux pour mieux écouter la chanson.

Pourtant, chose curieuse, je ne la reconnus pas. La pièce mélancolique que j'avais écoutée en présence de Gabriela avait été remplacée par une mélodie beaucoup plus lente et solennelle, quoique tout aussi belle.

Pas de doute, il ne s'agissait pas du *Gondolier* que je connaissais. L'animateur s'était-il trompé ? Ou avais-je vécu dans l'erreur, prenant pour un gondolier une abeille sur le point de se marier, ou quelque chose de ce genre ? J'avais là une nouvelle énigme pour mes archives.

Une fois le morceau achevé, alors que je passais l'aspirateur sur le tapis, Mishima affronta le bruyant appareil en feulant et en exécutant des sauts latéraux.

— Demain, il faudra qu'on bavarde un peu tous les deux, lui dis-je. Tu vas m'aider pour ce chapitre sur la philosophie féline.

Les tâches ménagères étant accomplies, trois possibilités s'offraient à moi : rester lire à la maison, monter chez le rédacteur ou sortir. Je regardai ma montre et constatai qu'il était midi passé.

L'heure idéale pour aller boire un vermouth, pensai-je, et je pris la direction du café que je ne fréquentais plus depuis la semaine précédente. Il me fallait bien admettre que cette terrasse près du carrefour exerçait sur moi une attraction presque morbide.

Mais lorsque j'eus franchi les limites du quartier de Gracia, je me dis que je devais une visite au vieux. Cela me plaçait dans l'obligation douloureuse de lui expliquer ce qui s'était produit avec Gabriela, car je n'avais pas été en contact avec lui depuis ce jour-là. Peut-être était-ce précisément pour cela que je l'avais évité et que j'avais cherché refuge dans mes cours à l'université et dans la rédaction du livre de Francis Amalfi.

J'étais fatigué par mes activités de nettoyage, si bien que je pris un taxi pour me détendre, le temps d'aller retrouver mon ami et confesseur.

Le chauffeur était un homme aux épaules larges et aux cheveux gris ramassés en catogan, à la façon des Indiens d'Amérique. Comme bon nombre de chauffeurs de taxi, il avait envie de bavarder ; aussi, dès que je lui eus indiqué ma destination, il me raconta l'information du jour.

— Une femme de quatre-vingt-dix ans vient de recevoir une lettre de 1937. Qu'est-ce que vous en dites, de la rapidité des services postaux ?

— C'est vrai ? demandai-je, faussement intéressé.

— Apparemment. C'était son fiancé qui lui avait écrit depuis le front de l'Èbre. Comme il était mort sur le champ de bataille, on peut dire que c'est une lettre d'outre-tombe !

— Et comment a-t-elle réagi, la destinataire ?

— Elle a beaucoup pleuré. Normal, ça a dû lui faire revenir des souvenirs.

— Oui, j'imagine.

— Et ce n'est pas la première fois que ce genre de chose arrive, ajouta le chauffeur. Il y a quelques années, on a retrouvé dans un sous-sol un sac rempli de lettres qui avaient dormi là-dessous pendant presque une éternité. Le directeur de la poste avait même dû faire une déclaration pour mettre un terme au scandale.

— Et qu'est-ce qu'il avait dit ?

— Une connerie : « Que personne ne s'inquiète, il n'y avait aucune lettre d'amour. »

Coup de théâtre

Arrivé à l'hôpital, je trouvai le lit de Titus vide et l'on m'informa qu'on l'avait emmené faire des examens. Je voulus l'attendre, mais la voluptueuse infirmière me fit déguerpir.

— Il va avoir besoin de repos, après l'exploration, expliqua-t-elle.

Cela me fit penser aux explorations spatiales de Valdemar, si bien que je me dirigeai sans attendre vers le café alors que je n'avais aucune raison particulière de le faire. Peut-être avais-je simplement besoin d'un peu de chaleur humaine – et peu importait qu'il habite la froide et sombre atmosphère lunaire.

En traversant à pied le quartier de l'Ensanche Izquierdo, je me demandais quel pouvait bien être le travail de ce type. Je ne l'imaginais pas occuper un emploi sérieux, même si ses vêtements indiquaient un certain niveau de vie. S'il ne vivait pas des rentes d'un héritage, il devait bien avoir une occupation. Et c'était justement ce qui m'inquiétait : si le système avait pu mettre le grappin sur un type comme lui, cela signifiait que personne n'était à l'abri.

Lorsque j'arrivai au carrefour, je constatai que Valdemar venait de se lever de table et prenait son manuscrit avant de s'en aller. Je le rejoignis au moment où il s'élançait de son pas vigoureux pour se rendre vers quelque lieu indéterminé.

Il me salua sans ralentir, si bien que je marchai à ses côtés sous un soleil qui faisait pour le mieux, mais qui n'était pas très chaud.

— Tu as trouvé le morceau de Ravel ? lui demandai-je pour parler de quelque chose.

— Je ne le veux pas, répondit-il sur un ton abrupt. Tu m'as déjà dit qu'il s'agissait du *Gibet*. C'est tout ce dont j'avais besoin.

— Tu voulais donc simplement connaître le nom du morceau…

— Oui, j'aime bien appeler les choses par leur nom. Pas toi ?

Tandis que nous longions la place de Catalogne, l'énigme du gondolier de Mendelssohn me revint à l'esprit et je la racontai à Valdemar.

— À mon tour de te rendre service, dit-il sans s'arrêter. Conduis-moi jusqu'à un magasin et je dissiperai tes doutes. Je suis très doué pour lire les jaquettes de disques.

Je le conduisis au magasin de musique classique. Cette fois encore, il était sur le point de fermer.

Nous étions pratiquement entrés lorsque, par réflexe, je tirai Valdemar en arrière, dans la rue Tallers. Il ne parut pas le moins du monde surpris par mon geste et nous continuâmes à marcher au même rythme.

— Ça suffit, la musique. Je t'invite à déjeuner ? Je connais un bon restaurant près d'ici.

Il acquiesça d'un petit geste de la tête tandis que je m'efforçais de contrôler les battements de mon cœur qui s'était emballé lorsque j'avais aperçu de nouveau Gabriela dans le magasin.

Quand nous irons sur la Lune

Je guidai Valdemar à travers un labyrinthe de ruelles et nous arrivâmes au Romesco, un petit restaurant du Raval que j'aime bien. Sur le chemin, il ne parla pas, ce qui me permit de me livrer à mes spéculations.

Soudain tout devint clair, et je ris de ne pas l'avoir saisi plus tôt : le fait d'avoir rencontré Gabriela une nouvelle fois dans le magasin de disques n'était pas un miracle à mettre sur le compte du hasard. Elle travaillait là, tout simplement.

Il est parfois nécessaire de faire un long détour pour comprendre ce qui est juste sous votre nez.

Cette découverte avait son côté réconfortant, car je savais désormais où la trouver. Je n'aurais plus besoin de me poster à la terrasse d'un café pour voir si elle passait. Il me suffisait de me rendre au magasin. Mais d'un autre côté, le problème principal n'était pas résolu : Gabriela ne m'avait pas reconnu, et elle ne s'était pas montrée sensible à mes souvenirs d'enfance. J'étais pour elle un parfait inconnu et l'achat d'un disque resterait le degré maximal d'interaction susceptible d'exister entre nous.

Et j'avais justement l'intention d'en acheter un.

Nous réussîmes à nous emparer de la dernière table libre du restaurant, avant qu'un flot de touristes désargentés ne l'envahisse aussi. On ne servait ici que des plats simples, de sorte que je commandai une salade et du poisson pour tous les deux, ainsi qu'une bouteille de vin blanc.

— Je n'ai pas beaucoup de temps, dit Valdemar.

— Le service est très rapide, ici, ne t'en fais pas. Où dois-tu aller ?

— Je dois poursuivre mon étude.

— De quoi s'agit-il ?

Il goûta le vin blanc et tapota de son index le manuscrit volumineux posé sur la table. Puis il sécha ses lèvres avec sa serviette et répondit :

— Un avenir merveilleux attend l'humanité.

Je restai interdit. J'avais une impression de déjà-vu : il me semblait que ce n'était pas la première fois que j'entendais cette absurdité.

— En voilà une vision optimiste, mais cela a un rapport avec le livre ?

— Bien sûr. Je me consacre à ce livre parce que je ne peux plus faire autre chose, depuis que j'ai la nostalgie de l'avenir.

— Oui, tu m'en as déjà touché quelques mots. Tu sais où tu seras dans un certain temps et tu as hâte d'y être parce que ce sera fabuleux. Je me trompe ? Mais quel rapport avec la Lune ?

Valdemar leva un morceau de poisson blanc piqué sur sa fourchette et l'examina attentivement avant de l'introduire dans sa bouche. Puis il répondit :

— Ce livre a déjà connu de nombreuses mutations. D'ailleurs, c'est peut-être une erreur de l'appeler « livre », parce que l'on désigne habituellement par ce terme quelque chose d'achevé et de clos. Or ça, c'est autre chose. C'est un monstre qui s'allonge et se déforme à mesure que s'ouvrent de nouvelles voies. Il faudrait plutôt l'appeler « destin ». Ou « vie ».

— Le titre *La Face cachée de la Lune* fait-il référence à ce gros caillou qui est là-haut ? Ou bien est-il symbolique ?

— Les deux, dit-il avec une lueur soudaine d'enthousiasme dans les yeux. Disons que j'ai commencé par entreprendre des recherches purement scientifiques et que cela a eu des conséquences à d'autres niveaux.

— Alors tu es physicien ?

— Quelque chose comme ça. Je suis sélénologue, mais j'ai été mis à l'écart du monde universitaire. J'ai commencé à avoir des problèmes avec mes collègues à cause de mes hypothèses. Les scientifiques sont des gens conservateurs. On a l'impression qu'ils mènent des recherches, mais en réalité ils ont peur de découvrir quelque chose qui aille au-delà de ce qu'ils sont prêts à accepter. Ils préfèrent fermer les yeux.

— Et toi, tu as vu quelque chose. Quelle était ta théorie ?

— En fait, ce n'est rien de plus qu'une supposition, une hypothèse de travail. J'en suis arrivé à la conclusion que les gens ne vieillissent pas sur la Lune.

— Et sur quoi t'appuies-tu pour en arriver là ? demandai-je, fasciné. Après tout, personne n'a jamais vécu sur la Lune, jusqu'à présent. Les astronautes n'y ont passé que des vacances, n'est-ce pas ?

— C'est ce qu'on dit, Samuel, tu as mis dans le mille.

C'était la première fois qu'il prononçait mon prénom. Je compris que cela signifiait que j'avais passé la phase d'initiation et que je pouvais désormais recevoir l'enseignement suprême. Il poursuivit :

— J'essayais de démontrer qu'il existe un rapport direct entre l'oxydation cellulaire et la gravité terrestre. Lorsque je commençai à étudier les données recueillies par les différentes missions, je me pris à douter qu'un quelconque être humain ait jamais foulé le sol de la Lune. Il y avait trop de choses qui clochaient. Cela expliquerait pourquoi nous n'y sommes plus retournés alors que nous disposons maintenant d'une technologie infiniment supérieure.

— On a fait un film sur ce sujet, ajoutai-je. À la fin, les faux astronautes font irruption dans un cimetière depuis lequel on est en train de retransmettre leur propre enterrement à la télévision.

— J'imagine que d'autres sont arrivés aux mêmes conclusions, fit-il, visiblement agacé, mais mon travail portait sur l'immortalité. Malheureusement, je n'ai rien pu démontrer, car ces missions n'ont pas existé, ou si elles ont eu lieu, leurs résultats ont été aussi maigres que si elles ne s'étaient jamais déroulées.

— Et depuis quand t'intéresses-tu à la Lune ?

— Je rêve d'y aller depuis que je suis tout petit. Dans les années soixante, il paraissait aller de soi qu'en moins de vingt ans, tout le monde pourrait s'y rendre. C'est pour ça que je me sens berné.

— Et pourtant, tu parles d'un avenir merveilleux…

— Parce que j'ai compris que nous finirons par y aller. Il va y avoir une telle hécatombe sur Terre qu'il ne nous restera pas d'autre choix que de coloniser la Lune. Nous découvrirons ensuite que nous sommes immortels. Et tout sera pour le mieux.

La maison des miroirs

Une fois le repas terminé, Valdemar décolla pour rejoindre son propre monde. Je restai seul avec l'addition – et les deux heures à patienter avant que le magasin n'ouvre à nouveau.

Cédant à la pression d'un groupe d'affamés qui voulait occuper ma table, je me levai sans savoir encore où j'irais promener mes tracas. Pour éviter la marée humaine qui se déversait sur les Ramblas, je m'engageai dans le Raval, parmi les taxiphones et les vidéoclubs pakistanais.

C'est presque de façon involontaire que j'arrivai devant le Marsella, un café magique et décadent que je n'avais pas fréquenté depuis l'époque où j'étais étudiant. Les miroirs qui recouvraient tous ses murs et son ambiance bohème en avaient fait à l'époque mon bar préféré.

J'entrai par pure nostalgie, et je constatai que rien

n'avait changé pour l'essentiel. Il y avait toujours les mêmes miroirs usés, les bouteilles centenaires couvertes de poussière et les vieux écriteaux sur lesquels des messages comme : *INTERDIT DE CHANTER* ou *INTERDIT DE SE GARER* avaient été rédigés à l'intention de la clientèle.

Et alors que je prenais place à l'une des nombreuses tables restées libres à cette heure, je me rappelai avoir lu que ce café, ouvert en 1820, était le plus ancien de Barcelone. Il avait compté, parmi ses illustres clients, le dramaturge Jean Genet, qui se prostituait dans sa jeunesse dans le Barrio Chino, appelé à présent Raval ou Rawalstán[1].

Un serveur à l'accent américain m'apporta mon café, interrompant mes pérégrinations mentales à travers cette ville qui n'existait plus.

Je regardai ma montre : il était 15 h 30. Dans un peu plus d'une heure, je serais à nouveau en présence de Gabriela. À cette idée, je sentis mes mains devenir moites et mon pouls s'emballa – les ravages d'une flamme que je croyais éteinte.

En la voyant ce midi, j'avais éprouvé une douleur physique en même temps qu'une sensation de vide vertigineuse. Comme si j'étais sur le point de tomber dans un précipice et qu'elle fût la dernière chose à laquelle je puisse me raccrocher. À cet instant, j'avais pensé que je mourrais de tristesse s'il me fallait renoncer à elle.

Tandis que je songeais à tout cela, je me rendis compte que mes yeux étaient humides. Assise à la table devant moi, une vieille ivrognesse m'observait avec une expression maternelle en fumant une cigarette brune.

1. Ce surnom donné au quartier s'explique par la présence de nombreux Pakistanais.

Elle toussait entre chaque bouffée, mais je remarquai dans ses yeux la compassion de ceux qui ont brûlé toutes leurs passions et qui sont enfin libres.

À ce moment, le garçon de café s'approcha de sa table avec la spécialité de la maison : un verre d'absinthe coupée d'eau avec un morceau de sucre enflammé. La femme cessa de me regarder pour se concentrer sur l'alchimie des flammes qui allaient, une fois éteintes, laisser la voie libre à l'alcool chaud qu'elle s'empresserait d'avaler en quelques gorgées.

La scène me fit penser à un recueil de poèmes de Bukowski. Il n'a jamais fait partie de mes auteurs favoris, mais il mérite une place d'honneur dans la littérature, ne serait-ce que pour le titre de ce livre :

Brûler dans l'eau, se noyer dans les flammes.

Chinaski et compagnie

J'avalai le café d'un trait et sortis, nerveux, pour me dégourdir les jambes tout en pensant à ce que je ferais lorsque je verrais Gabriela. J'arrivai à la conclusion que le mieux était de m'excuser pour ce que je lui avais dit la fois précédente – ce qui revenait à m'excuser parce qu'elle ne m'avait pas reconnu – et de me comporter comme un client normal.

Pour dissiper l'anxiété que cette scène faisait naître en moi, je pensai de nouveau à Bukowski, autre Allemand qui avait émigré aux États-Unis peu après l'arrivée des nazis au pouvoir. Personnellement, je n'ai jamais vibré à la lecture des aventures dégoûtantes de Chinaski, son alter ego, mais j'avais découvert qu'il était un grand monsieur en lisant une anecdote le concernant.

Apparemment, un jour qu'il voyageait en train sur la côte Ouest, un enfant qui s'était assis à ses côtés regarda l'océan et lui dit : « La mer n'est pas belle du tout. » Bukowski frémit et se dit que cet enfant était un génie, car lui-même ne s'en était pas rendu compte jusqu'à cet instant.

Dès notre naissance, on nous apprend à penser que la mer est belle, sans que nous puissions en décider par nous-mêmes.

Je marchai, perdu dans mes pensées, jusqu'au moment où quelqu'un me tira par la manche. Comme sortant d'un rêve, je vis qu'il s'agissait d'un jeune Arabe vêtu d'une djellaba. Il se trouvait dans une cabine téléphonique et tenait de son autre main le combiné décroché.

— Il reste du crédit, me dit-il.

— Pardon ?

— Il reste trente centimes. Si je raccroche, ça sera pour les télécoms, et je ne veux pas que ça aille dans leur poche. Allez, tiens, appelle ta fiancée.

Puis il me tendit le combiné et s'éloigna en sifflotant. Je n'eus même pas le temps de le remercier. Faute de fiancée et d'amis, il me fallut penser à qui j'allais téléphoner, afin que cette attention qu'il avait eue pour moi ne soit pas perdue.

Je me rappelai avoir noté le numéro du CHU pour le cas où il me faudrait entrer en contact avec Titus. J'en profiterais pour lui demander comment s'était passée l'exploration.

Après avoir attendu presque deux minutes, j'entendis sa voix caverneuse à l'autre bout de la ligne.

— Je vais bien. Tu n'as pas besoin de te faire du souci. Où tu en es, de ce livre que je t'ai confié ?

Diable ! me dis-je. La vérité, c'était que je n'avais pas fait grand-chose, si bien qu'il était préférable de changer de sujet. J'allais donc lui raconter les dernières nouvelles.

— J'ai rencontré un type, Valdemar, qui me parle lui aussi de science. Tout comme vous.

— Ça doit être un signe des temps, répondit le vieux. Et Gabriela ?

— J'ai fini par la trouver. Elle travaille dans un magasin de disques. Mais ça s'annonce plutôt mal, parce qu'elle ne se souvient pas de moi.

— Peu importe. Concentre-toi sur la musique. Tu sais ce qu'on dit…

Mais je n'eus pas l'occasion de l'apprendre, parce que le crédit s'épuisa à ce moment précis, interrompant la communication. Je cherchai une pièce de monnaie dans mes poches, mais je ne trouvai que dix centimes. Cela ne suffisait pas pour un appel local.

Ne sachant toujours pas à quoi m'en tenir, je sortis de la cabine et me mis en route, agité comme quelqu'un qui se dirigerait vers la ligne de front.

Romances

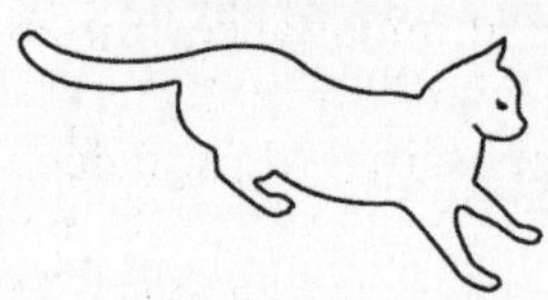

On prétend que les bons acteurs de théâtre ressentent, lorsque le rideau est sur le point de se lever, une tension presque insupportable qui disparaît à l'instant même où la pièce commence.

Ce fut quelque chose de ce genre qui se produisit en moi lorsque j'arrivai à destination. Je me sentis soudain tranquille, et prêt à papillonner maladroitement entre les rayonnages comme le font tous les passionnés de musique classique. Bercé par un quatuor à cordes d'une extrême lenteur, je me dirigeai vers le « M » de Mendelssohn pour tirer au clair le mystère des gondoliers.

J'avais un truc : je savais pertinemment qu'elle était là, mais j'étais parvenu à orienter tous mes sens vers ce rayonnage comme si ma vie en avait dépendu. Néanmoins, je ne parvins pas à éviter de sursauter lorsque je sentis Gabriela s'approcher comme une ombre douce. Et tout en parcourant rapidement les disques, je vis du coin de l'œil qu'elle me surveillait en ébauchant un sourire.

Je tournai la tête vers elle. J'avais décidé de jouer le rôle du client qui se sent dérangé parce qu'on ne le laisse pas farfouiller en paix. Mais lorsque je me retrouvai face à elle, ce qui sortit de mes lèvres fut complètement différent. L'esprit propose, mais le cœur dispose.

— Je suis désolé pour le malentendu de l'autre jour. Je croyais que…

— Ça n'a pas d'importance, dit-elle, souriante, je peux t'aider ?

Si tu savais ! pensai-je. Mais je devais m'en tenir au scénario.

— Je cherche un morceau que j'ai entendu ici la semaine dernière. C'est une pièce pour piano tirée des *Romances sans paroles*. Je croyais qu'elle s'intitulait *Chanson du gondolier vénitien*, mais je n'en suis plus sûr à présent.

— Laquelle en particulier ?

— Il y en a donc plusieurs ? questionnai-je en guise de réponse, essayant d'afficher un calme simulé.

— Il existe trois ou quatre romances de Mendelssohn qui portent ce nom.

— Eh bien, je vais emmener tous ces gondoliers faire la fête avec moi ! fis-je, dans l'intention de me montrer drôle. Quelle version me conseilles-tu ?

Gabriela me tourna le dos et se mit à parcourir doucement les disques. J'en profitai pour admirer ses longs cheveux si joliment ondulés aux reflets presque bleus. Elle dit enfin :

— Il y a deux très bonnes versions : l'intégrale de Barenboim et un choix de morceaux interprétés par Andras Schiff.

— Barenboim, alors. Je veux toutes les *Romances*.

— Je ne l'ai pas. Il ne me reste que la version de Schiff, et elle me tendit un disque avec la photo d'un type à la peau rose et les mots *Lieder ohne Worte*.

Je le gardai quelques secondes entre les mains pendant que je songeais à ce que je devais faire. D'un côté, je voulais emporter les *Romances* à la maison pour brûler dans l'eau de mes larmes et me noyer dans les flammes de ma passion. Mais d'un autre côté, je risquais de perdre l'occasion de la revoir.

Il existait une solution intermédiaire, mais elle me revenait deux fois plus cher.

— Je voudrais les deux versions, dis-je en gardant le pianiste à la peau rose. Tu peux me commander la version de Barenboim ?

— Bien entendu. Je devrais l'avoir dans quelques jours. Je t'appellerai lorsque je l'aurai reçue. Tu me donnes ton numéro ?

Je le lui donnai, tout orgueilleux de savoir qu'elle le possédait. Même si ce n'était que pour me prévenir de l'arrivée d'un disque, cela s'était transformé dans ma rêverie en un véritable rendez-vous amoureux.

— À dans quelques jours, alors, fit-elle avant d'ébaucher un sourire et de disparaître dans l'arrière-boutique.

Et il me sembla que c'était ce que j'avais entendu de plus beau depuis des années.

— À bientôt, murmurai-je, envoûté.

Mono no aware

Cela n'a aucune importance, me répétai-je dans la solitude de mon appartement tandis que je me servais une tasse de café.

— Et c'est justement le problème, dis-je à Mishima qui paraissait m'écouter avec attention. Cela n'a aucune importance parce que je n'existe pas pour Gabriela. Même si elle ne portait pas un badge avec son nom, je serais capable de la reconnaître parmi un million de femmes. Elle, en revanche, elle est incapable de me reconnaître lorsque je suis devant son nez. J'ai donc changé à ce point ?

Mon discours achevé, je me laissai tomber dans le fauteuil tandis que les dernières lueurs de l'après-midi abandonnaient le salon. Le cœur serré, je regardai les étagères chargées de livres, la chaîne stéréo, les affiches représentant des portraits de Brassaï, le lampadaire éteint…

Je ne me sentais pas capable de mettre le disque que je venais d'acheter. J'étais sous l'emprise du *mono no aware* des Japonais – la tristesse des choses. Une expression dont je commençais, hélas, à pénétrer la signification.

Je restai quelques minutes dans la pénombre, puis je me décidai à allumer la lampe. Mishima approuva cette décision d'un miaulement. Je pris ensuite le dictionnaire de Rheingold qui se trouvait sur la table basse afin de me bercer dans ma mélancolie en toute connaissance de cause.

L'expression en question ne se trouvait pas exactement dans le dictionnaire, mais dans un article découpé que j'avais conservé entre ses pages. Consacrée, semble-t-il, par Motoori Norinaga, un poète japonais du XVIIIe siècle, elle se réfère à une extrême sensibilité à l'égard des choses, à une relation dépourvue de tout filtre dans laquelle l'observateur se fond avec ce qu'il observe. Comme l'amant qui vit dans le cœur de sa bien-aimée.

Cette expérience profonde engendre de la mélancolie, comme si le substrat du monde, en soi, était empreint à la fois de tristesse et de beauté. C'est ainsi d'ailleurs que s'intitule justement un roman de Kawabata, le premier prix Nobel japonais.

Peut-être que tout ce qui est beau est triste parce que éphémère comme un baiser papillon, me dis-je.

Lassé de moi-même, je refermai le livre et allai faire la vaisselle. Dernièrement, j'étais d'un lyrisme insupportable.

Pendant que je passais la vaisselle sous le jet d'eau chaude, je pouvais voir la Lune, pleine et splendide dans le firmament. Soudain, il me sembla qu'elle était très seule, là-haut. Raison de plus pour aller lui rendre visite.

En fin de compte, il se pouvait que Valdemar ait raison : peut-être notre immortalité était-elle là-haut. Mais qui pouvait avoir envie de vivre une éternité sur la Lune ?

Les bougies de Siddhârta

Le samedi matin, je me réveillai avec une pensée heureuse : nous ne sommes jamais seuls, il s'agit là d'une autre de nos illusions humaines.

La vision de la Lune avait produit pendant la nuit une certaine alchimie en moi, car j'étais maintenant saisi de l'euphorie de ceux qui s'imaginent que tout est possible. Et les mêmes scènes qui, le jour précédent, avaient alimenté ma tristesse, étaient devenues à présent autant de raisons d'espérer. Étais-je en train de devenir fou ?

Le soleil avait réveillé Mishima, qui secouait sa torpeur en bâillant et en effectuant ses étirements matinaux.

Je sautai du lit avec la conviction d'être le maître de mon destin. Aussi n'avais-je rien à craindre – pas même Mendelssohn. Je mis le disque des *Romances* et entrepris de puiser dans mes réserves de nourriture pour me préparer un généreux petit déjeuner.

À ma grande satisfaction, je constatai que la version

d'Andras Schiff était bien celle que j'avais entendue lors de mon avant-dernier passage au magasin. C'était précisément le remède qu'il me fallait pour ressusciter Gabriela et rêver à des situations pleines de magie. Car seule la magie serait capable de me rendre un amour d'enfance aussi bref qu'un battement de paupières.

Le premier *Gondolier* fit renaître le sourire de Gabriela, la constellation de taches de rousseur de ses joues, ses beaux yeux en amande. Toutes les belles choses de la vie – les merveilles du monde – dans un même visage.

Aux yeux d'un observateur extérieur, je pouvais apparaître comme un simple idiot qui rêvassait un samedi matin devant son petit déjeuner. Et de fait, si l'on exceptait Mishima, j'étais aussi seul que d'habitude. Mais ma solitude me semblait à présent très peuplée.

Je repensai aux maillons d'amour en minuscules qui avaient fait naître mes espoirs les plus fous : l'assiette de lait > le chat > Titus > le rail (courbe) > Gabriela > la terrasse > Valdemar > Ravel > Mendelssohn > Gabriela > Titus (exploration) > la terrasse > Valdemar > Mendelssohn (deux *Gondoliers* ?) > Gabriela…

Une solitude très peuplée, en effet. Et par ailleurs assez musicale. Où donc me conduirait cet enchaînement de causes et d'effets ? Et la Lune ? Que venait donc faire la Lune dans cette histoire ?

Il semblait exister un rapport étroit entre mon ouverture sur l'extérieur – Mishima, Titus et Valdemar, sans compter ma sœur et son mari – et la triple apparition de Gabriela. Était-elle ma récompense pour les marques d'attention, peu naturelles chez moi, que j'avais accordées à des inconnus ?

Peut-être que seuls sont dignes d'amour ceux qui aiment en gros et ne refusent pas aux uns ce qu'ils donnent aux autres, me dis-je.

Cette idée me rappela un aphorisme de Siddhârta Gautama que j'avais lu avant de me coucher. Ce petit livre était devenu un bon oreiller sur lequel je pouvais reposer mes angoisses. J'allai le chercher pour le lire à nouveau.

Le second gondolier était déjà entré en scène lorsque je trouvai la réponse à quelques-unes de mes questions :

« On peut allumer des milliers de bougies à partir d'une seule, et la vie de la bougie ne s'en trouve pas abrégée. Le bonheur ne diminue jamais pour avoir été partagé. »

Traité de philosophie féline

Je consacrai mon samedi à la rêverie et à mon travail pour l'université, préparant tous les cours de la semaine. Mais le dimanche, je commençai à avoir mauvaise conscience à cause du livre de Francis Amalfi.

Depuis que j'avais accepté la commande de Titus, j'avais à peine produit dix pages : le passage de *Werther*, quelques aphorismes de Bouddha, la partie qui traitait de l'amour en minuscules… Le *Petit cours de magie quotidienne* devait avancer plus rapidement si je voulais me convaincre que j'étais capable de le terminer.

Je jetai un regard à Mishima, qui s'ennuyait dans le canapé comme la plus grande partie de l'humanité. Avant d'être victime de la dépression du dimanche après-midi, je montai chez Titus pour attaquer le chapitre intitulé *Philosophie féline*.

Mishima me suivait toujours partout, mais ce fut

lorsque nous grimpâmes de concert à l'appartement du dessus que je compris vraiment que nous formions une équipe préparée pour relever ce défi et boucler ce travail cet après-midi même.

J'allumai l'ordinateur portable et me mis à rassembler de la documentation. La bibliothèque de Titus contenait plusieurs guides sur les chats, et l'un d'eux correspondait exactement à ce dont j'avais besoin. Il s'agissait d'un livre américain dont le titre pourrait se traduire par *Le chat et ses 10 leçons de sagesse à l'usage de son maître.* L'auteur, Joanna Sandsmark, racontait dans le prologue que ses deux chats lui avaient appris à sauter sans tomber et à ronronner quand elle était heureuse.

Ce n'était pas trop mal pour commencer, mais il me fallait chercher quelque chose de complètement différent.

Cette histoire des dix leçons ne me convainquait pas, car j'avais toujours associé les chats à leurs sept vies. Je décidai que ce serait précisément là mon point de départ. Sans perdre Mishima de vue, j'entamai ma rédaction, poussé par une inspiration soudaine :

I. VIE SPIRITUELLE

Les chats sont de grands méditatifs, en plus d'être des experts dans l'art du yoga. Le félin est capable de rester immobile des heures durant, voyageant vers son propre centre pour, en un instant, bondir dans le monde extérieur et engager tous ses sens dans ce qu'il entreprend. Sa vitalité surgit du repos, parce que l'animal ne consomme pas d'énergie dans des états intermédiaires. Il agit ou se repose. Lorsqu'il agit, il se comporte comme s'il en allait de sa vie. Lorsqu'il se repose, il le fait comme s'il ne devait plus jamais se relever. Il ne perd pas son temps à douter.

II. VIE ÉMOTIONNELLE

On dit que les chats sont égoïstes, alors qu'en réalité ils sont simplement malins. Ils ne viennent pas à nous s'ils peuvent faire en sorte que l'on aille vers eux. C'est dans leur indifférence apparente que réside leur force. Ils préfèrent se laisser aimer plutôt que de risquer leurs sentiments en les affichant. En bons taoïstes, ils accomplissent sans agir et gouvernent sans diriger. Ils se contentent de conserver leur dignité et de se conduire suivant leurs caprices. Ils ne réclament pas d'affection et l'obtiennent pour cette raison même. Les chiens ont des maîtres, les chats, des serviteurs.

III. VIE SENSORIELLE

Un chat à la maison est une invitation constante à rester en alerte. Nous laissons souvent passer des occasions parce que nous ne sommes pas conscients de leur existence. Les félins aiguisent leurs sens, contrôlent leur environnement et sont attentifs au moindre changement. Leur vigilance est tranquille, pleine de patience active. Lorsqu'ils se reposent, ils restent en contact avec ce qui les entoure pour agir au moment opportun. Leur calme apparent est en réalité de la concentration. Et cette attention fait que les événements tournent plus facilement en leur faveur.

Je m'arrêtai là, impressionné d'avoir écrit tout cela. En relisant le texte, j'éprouvai le sentiment qu'il n'était pas venu de moi. C'était comme si je n'avais été qu'un simple médium à travers lequel Francis Amalfi s'était exprimé. Mais qui était réellement Francis Amalfi ?

Mishima frappait le tapis de sa queue, comme pour m'encourager à reprendre le travail. Je pensai à d'autres sujets que je pourrais développer : l'hygiène des chats, leur capacité à se cacher en temps voulu, leur intuition presque surnaturelle…

La leçon était claire : je devais moi aussi rester en alerte à partir de maintenant. Je songeai à la semaine qui m'attendait et je compris que rien n'était impossible. Le secret, c'était d'ouvrir grands les yeux et de sauter sans peur lorsque le moment viendrait.

Casser un œuf

Avec les premiers examens, le séminaire de littérature allemande avait été déplacé le lundi en début de matinée. Je devais parler de Hermann Hesse, et en particulier de son roman *Demian*, qu'il avait signé à l'origine du nom de son personnage principal : Emil Sinclair.

Et tandis que je traversais la cour mélancolique de la faculté de lettres, je relus la phrase liminaire :

« Je ne voulais qu'essayer de vivre ce qui voulait spontanément surgir de moi. Pourquoi était-ce si difficile[1] ? »

Impressionné par ce début dont je ne me souvenais pas, je me plongeai dans la lecture de la page suivante

1. Hermann Hesse (trad. Denise Riboni), *Demian*, Paris, Stock, coll. « Bibliothèque cosmopolite », 1991.

tout en montant le vieil escalier de la fac. Il s'agissait d'une brève introduction dans laquelle l'auteur présentait les différents thèmes qui allaient être développés dans le livre, ainsi que sa philosophie :

« La vie de chaque homme est un chemin vers soi-même, l'essai d'un chemin, l'esquisse d'un sentier. Personne n'est jamais parvenu à être entièrement lui-même ; chacun, cependant, tend à le devenir, l'un dans l'obscurité, l'autre dans plus de lumière, chacun comme il le peut[1]. »

Tu l'as dit ! répondis-je à l'écrivain aux lunettes rondes tandis que je pénétrais dans la salle où quelques étudiants assoupis m'attendaient.

J'accrochai mon manteau et, sans préambule, j'entrepris d'expliquer en allemand, dans les grandes lignes, la biographie de l'auteur. Hermann Hesse était issu d'une famille de missionnaires qui avaient vécu en Inde. C'était apparemment un type bizarre, puisqu'il passa quelque temps dans un asile d'aliénés et qu'il tenta par deux fois de se suicider au revolver.

Étranger aux remous politiques de son époque, il fut l'objet, un an avant de recevoir le prix Nobel, d'une chasse aux sorcières menée par les intellectuels allemands, qui exigèrent l'interdiction de ses livres. Son péché : s'opposer à la « responsabilité collective » que Karl Jaspers avait fait porter au peuple allemand dans son ensemble à cause de l'Holocauste.

Deux bâillements mal dissimulés m'indiquèrent que je devais passer aux anecdotes et aux commérages. J'expliquai que Hesse n'avait jamais négligé de répondre aux lettres que lui envoyaient ses lecteurs. On

1. *Ibid.*, p. 22.

estime d'ailleurs qu'il répondit, non sans un grand déplaisir, à plus de trente mille lettres. Cette activité monopolisa son temps durant les vingt dernières années de sa vie, ce qui explique en partie sa faible production littéraire après *Le Loup des steppes*.

Une fois achevé ce résumé biographique, je distribuai les sujets concernant *Demian* aux étudiants et je m'arrêtai sur un passage du roman particulièrement significatif.

Emil Sinclair a perdu de vue son ami Max Demian qui lui a montré les zones d'ombre de la société dans laquelle il vit, ainsi que celles de son âme. Une nuit, Sinclair rêve que Demian tient entre ses mains un blason orné d'un oiseau. Dans son rêve, l'oiseau prend vie et commence à lui dévorer les entrailles.

Frappé par cet épisode nocturne, Sinclair peint l'oiseau tel qu'il l'a vu en rêve et envoie son dessin à l'ancienne adresse de son ami. La réponse lui parvient d'une façon mystérieuse, sur un morceau de papier plié qu'il trouve entre les pages d'un livre de classe. L'interprétation du rêve par Demian prend la forme d'une révélation :

« L'oiseau cherche à se dégager de l'œuf. L'œuf est le monde. Celui qui veut naître doit détruire un monde. L'oiseau prend son vol vers Dieu[1]. »

Alors que nous en étions arrivés à ce point, une jeune fille qui portait des lunettes rondes pareilles à celles de Hesse, et qui était la Mademoiselle Je-sais-tout de mon cours, leva la main pour parler.

— Cette idée, Hesse l'a volée à Goethe.

1. Hermann Hesse, *op. cit.*, p. 130.

— Ah oui ? fis-je, agacé par son ton.

— C'est écrit ici, dit-elle en montrant un guide de lecture allemand à la couverture jaune. Dans les carnets que Goethe a écrits après son voyage en Italie, il parle déjà de casser un œuf.

— Moi aussi j'ai « cassé un œuf » pour me faire une omelette. Et pour ça, il n'est pas nécessaire d'avoir lu Goethe ni Hesse.

Je regrettai aussitôt ce que je venais de dire. Mon étudiante avait les joues rouges d'indignation. Je venais de faire une sottise et je devais m'excuser.

— Ce n'était qu'une blague, ne le prends pas mal. Tu veux bien nous lire ce passage ?

L'étudiante se ressaisit et se mit à lire, avec une prononciation parfaite, ce que Goethe avait éprouvé au cours de ses voyages à travers l'Italie. Je traduisis l'une des phrases pour un étudiant un peu obtus qui réclamait toujours la version simultanée :

« Je croyais tous les jours abandonner une nouvelle coquille et éprouver une transformation jusqu'à la moelle osseuse. »

— Tu as raison, admis-je. Ils parlent tous deux de la même chose. Je suppose que tout le monde doit tôt ou tard rompre la coquille. Que signifie pour vous cette image ?

Un silence s'ensuivit aussitôt, le traditionnel silence qui s'instaurait dès lors que je m'éloignais du scénario préétabli. La plupart des étudiants de philologie détestent réfléchir par eux-mêmes ; ils préfèrent trouver les réponses dans les livres. Je regardai un jeune garçon tout timide qui n'ouvrait que rarement la bouche. Il accueillit mon invitation en rentrant la tête dans les épaules.

Par chance pour lui, Mademoiselle Je-sais-tout revint à la charge avec une idée présente dans l'introduction.

— Hesse parle de laisser derrière lui des sortes de mues. D'une certaine façon, il annonce l'idée de l'œuf.

— Bravo. Et de quelles mues s'agit-il ?

Derrière les lunettes de l'étudiante, j'entrevis un éclair d'orgueil et de sensibilité.

— De celles de l'âme, répondit-elle.

L’album de la vie

Je n’avais plus cours jusqu’au milieu de l’après-midi. Aussi, je passai en revue les différentes possibilités qui s’offraient à moi : incarner Francis Amalfi, préparer mes cours ou rendre visite à Titus.

L’idée de passer la matinée entouré de malades et de familles hystériques ne m’enchantait guère, de sorte que je choisis une option qui n’était pas prévue : rendre à nouveau visite à ma sœur. À cette heure-ci, elle était souvent chez elle, car elle avait récemment quitté son travail après avoir été attaquée par une mystérieuse pathologie sur laquelle personne encore n’avait été capable de mettre un nom.

Voulant être cohérent avec mon comportement adopté le jour des Rois, je me répétai mon mantra personnel – *je dois avoir l’attitude contraire* – et arrêtai un taxi.

Tout en donnant l’adresse au chauffeur, j’observai

ses larges épaules et ses cheveux gris ramassés en queue de cheval. Je vis que ses yeux me surveillaient dans le rétroviseur. Pas de doute : c'était le type qui m'avait raconté l'histoire des lettres oubliées.

Sans préambule, je lui demandai :

— Quelle probabilité a-t-on de croiser deux fois le même chauffeur de taxi ?

— Une sur dix mille : le nombre de licences délivrées à Barcelone. Mais ce sont des choses qui arrivent. Quand j'ai commencé à faire le taxi, j'ai chargé trois fois dans la même journée une femme qui faisait ses courses. En fait, pour être franc, la troisième fois ça a été facile : je l'attendais à la sortie d'une parfumerie parce que je savais que j'aurais une ouverture.

— Une ouverture ? répétai-je sans comprendre exactement ce qu'il voulait dire.

— Bah oui. Elle est remontée dans le taxi en faisant l'idiote, comme si elle ne me reconnaissait pas. Alors, je lui ai dit : « Je vous conduis où, maintenant ? » Et elle m'a répondu : « Au lit ! » J'ai tellement eu la trique que j'ai failli bousiller le compteur !

Le concierge me prévint que Rita était sortie, mais qu'elle allait bientôt rentrer.

Personne n'est là, dernièrement, pensai-je. Je réfléchis et décidai de l'attendre chez elle.

En ouvrant avec la clé que je conservais toujours en cas de besoin, je reçus en plein nez l'odeur de patchouli qui imprégnait depuis toujours cet appartement. Lorsque j'y habitais avec mon père et ma sœur, je ne la remarquais pas, mais je pouvais à présent identifier parfaitement l'arôme d'une enfance malheureuse.

Je pensai tout d'abord allumer la télévision, comme Andrés a l'habitude de le faire dès qu'il met les pieds dans l'appartement. Il devrait d'ailleurs garder la télécommande dans sa poche pour pouvoir la mettre en marche depuis le seuil de la porte. Mais l'image bovine de mon beau-frère me fit changer d'avis, si bien que je préférai, profitant du fait que j'étais seul, traînailler dans l'appartement comme un intrus.

Le salon et la chambre à coucher, qui étaient sans cesse remis à neuf, étaient dépourvus d'intérêt. Il n'y avait rien de remarquable non plus dans la cuisine, où je trouvai uniquement des jus de fruits bio et une bière riche en malt qui avait un goût atroce.

Ma ronde d'inspection me conduisit jusque dans le débarras, une pièce longue et étroite remplie de meubles recouverts de draps comme des fantômes. Je voulus allumer la lumière et constatai que l'ampoule était grillée, signe que personne n'était entré dans la pièce depuis longtemps.

Lorsque mes yeux se furent habitués au peu de lumière qui pénétrait de l'extérieur, j'avançai d'un pas hésitant entre les meubles jusqu'au fond de la pièce. Il y avait là une commode qui renfermait quelques curiosités de mon enfance : des diplômes scolaires, de vieilles bandes dessinées, des jouets et tout un bric-à-brac. Presque à l'aveuglette, je mis la main sur une lampe de poche métallique ; à ma grande surprise, elle s'éclaira lorsque j'appuyai sur le bouton.

Elle ne devait pas être ici depuis longtemps.

Cette découverte me permit de jeter une lumière nouvelle – l'expression tombe à pic – sur d'autres choses qui ravivaient des souvenirs plus ou moins douloureux : des cahiers remplis d'exercices de calligraphie, un compas, un jeu de l'oie, des bracelets que ma sœur confectionnait avec des fils en plastique…

Dans le dernier tiroir de la commode, je trouvai des revues de musique et un vieil album de photos que je ne me rappelais pas avoir encore vu. Je l'ouvris et approchai le faisceau de la lampe de la première page, où un portrait austère de mon père me fit presque remettre l'album à sa place.

Après quelques instants d'hésitation, je reportai à nouveau mon attention dessus avec la curiosité morbide de celui qui est son propre archéologue. L'album s'ouvrait sur une série de portraits de mon père dans différentes situations : au sortir de l'université, au cours d'un voyage à Londres, avec ma sœur bébé dans les bras.

Ces images réveillèrent en moi un sentiment amer qui participait de la fuite du temps et d'une certaine mauvaise conscience. Assis par terre dans le débarras comme lorsque j'étais enfant, je me souvins que mon père était mort sans que je me sois vraiment occupé de lui. J'avais alors environ vingt ans, et j'étais meurtri par une enfance pleine de silences inexplicables.

Depuis la mort de ma mère, il s'était complètement désintéressé de nous et s'était contenté de subvenir à nos besoins. Pour lui, c'était à cela que se bornait son rôle. Ma sœur réagit en adoptant une conduite extravagante et pleine d'excès, tandis que je m'enfermai, pour ma part, dans un silence parallèle au sien.

Je crois que ce fut à cette période que je commençai à m'édifier une carapace qui m'isola du monde. Le ressentiment forma une masse calcaire autour de mon cœur qui me rendit aussi insensible que lui. Je suppose que je me repliais en moi-même pour me protéger d'un monde qui me paraissait hostile. Aimer aussi s'apprend, et j'étais un profane en cet art.

Lorsque mon père disparut, je commençai à lui pardonner. Je compris soudain qu'il avait simplement fait ce qu'il pouvait. Comme le disait Hesse, chacun avance comme il le peut et se trouve à un endroit différent du chemin. Je n'avais pas le droit d'exiger davantage de lui.

Comme il est facile de se réconcilier avec les morts, pensai-je en feuilletant l'album.

Je me découvris âgé de trois ans et déguisé en footballeur. Sur la page en regard, une photo en noir et blanc de ma sœur pendant un cours de danse. Elle devait avoir huit ans environ, et elle avait une jambe posée sur une barre placée devant un long miroir. Derrière elle, une ribambelle de petites filles s'efforçaient de rester en position, la tête bien droite.

Ce fut alors que je la vis.

Je sentis que l'air me manquait. Je reconnus Gabriela au fond de la salle de danse ; cette fois encore, elle m'était apparue comme un fantôme surgi du passé. La jambe sur la barre, elle levait le bras en arc de cercle comme le reste des élèves. Mais contrairement aux autres, dont le regard semblait perdu tant elles s'efforçaient de conserver leur équilibre, elle fixait l'objectif.

Et à présent, c'était moi qu'elle regardait. Elle souriait comme si l'exercice n'était pas si douloureux.

J'arrachai la photo avec d'infinies précautions. C'était la même fillette que celle que j'avais connue sous l'escalier. La Gabriela actuelle avait su garder tout son charme. Peut-être était-ce pour cette raison qu'elle était la femme de ma vie, même si elle ne le savait pas encore.

Tel un adolescent qui aurait en sa possession l'image de son idole, j'embrassai doucement la photo et la rangeai dans ma poche.

Les gens du quai

J'arrivai à la terrasse du café assez excité. J'avais besoin de parler à quelqu'un de tout ce qui m'arrivait et j'avais cru que Valdemar pourrait être un interlocuteur intéressant. J'allais bientôt comprendre que cette idée était illusoire.

— Tu vois cet homme en noir assis au comptoir ? me demanda-t-il d'un ton énigmatique tout en signalant du pied l'intérieur du café.

Je regardai du coin de l'œil. C'était un jeune homme aux cheveux roux qui était vêtu d'un complet. Il buvait une gorgée de bière.

— Je le vois. Qui est-ce ?

— Aucune idée, mais j'aimerais bien le savoir.

L'espace d'un instant, je pensai que Valdemar était attiré par ce type, mais lui-même se chargea de démentir cette hypothèse.

— Cet homme est un vrai mystère, ajouta-t-il.

— Qu'a-t-il donc de si mystérieux ? C'est juste quelqu'un qui boit un demi au comptoir d'un café.

— Ça, c'est l'image qu'il renvoie. Mais souviens-toi que la Lune a une face cachée. Et les gens aussi. Tu vas vite comprendre. Tu as une montre ?

Je retroussai ma manche pour lui montrer que j'en avais une. Valdemar hocha la tête en signe d'approbation.

— Observe bien. Le rouquin va quitter le comptoir à 13 h 24 exactement. Puis il sortira par cette porte en fredonnant une chanson.

Je regardai le cadran de ma montre. Il était 13 h 21. Je ne comprenais pas de quoi il retournait, mais j'étais curieux de savoir si Valdemar avait des talents de devin. Je ne dis rien et nous restâmes tous deux silencieux et tendus, attendant que l'aiguille des minutes confirme ou balaie sa prédiction.

Effectivement, à 13 h 24, le jeune homme aux cheveux roux posa une pièce sur le comptoir et quitta le café en fredonnant une chanson. J'étais perplexe.

— Comment as-tu deviné ? lui demandai-je. C'est un de tes coups d'échecs ?

— Non, dit-il en riant dans sa barbe. Dans le cas présent, il s'agit d'observation pure. Cela fait des mois que je viens dans ce café et il fait toujours la même chose. Quelle que soit l'heure à laquelle il arrive, il reste ici dix-sept minutes exactement. Ni plus ni moins. Ensuite il part. J'ai découvert ça quand j'ai commencé à le chronométrer.

Je me pris à penser qu'il était difficile de savoir lequel était le plus cinglé, du chronométré ou du chronométreur. Puis je l'interrogeai :

— Et tu sais pourquoi il fait ça ?

— Comment veux-tu que je le sache ? lâcha-t-il de façon agressive. Je suis physicien et je me contente de constater des faits. Ils sont déjà suffisamment déconcertants. Quand tu découvres ce qui se produit autour de toi, tu te rends compte que tu étais jusque-là aveugle à tout un monde de signes. Et cela n'a rien de rassurant, crois-moi.

— Comme dans le cas de ce client…

— Ce n'est rien, ça. Une bagatelle, comparé à ce que je sais et à ce que j'aimerais ne jamais avoir su.

Ces mots me firent penser à l'avant-propos de *La Face cachée de la Lune*. Pour la première fois, le manuscrit n'était pas sur la table. Il y avait un sac à dos sous sa chaise, et je supposai qu'il devait se trouver à l'intérieur.

— Qu'as-tu découvert ? demandai-je.

— Tout a commencé sur un quai de métro. Je venais m'y asseoir chaque après-midi parce que le médecin me l'avait prescrit.

— Comment ? De quel médecin parles-tu ?

— J'ai dû aller chez un psychiatre pendant plusieurs mois à la suite de mon accident. Mais il ne me donnait pas de médicaments, c'était une simple thérapie comportementale.

— Je n'y comprends rien. Tu as eu un accident ?

— Oui.

Valdemar se tut quelques instants, comme s'il lui fallait décider s'il devait ou non me le raconter. Puis il dit :

— J'ai de la famille à Ushuaia, en Argentine. C'est la ville la plus au sud du monde.

Je me demandai quel était le rapport avec le métro et le psychiatre, mais je préférai ne pas interrompre son récit.

— Lorsque je travaillais à l'université et que j'avais de l'argent, poursuivit-il, je m'y rendais tous les hivers, parce que là-bas, c'est l'été à cette époque de l'année. Mais il y fait quand même froid, tu sais : c'est près de l'Antarctique. C'est un endroit magnifique pour explorer des coins vierges, et c'était ce que je faisais pendant les vacances. Je roulais en voiture jusqu'à l'endroit où les chemins s'arrêtaient et je poursuivais ensuite à pied avec mon appareil photo. Au cours de l'une de ces excursions en solitaire, je n'ai pas vu une faille dans la montagne et je suis tombé dans un précipice de trente mètres de profondeur.

— Trente mètres ? Mais personne ne peut survivre à une telle chute.

— Généralement pas, mais j'ai eu la chance d'être ralenti par un arbre. J'imagine que j'ai brisé plusieurs branches avant de toucher le sol.

— Tu imagines ?

— Oui, car j'ai perdu connaissance. Je suis revenu à moi une heure plus tard, près d'une rivière glacée. Mon bras pendait, ma lèvre était fendue, et je n'avais aucun moyen de remonter jusqu'au chemin qui menait à la voiture. Un mur de trente mètres m'en séparait. La seule chose que j'ai réussi à faire, c'est suivre le cours de la rivière dans l'espoir d'atteindre un endroit habité. Oubliant complètement ma douleur, j'ai marché pendant quinze heures et je suis arrivé à une immense cataracte impossible à franchir. La nuit tombait et il faisait moins dix degrés. Je n'allais sans doute pas pouvoir survivre une nuit à cet endroit : je serais mort gelé le lendemain matin. Terrorisé, j'ai aperçu soudain au loin un bateau de sauvetage qui me recherchait. Je me suis mis à crier comme un fou, mais le bruit de la chute d'eau couvrait ma voix. C'était presque la nuit, et j'ai vu le bateau s'éloigner. C'est alors que j'ai eu une idée vraiment lumineuse…

— Laquelle ? demandai-je, stupéfait.

— Une chose si simple qu'elle ne m'avait pas même effleuré jusque-là. Par miracle, l'appareil photo n'avait pas été cassé, si bien que j'ai pu déclencher le flash à plusieurs reprises. Ils ont aperçu la lumière et ils sont venus me secourir. Ma convalescence a duré six mois. Ce qui est incroyable, c'est que pendant que je m'étais efforcé de me tirer d'affaire, je n'avais ressenti aucune douleur, mais dès que je suis arrivé à l'hôpital, je me suis mis à hurler et ils ont dû m'endormir.

— C'est normal, dis-je. L'adrénaline t'obligeait à te concentrer sur ton objectif, comme un chat qui va sauter sur sa proie. Mais… Quel rapport avec le quai du métro ?

— De retour à Barcelone, je souffrais de crises de claustrophobie aiguës. Ce sont des choses qui se produisent des mois après un traumatisme. Je revivais l'angoisse d'être coincé en bas du mur. Et c'était un problème, car je devais prendre le métro pour aller à la fac, mais je ne m'en sentais pas capable.

— Et c'est à ce moment-là que tu es allé voir le psychiatre comportementaliste.

— C'est ça. Il m'a dit que je n'avais pas besoin de prendre de médicaments et il a préparé à mon intention une thérapie d'exposition graduelle. C'est très utile pour lutter contre les phobies. Comme son nom l'indique, ce genre de thérapie consiste à s'exposer progressivement à ce qui nous fait peur, jusqu'à ce que l'impression positive efface l'impression négative qui a déclenché la phobie – pour moi, la chute dans le précipice. La thérapie consistait à descendre sur un quai de métro et à m'asseoir sur l'un des bancs où attendent les passagers. C'était tout. J'ai commencé par y rester cinq minutes, car c'était le maximum que je pouvais supporter sous terre. Puis j'ai augmenté le temps d'exposition et je suis arrivé à tenir une demi-heure. Ce jour-là, j'ai pris le métro et je suis allé dire au psychiatre que j'étais guéri.

— Tout est bien qui finit bien.

— Presque, car c'est alors la première fois que j'ai vu la face cachée de la Lune, mais chez les gens. Si je ne l'avais pas découverte, tout serait plus facile pour moi.

— Mais qu'est-ce que tu as découvert ?

— Quelque chose d'inquiétant. Je me suis rendu compte que certaines personnes présentes sur le quai ne montaient jamais dans le métro. Elles étaient là, c'est tout. Dans des conditions normales, c'est quelque chose que je n'aurais jamais remarqué, parce que lorsqu'on descend sur le quai, c'est pour prendre le métro.

— Peut-être qu'ils avaient froid et qu'ils venaient chercher un refuge ?

— Erreur. Nous étions en été et il faisait une chaleur de tous les diables. Dans cette station, en plus, l'air conditionné ne fonctionne jamais. Je ne peux pas imaginer que quelqu'un puisse prendre plaisir à rester là-dessous.

— Alors que faisaient-ils là ?

— C'est précisément ce que j'ai demandé au psychiatre. Je lui ai raconté ce que j'avais découvert. Et tu sais ce qu'il m'a dit ?

— Non.

— « Peut-être suivent-ils une thérapie, tout comme toi. »

Alice dans les villes

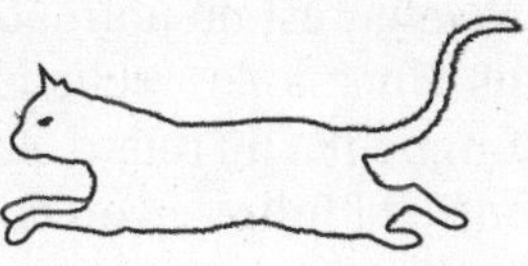

Lorsque j'atteignis ma rue, ma tête était sur le point d'éclater. Valdemar avait un talent bien à lui pour enchaîner les histoires. Ou plutôt, il enchâssait les récits, ouvrait des parenthèses en permanence et oubliait ensuite de les refermer. Toutes les expériences qu'il racontait s'accompagnaient de théories qui leur étaient propres, ce qui donnait lieu à de nouvelles histoires et à de nouvelles théories. C'était infini, ou presque.

Tandis que je pénétrais dans le hall d'entrée de l'immeuble, je m'aperçus qu'en dépit du froid, je n'avais pas la moindre envie de m'enfermer dans mon appartement. Seul le chat m'y attendait, et je n'y trouverais que du travail à faire, pour l'université et pour Titus.

Obéissant à un accès de révolte, je retirai la clé de la serrure et fis demi-tour. J'avais décidé d'aller voir ce qui était projeté au Verdi. J'étais prêt à me laisser séduire par n'importe quel film, à condition que ce ne soit pas un bavardage existentiel ou surréaliste. Pour ça, j'avais déjà Valdemar.

À ma grande surprise, on repassait dans l'une des salles *Alice dans les villes*, mon film préféré de Wim Wenders. Il s'agit d'un petit bijou de 1973 tourné en noir et blanc, dix ans avant qu'il ne se fasse vraiment connaître avec *Paris, Texas* et *Les Ailes du désir*.

C'est un *road movie* très particulier. Le personnage principal, Philip Winter, est un journaliste allemand qui parcourt les États-Unis à la recherche d'idées pour écrire un livre. Comme il a du retard, son éditeur revient sur ses engagements et Philip se voit contraint de rentrer en Allemagne. Tandis qu'il attend son avion, il fait la connaissance d'une Allemande et de sa fille de neuf ans. La femme se débrouille pour disparaître et lui laisser la fille, tout en promettant par écrit de les retrouver à Amsterdam. Évidemment, la mère n'est pas au rendez-vous. Philip loue une voiture pour rechercher la seule personne de la famille d'Alice qui vive en Allemagne : sa grand-mère. La fillette ne se rappelle pas le nom de cette grand-mère ni la ville dans laquelle elle se trouve. Elle ne dispose que d'une piste : la photo d'une maison semblable à des millions d'autres maisons allemandes et qui pourrait, par conséquent, se trouver n'importe où. L'homme et la petite fille entreprennent alors un voyage désespéré – dans chacune des villes qu'ils traversent, ils montrent la photo, sans succès – tandis que l'argent dont il dispose fond comme neige au soleil.

Je sortis très ému de la salle, peut-être parce que je me suis toujours senti comme Alice dans les villes : un naufragé qui espère trouver un peu de chaleur quelque part.

Avant de revenir à la maison, j'entrai manger un morceau dans l'un des nombreux restaurants libanais du quartier. Je commandai un quart de vin et je me laissai emporter par l'illusion que j'étais Philip Winter. J'aimais bien ce type, parce qu'il avait au moins un objectif clair : trouver la grand-mère cachée pour se débarrasser de la fillette. En ce qui me concernait, tout était bien plus embrouillé.

Dans l'obscurité du salon, je vis que la lumière du répondeur clignotait. Je me dis que ce devait être l'appel de l'un de ces démarcheurs qui insistent pour que l'on change d'opérateur téléphonique, de compagnie de distribution d'eau, ou de n'importe quoi d'autre.

Remettant l'écoute du message à plus tard, j'entamai le rituel qui précède le coucher. Tout suit un ordre préétabli : je me déshabille et j'enfile mon pyjama, je vais dans la salle de bains en chaussons et je me brosse les dents pendant que l'eau de mon infusion chauffe. Je bois celle-ci dans mon lit tout en lisant un livre pour être gagné par le sommeil. Je n'arrive jamais à aller au-delà de quatre ou cinq pages.

Cette fois, il y eut une petite variante. Après m'être lavé les dents, mais avant que l'infusion ne soit prête, je m'approchai du répondeur pour écouter ce qui était enregistré.

La voix était à la fois grave et limpide. Elle disait quelque chose qui me sembla merveilleux :

« Bonjour. Le disque de Barenboim est arrivé. Tu peux passer le prendre quand tu veux . »

La prison du cœur

J'ai un as dans la manche qui va changer la donne, me dis-je en sautant du lit.

Il était 7 heures du matin. J'aurais pu rester presque une heure de plus à traîner au lit et à profiter des derniers instants de sommeil. Mais je me sentais plein d'énergie et je voulais commencer ma journée aussi tôt que possible.

Avant de passer sous la douche, je mis en marche le répondeur pour entendre à nouveau la voix de Gabriela. Le soir précédent, je l'avais écoutée deux fois avant de m'endormir, comme si le fait de posséder sa voix dans cette boîte me permettait de garder une petite partie de son âme pour toujours.

À la lumière de ce nouveau jour, sa voix me parut une fois encore délicieuse. Elle était un peu rauque, mais douce à la fois. Il était dommage qu'elle ne me parle que du disque d'un pianiste juif. Mais cela pouvait désormais changer à tout moment, car j'avais un as dans la manche. Du moins était-ce ce que je croyais.

Sous le jet d'eau chaude, je fermai les yeux en essayant de ressusciter l'épisode vécu sous l'escalier avec le plus de détails possible. Grâce à la photographie, cela m'était à présent plus facile : je pouvais voir la constellation de taches de rousseur sur ses joues, ainsi que ce sourire qui dessinait de jolies courbes près de ses yeux en amande. Ce fut ensuite l'obscurité, car j'avais fermé les yeux, et je sentis le battement de paupières sur ma joue, léger comme le baiser d'un ange.

Après avoir repensé à cette scène une énième fois, j'étais arrivé à la conclusion que ce n'était pas le baiser en soi qui m'avait fait tomber amoureux de Gabriela. C'était sa voix. La douce audace avec laquelle elle m'avait demandé si l'on m'avait déjà donné un baiser papillon. C'était alors qu'elle m'avait conquis.

Le battement de ses paupières n'avait été que l'écho de ces paroles, la lumière qui flotte dans l'espace après l'explosion d'une étoile. L'étoile n'est plus, mais le rayonnement est la preuve qu'elle était ici jadis. De même, le baiser papillon était la preuve que Gabriela m'avait posé cette question – qui était en fait une affirmation et une flèche destinée à percer ma cuirasse.

Ce fut alors que je « cassai l'œuf » – comme dirait Hesse – et que je sortis de moi-même, du pas mal assuré d'un poussin encore aveugle quelques secondes plus tôt. Aveugle à ce qu'il n'avait pas connu jusqu'alors : le sentiment. Car il y avait eu du sentiment dans le geste de Gabriela, ou tout au moins de la tendresse. Et il suffit d'un peu de tendresse pour briser les cloisons les plus rigides de l'âme.

On dit que le premier amour possède une force particulière parce qu'on est surpris que quelqu'un ait pu nous remarquer.

On passe sa vie dans une prison que l'on s'est bâtie, et puis un jour, quelqu'un frappe à notre porte. On est venu nous chercher, et on croit que l'on ne sera plus jamais seul. Mais que se passe-t-il si l'on s'aperçoit en ouvrant la porte qu'il n'y a personne derrière ? Si l'être qui se trouvait là est parti ? Pour nous, peut-être cet appel était-il une invitation à une longue promenade – si longue qu'elle aurait pu durer le temps d'une vie. Pour l'autre personne, en revanche, les coups frappés à notre porte avaient peut-être une finalité plus simple : s'assurer que la porte émettait toujours un bruit.

Après un cours soporifique de langue allemande, je restai libre jusqu'à l'après-midi. Prêt à risquer le tout pour le tout, je ne voulus pas retarder le moment d'aller la voir.

Je n'eus pas même besoin d'entrer dans le magasin, car Gabriela se trouvait à l'intérieur de la vitrine. Elle était en train d'accrocher un poster pour une nouveauté – même si les nouveautés, dans le domaine de la musique classique, sont toujours assez relatives. Comme elle me tournait le dos, je pus admirer sa chevelure ondulée qui retombait sur son pull en laine rouge. Son pantalon en velours côtelé beige laissait deviner une silhouette très svelte pour une femme de trente-sept ans. Plus svelte que la mienne, en tout cas.

Lorsqu'elle s'aperçut que je la regardais – pratiquement collé à la vitre –, elle sembla d'abord surprise, comme si elle ignorait ce que je faisais là. Mais elle dut très vite se rappeler cette histoire de disque, car elle sortit de la vitrine et m'invita à entrer avec un grand sourire.

Après avoir posé le double disque de Barenboim sur le comptoir, elle me demanda :

— Au fait, tu as un enfant qui apprend à jouer du piano ?

— Non. Pourquoi cette question ?

J'étais abasourdi.

— Les *Romances* sont des morceaux pour les enfants qui apprennent le piano.

— Vraiment ? répliquai-je, honteux.

— Tous les élèves apprennent l'une ou l'autre des *Romances*. Moi, j'en suis restée à *La Fileuse*.

— Je n'ai pas d'enfants, dis-je à contretemps.

Et comme cela se produit dans ce type de situations, je fis la dernière chose que j'aurais dû faire, au moment le moins bien choisi.

De but en blanc, je sortis la photo de ma poche et la posai sur le comptoir. Gabriela m'adressa un regard interrogatif sans prêter attention à la photo. Je suppose qu'elle ne saisissait pas pourquoi je lui montrais des petites filles prenant un cours de danse. D'autant que je venais de lui dire que je n'avais pas d'enfants.

Mais puisque j'en étais arrivé à ce point, j'étais bien obligé d'aller jusqu'au bout. Je lui dis :

— La dernière fillette de cette rangée, tu sais qui c'est ?

Gabriela leva la photo avec délicatesse et passa de l'étonnement à la stupéfaction. Il me sembla même que ses yeux s'embuèrent lorsqu'elle me répondit :

— C'est moi.

La leçon de piano

Andras Schiff joue les *Gondoliers* comme s'il s'agissait de morceaux sérieux, dignes d'être interprétés dans une salle de concert. Sa version est lente et décadente, et son utilisation de la pédale accroît encore la langueur de ces pièces.

Le disque de Barenboim est, en revanche, plus fidèle à l'esprit originel de ces compositions. En écoutant sa version des *Romances*, on peut se transporter jusqu'aux salons où les filles de bonne famille faisaient leurs gammes. Pour un peu, on sentirait l'odeur de lavande de leurs vêtements flotter dans une atmosphère de parfaite retenue.

Les *Gondoliers* de Schiff sont passionnés et sentimentaux à l'extrême, comme si le pianiste allait mourir après chaque mesure. Le premier dure deux minutes quarante et une secondes, tandis que la même *Romance* dans la version de Barenboim ne dure qu'une minute cinquante-deux secondes. Dans cette dernière version, le message est clair : notre jeune fille modèle – dont la seule vraie passion est de voir s'achever au plus vite ce satané cours de piano – termine son exercice à toute vitesse parce qu'elle veut aller goûter.

Il me semble que je réfléchissais à tout cela – en changeant de disque après chaque morceau –, afin de me protéger. Il est plus aisé de théoriser sur le piano de Mendelssohn que de se confronter à des faits bien réels. D'une certaine manière, je retardais l'analyse de ce qui s'était produit dans le magasin, comme si j'avais besoin de prendre un peu de recul pour être capable de digérer tout cela. Car une fois encore, quelque chose de complètement inattendu s'était produit.

— C'est pour toi, avais-je dit à Gabriela en lui donnant la photo.

— Tu me l'offres ? Vraiment ? avait-elle répondu, quelque peu stupéfaite.

Je me souviens que j'avais acquiescé d'un geste de la tête et que je m'étais senti triste, parce si je me séparais de la photo, je perdrais la seule chose qui me rappelait Gabriela. Il ne me resterait plus qu'une voix douce sur le répondeur. Je confirmai :

— Tu peux la garder. Je ne crois pas qu'elle manquera à ma sœur.

C'est alors qu'elle avait lâché cette bombe :

— Dans ce cas, laisse-moi t'inviter à boire un café pour te remercier.

J'ai toujours pensé qu'après l'explosion d'une bombe, il devait y avoir un silence absolu. Les premiers cris commencent à se faire entendre quelques secondes plus tard. Quelque chose de ce genre m'était arrivé après avoir entendu les paroles prononcées par Gabriela.

Je n'en croyais tout simplement pas mes oreilles. Je demeurai silencieux et elle ajouta :

— Demain à 14 heures, après la fermeture, ça te va ?

Pour toute réponse, je hochai la tête. Je crois que la seule chose que je parvins à dire, ce fut :

— Je viendrai.

Puis je m'emmêlai les pinceaux avec une poignée de pièces de monnaie. Plusieurs d'entre elles tombèrent par terre et Gabriela dut m'aider à les ramasser. Sous le comptoir, nos visages se retrouvèrent à quelques centimètres l'un de l'autre, comme trente ans auparavant. Je crois qu'elle me sourit – mais cela ne signifiait pas qu'elle se souvenait de quoi que ce soit. Peut-être ma maladresse l'amusait-elle, ou peut-être était-ce par amabilité.

En fin de compte, je n'eus pas assez de monnaie pour payer le disque, de sorte qu'il me fallut régler avec un billet. Honteux du triste rôle que je venais de jouer, je quittai le magasin précipitamment, comme si je voulais fuir ma gaucherie.

En arrivant à la maison, je m'enfermai dans le salon tel un fauve effrayé. Mais deux amis, Schiff et Barenboim, prenaient soin de moi, et nous voguions tous trois dans la gondole de Mendelssohn vers un port inconnu.

Poussière lunaire

La journée du mercredi commença de façon surprenante. Après avoir passé une nuit presque blanche à cause de l'agitation qui s'était emparée de moi, le réveil me fit sauter du lit comme si j'étais monté sur ressorts.

Curieusement, Mishima ne me suivit pas et continua à dormir à pattes fermées.

— Je ne t'en tiendrai pas rigueur, lui dis-je. Je ferais la même chose, à ta place.

Je pris ma douche, m'habillai et déjeunai à la vitesse de l'éclair bien que je ne fusse absolument pas pressé. En un clin d'œil, je me retrouvai dans la rue et me dirigeai vers la station de métro. La journée était plutôt douce, mais à chaque pas, j'avais plus froid. C'était un froid glacial et pénétrant qui montait le long de mes jambes et faisait trembler tout mon corps.

Je m'aperçus alors que je ne m'étais pas chaussé. J'étais sorti en chaussettes, et j'étais maintenant trop loin de chez moi pour revenir mettre des chaussures. Ou alors, j'arriverais en retard à mon cours de 9 heures. D'autre part, les magasins n'ouvraient pas avant 10 heures… Que faire ?

Soudain, le ciel s'assombrit – comme si la Lune avait éclipsé le Soleil – et un bourdonnement familier résonna dans cette ville où, apparemment, j'étais le seul à marcher.

J'ouvris les yeux et me retrouvai à nouveau dans mon lit. J'arrêtai le réveil.

Je venais de vivre ce que l'on appelle un « faux réveil », un rêve au cours duquel on croit se réveiller et agir exactement comme on l'aurait fait à l'état de veille. L'illusion de ce réveil se prolonge jusqu'à ce qu'une incohérence – dans mon cas, le fait de marcher pieds nus, l'éclipse et le bourdonnement – nous démontre que cela ne peut être réel. En tout cas, pas dans l'état de veille tel qu'on le conçoit.

Et c'est pénible, car lorsqu'on s'en aperçoit, il faut se réveiller à nouveau et tout recommencer.

Une heure après être revenu dans le monde réel, je déambulais au dernier étage de la faculté. J'étais arrivé en avance, et m'occupais en contemplant les chats et en mastiquant un sandwich.

Le toit et les jardins de la fac sont habités par une importante colonie de félins, d'ailleurs assez bruyante. Lorsque les chattes ne sont pas en chaleur, il y a des bagarres terribles entre les mâles. Il est désagréable d'entendre ces feulements menaçants quand on se prépare à faire cours.

Pendant le cours de langue, nous devions analyser quelques textes de ce que l'on appelle la *konkrete Poesie*, un courant animé par une génération de poètes dont le génie consistait à tout écrire en minuscules, y compris leurs noms. Il s'agissait d'une espèce de réaction contre l'esthétique qui régnait après la Seconde Guerre mondiale, comme si le fait d'abandonner les majuscules pour écrire les substantifs – ce qui est la norme en allemand – pouvait résoudre quoi que ce soit.

Après les cours de la matinée, deux petites heures seulement me séparaient de mon rendez-vous avec Gabriela et je commençais à stresser. Sans savoir encore où je me dirigeais, je traversai la rue en m'assurant qu'aucune voiture n'arrivait.

Je ne me pardonnerais jamais de mourir par accident avant ce rendez-vous, pensai-je.

Tout à coup, ma vie me parut extrêmement précieuse. Je n'avais pas la moindre idée de ce que pouvait donner cette rencontre, mais le fait de savoir que j'allais l'avoir à mes côtés – et pour moi seul – me déclencha des palpitations. Par ailleurs, une douleur persistante s'était installée dans mon estomac et me gênait pour respirer.

Il faut que tu te calmes, me dis-je, *ou tu ne parviendras jamais là-bas*.

Le secret consistait à reporter mon attention sur autre chose tant que l'heure n'était pas venue. Il était encore un peu tôt, mais il se pouvait que Valdemar se trouve déjà à la terrasse du café ; je me dirigeai donc dans cette direction sans la moindre hésitation.

Les trois tables étaient désertes. Je pris place à celle du milieu – j'ai toujours aimé les habitudes – et commandai un apéritif en m'abandonnant au soleil de février.

Si Valdemar était ici, pensai-je, *je suis sûr que ses études lunaires et la nostalgie de l'avenir m'auraient transporté loin de moi-même.* Et c'était précisément ce dont j'aurais eu besoin. Mais l'apparition d'un personnage familier me fournit une distraction inespérée.

C'était l'homme en noir qui, à en croire Valdemar, passait exactement dix-sept minutes au comptoir.

Faute de mieux, je décidai de vérifier par moi-même si le dernier chronométrage avait été le fruit du hasard et si tout le reste n'était que pure invention. Il était exactement 12 h 43 lorsque l'individu prit place au comptoir et demanda une bière. Il devait donc partir à 13 heures pile. Il m'avait facilité le travail.

J'épiai ses gestes comme un détective tout en jetant des coups d'œil à ma montre. Le rouquin avala deux gorgées de bière, feuilleta un journal sportif et alluma une cigarette. Il l'éteignit après en avoir fumé la moitié, but une autre gorgée de bière et reprit sa lecture sans grande passion. Les dix-sept minutes étaient sur le point de s'écouler, mais ce type ne semblait pas pressé de partir.

Lorsque l'aiguille des minutes chevaucha le petit trait vertical, une sonnerie soudaine me fit sursauter. C'était le téléphone du bar.

Tandis que le garçon de café répondait, visiblement de mauvaise grâce, l'homme en noir déposa une pièce sur le comptoir et sortit à toute vitesse, comme si cette sonnerie l'avait tiré de sa léthargie.

Dix-sept minutes, vérifiai-je.

Restait à savoir s'il aurait agi de la même façon si le téléphone n'avait pas sonné. Mais un nouveau coup de théâtre interrompit mes spéculations.

— Je crois que c'est pour vous, dit le garçon en sortant avec un téléphone sans fil.

J'étais abasourdi. Qui diable pouvait savoir que je me trouvais ici ? Et comment le garçon savait-il qui j'étais ? Il ne connaissait même pas mon nom. Mais deux mots prononcés à l'autre bout de la ligne suffirent à lever le mystère.

— C'est Valdemar.

Ça ne pouvait être que lui. Seulement, c'était étrange qu'il téléphone au lieu de venir au café comme tous les midis.

— Il est arrivé quelque chose ?

À cause du souffle du téléphone, sa voix semblait venir d'un autre monde. Après une seconde d'hésitation, il répondit :

— Oui.

— Sois un peu plus explicite.

— J'ai des problèmes. Mais on ne peut pas parler de ça au téléphone.

Alors pourquoi m'appelles-tu ? pensai-je. Mais je ne voulais pas que Valdemar ou sa voix lointaine disparaissent si vite.

— Parlons-en cet après-midi. Note mon numéro de…

— Je te répète qu'on ne peut pas parler de ça par téléphone, coupa-t-il. Dis-moi où tu habites et je passerai te chercher.

Je lui donnai mon adresse sans grand enthousiasme. Puis je décidai de changer de sujet.

— Je t'entends tellement loin qu'on dirait que tu es sur la Lune.

— D'une certaine façon, c'est un peu ça, répliqua-t-il sur un ton soudain plus détendu. Bien que le moment ne soit pas encore arrivé, je m'occupe des préparatifs pour le décollage.

— Comment sera notre vie, sur la Lune ? demandai-je, parfaitement à l'aise sur le sujet. Je veux dire, quand il nous faudra fuir la Terre, quand nous découvrirons que nous sommes immortels et tout ça…

— Oh, il faudra d'abord résoudre quelques problèmes techniques. Mais rien d'insurmontable.

— C'est au voyage que tu penses ?

— Non. Ça, c'est déjà réglé. Nous avons suffisamment de technologie pour aller là-bas. Le problème, c'est le régolite.

— Qu'est-ce que c'est que ce truc ?

— C'est la poussière lunaire formée par l'impact de météorites. Il s'agit de particules très fines et pleines d'arêtes qui se glissent partout. Le régolite est tellement corrosif qu'il a rongé une partie des instruments apportés par les astronautes. C'est pour ça que personne n'a eu l'idée de bâtir des hôtels sur la Lune.

— À cause du régolite…

— Oui. Il dévorerait n'importe quel bâtiment construit là-haut. C'est comme s'il y avait partout du papier de verre. Les astronautes, c'est leur combinaison en amiante qui les a sauvés. C'est une vraie merveille, l'amiante.

— On pourrait peut-être l'utiliser pour construire ces hôtels, suggérai-je.

— Peut-être, mais il y a encore le problème de l'eau. On a fait de nombreuses spéculations, mais personne n'a démontré qu'il y avait de la glace sur la Lune. Envoyer de l'eau par transport spatial ne serait pas viable : le litre d'eau reviendrait au prix du champagne. À moins que l'on ne construise une énorme canalisation entre la Terre et la Lune, mais alors cette dernière ne serait plus un satellite.

— Je vois que tu as étudié la question jusque dans les moindres détails.

— Il y a encore d'autres inconvénients. Les contrastes de température, par exemple. Sur la Lune, on passe de plus de cent degrés, à midi, à deux cents degrés sous zéro la nuit. Il faut aussi y penser.

— Et si on allait sur Mars ? demandai-je sans avoir la moindre idée de ce que j'avançais.

— Sûrement pas ! Ça, c'est vraiment l'enfer. La danse des températures y est encore plus dramatique. Et puis l'atmosphère y est bourrée de gaz empoisonnés.

Soudain, je m'aperçus que le garçon était venu se planter devant moi, bras croisés. Il me dit :

— Ça suffit, hein ? Le téléphone, c'est juste pour dépanner.

Les moustaches du ciel

Je disposais d'un quart d'heure pour franchir une distance de cent mètres à peine. Aussi, je me dirigeai vers le magasin de musique classique en avançant presque au ralenti.

Tout à coup, je découvrais un monde de détails qui passent généralement inaperçus : l'odeur des pâtes qui cuisent dans une casserole, une flaque en forme de poisson, un grain de beauté sur le front d'un bébé, un bruissement d'arbres lointains… L'amour nous rendrait-il plus sensibles ?

Je traversai prudemment au feu rouge et descendis jusqu'à la rue Tallers, le paradis des collectionneurs de disques et de vêtements d'inspiration londonienne. Je m'arrêtai devant chaque vitrine pour passer le temps. Ce faisant, je ressentais un fourmillement constant à la hauteur du plexus solaire.

Lorsque j'arrivai à destination, il était 13 h 57. J'entrai tout de même dans le magasin.

Gabriela était en train de parler à voix basse avec un gros type qui lui montrait un catalogue. Je me plaçai un mètre derrière lui, sans rien dire. Apparemment, le caissier était déjà parti.

J'aurais peut-être dû attendre Gabriela dans la rue – ou alors, c'était ce commercial qui la rendait nerveuse –, car elle interrompit sa conversation et me dit :

— Attends-moi au café, j'arrive tout de suite.

— Quel café ?

— Tu connais le Kasparo ?

— Oui, ce n'est pas loin d'ici.

Sans autre explication, elle se replongea dans le catalogue du gros type qui, d'après ce que je compris, voulait installer un rayon dédié à une collection de musique baroque.

Je ne me fis pas prier et partis en direction du fameux Kasparo, un café avec des tables sous des arcades.

J'avais hanté l'endroit à une certaine époque, et puis j'avais cessé d'y aller. Ce sont des choses qui arrivent sans que l'on sache vraiment pourquoi. On se rend dans un même lieu à de nombreuses reprises – comme s'il n'en existait pas d'autres – et un beau jour, on n'y va plus et on ne songe pas même à y retourner. Peut-être s'est-il effacé de notre mémoire parce que nous l'avons trop usé à force de le fréquenter.

Il y avait bien dix ans que je n'y avais plus mis les pieds, mais l'atmosphère qui y régnait me parut assez semblable à celle de l'époque : il y avait des jeunes gens qui avaient vécu trop vite et qui semblaient déjà vieux, d'anciens hippies recyclés, quelques touristes égarés qui avaient déniché l'endroit par hasard…

Il ne faisait pas vraiment chaud, mais il y avait à cette heure-ci bon nombre de personnes seules qui mangeaient le plat du jour à l'extérieur.

J'ai toujours pensé qu'il y avait quelque chose d'un peu exhibitionniste à s'asseoir seul en terrasse. Même si l'on fait semblant de lire ou que l'on ferme les yeux pour profiter du soleil, ce que l'on veut, c'est que les autres nous remarquent. On est là comme dans une vitrine, attendant que quelqu'un perçoive notre singularité, ce petit quelque chose de « spécial » qui nous distingue – c'est du moins notre illusion – de la concurrence.

En dernière instance, l'objectif, c'est qu'une personne à notre goût prenne place à notre table. Ceux qui veulent être vraiment seuls restent chez eux. Là c'est sûr, il ne se passe rien.

Je trouvai un coin libre près d'une colonne et m'empressai de prendre une pose appropriée. Modèle : homme attendant l'arrivée de sa bien-aimée, premier rendez-vous. Il est difficile de paraître naturel dans un moment pareil, si bien que je me contentai de commander un café et contemplai le ciel. À cet instant, deux nuages spongieux fondirent l'un dans l'autre, affublant le ciel de grandes moustaches blanches.

Je restai ainsi longtemps, comme si j'étais venu à cet endroit pour observer la transformation des nuages. Et lorsque je sortis de cette rêverie qui me servait à maîtriser mon anxiété, je constatai à ma montre qu'il était déjà presque 14 h 30.

Il semble qu'elle ne viendra pas, me dis-je, l'air faussement désinvolte.

Aussitôt, je me mis à paniquer. D'une certaine façon, j'étais conscient de tout ce qui se jouait là. Je n'étais pas préparé pour un monde sans Gabriela, ou du moins sans l'illusion de Gabriela. Si elle ne venait pas, la porte se fermerait définitivement, et cela me ramènerait à la prison dont je m'étais échappé.

Juste au moment où je commençais à désespérer, je la vis arriver sur la place. Durant quelques secondes, je pus apprécier la légèreté de ses pas qui semblaient ne pas toucher le sol. Ses hanches dansaient sous une robe de laine verte parfaitement ajustée. Avant qu'elle n'arrive à ma table, un coup de vent souleva une mèche de ses cheveux et la déposa entre ses lèvres. Gabriela la remit délicatement en place et déclara :

— Excuse-moi de t'avoir fait attendre.

Elle s'installa sur la chaise qui me faisait face. Il y avait une autre chaise à côté de moi, mais la choisir aurait été la marque d'une trop grande intimité – du moins était-ce ce que j'imaginais tout en lui répondant :

— Oh, ne t'en fais pas. Je regardais les nuages.

Quelle entrée en matière abominable ! me reprochai-je. Mais je ne pouvais pas en rester là, ce serait encore pire.

— Tu sais, poursuivis-je, pendant que je t'attendais, deux nuages allongés se sont rencontrés. Et l'espace d'un instant, il m'a semblé que le ciel avait des moustaches.

Gabriela me regarda comme si elle se trouvait en face d'un drôle d'oiseau. Puis elle respira profondément et me demanda, avec une expression sérieuse :

— Qu'est-ce que tu attends de moi ? Je ne sais même pas qui tu es.

Je restai interdit. J'avais prévu de lui raconter beaucoup de choses avant de lui confier ce que j'éprouvais pour elle – si du moins j'étais capable de le faire. Et je me trouvais maintenant à l'heure du Jugement dernier sans avoir le moindre élément convaincant à présenter.

— Eh bien, repartis-je en affectant un ton détaché, j'ai découvert une photo d'enfance de toi et je te l'ai offerte. Ensuite, tu m'as invité à prendre un café. C'est bien pour ça que nous sommes ici, non ?

— Ça, d'accord. Mais ce que je veux savoir, c'est pourquoi tu as apporté cette photo. Il se trouve que ta sœur et moi avons, par hasard, fait de la danse ensemble. Mais qu'est-ce que tu viens faire là-dedans ? Dans tous les albums de photos de famille, il y a des centaines d'inconnus, et ce n'est pas pour autant qu'on passe son temps à les rechercher.

Bon sang ! me dis-je, *elle ne va pas me faciliter la tâche.* Pour me tirer d'affaire, je n'avais pas d'autre solution que d'essayer d'utiliser mon bagou de professeur avant que Gabriela ne quitte la table. Car si cela se produisait, tout était perdu.

— Si tu m'accordes quelques minutes d'attention, je vais tout t'expliquer. Nous nous sommes connus à l'âge de six ou sept ans. Bien que tu ne t'en souviennes pas, il s'est produit alors quelque chose de spécial et depuis, la petite fille de la photo est restée gravée dans ma mémoire. Lorsque nous nous sommes croisés au feu rouge, je t'ai reconnue et cela m'a fait une forte impression. Ce n'est pas banal de reconnaître quelqu'un après si longtemps. Tu m'as regardé deux fois : au carrefour d'abord, puis sur le trottoir, avant de poursuivre ton chemin. Et cela m'a fait penser que tu avais éprouvé quelque chose de similaire.

— C'est vrai, je t'ai regardé, admit-elle en se passant la main dans les cheveux. Mais pas parce que je me suis souvenue de quelque chose de spécial. Ce qui a attiré mon attention, c'est que tu marchais dans la rue en pyjama.

— Comment t'en es-tu aperçue ? fis-je, brusquement honteux. J'avais mis mon pantalon et mon manteau par-dessus.

Et pour la première fois depuis le début de cette rencontre, Gabriela sourit.

— Parce que ton manteau était à moitié ouvert. C'est pour ça que je me suis retournée.

— Tout cela n'aura donc été qu'un malentendu, dis-je, déçu. Mais la photo prouve que tu es bien celle dont je me souvenais. Tu dois le reconnaître, même si tu ne te le rappelles pas.

— Je le reconnais, mais est-ce que cela a un sens de revivre quelque chose qui s'est produit il y a trente ans ? Les gens grandissent, changent, s'oublient… Autrement, la vie serait trop difficile, tu ne crois pas ?

Je sentis que j'étais sur le point de pleurer, ce qui ne m'était pas arrivé depuis l'adolescence. Je décidai donc de mettre fin à cette rencontre avant de donner un spectacle lamentable. Mais Gabriela me réservait une dernière estocade.

— Tu dois te sentir très seul pour fouiller aussi loin dans ton passé.

Tout en appelant le garçon pour régler l'addition, je m'efforçai de trouver une réplique lapidaire pour clore cet épisode d'une manière plus ou moins honorable. Mais rien ne me vint à l'esprit.

Gabriela me regardait avec inquiétude, comme si elle se sentait soudain responsable de ma douleur. Quant à moi, si je venais de passer par l'étape du mépris, je n'étais pas disposé à subir celle de la pitié. Je me levai, la laissant seule à table, et je lui dis :

— Je suis désolé de t'avoir dérangée.

Et je m'éloignai avec l'impression d'avoir vieilli de trente ans.

La consolation de Bouddha

La blessure était profonde, et il était urgent de lécher ma plaie si je ne voulais pas me vider de mon sang. J'arrivai chez moi persuadé d'avoir brûlé mes vaisseaux. Les gondoliers allaient devoir chanter leurs romances ailleurs, parce que je n'étais plus d'humeur à les écouter.

Le cœur soudain endurci, je montai, furieux, à l'appartement du haut pour me consacrer à un chapitre du livre qui m'allait comme un gant : « Les trésors de la solitude ».

J'avais déniché dans la bibliothèque de Titus deux guides américains sur ce sujet qui pouvaient me fournir quelques clés. Il y avait *La Fête pour soi : le manifeste du solitaire* et *Célébrer le temps seul : histoires de solitude splendide*. C'est incroyable comme ce type d'ouvrages font de nécessité vertu, quand ils ne font pas de nécessité obligation.

Le premier s'intéressait à quelques solitaires notoires, tels Newton et Michel-Ange, qui n'avaient jamais « rejoint le troupeau » et pour qui cela avait super bien marché. Le second exposait plutôt les avantages concrets de la solitude, que je notai en vue de rédiger le chapitre.

– *La solitude est le mode de vie prédominant du nouveau millénaire.*
– *Elle privilégie les priorités de chacun d'entre nous et facilite la prise de décisions.*
– *Elle offre un degré de liberté maximal.*
– *Elle met tout le temps à notre disposition.*
– *Elle aide à trouver un sens à sa vie.*
– *Elle nous rapproche de la connaissance de soi et de la divinité.*

Je m'arrêtai à ce stade parce que cela me déprimait. Je me rendis compte que le fait d'accepter ce type de consignes équivalait à s'enterrer vivant alors que je venais, malgré tout, de sortir de ma coquille. J'avais perdu l'opportunité d'aimer Gabriela, mais je n'étais pas encore prêt à endosser l'habit d'un ermite.

Il y a tout un monde, dehors, me dis-je, *même si je ne parviens pas toujours à le comprendre.*

Réconforté par cette réflexion, je me préparai à dîner, donnai de la nourriture et de l'eau fraîche à Mishima, fis la vaisselle, écoutai la radio… Peut-être avais-je vraiment quelque chose d'un ermite, mais j'étais tout disposé à descendre de ma montagne.

J'avais décidé, à mon grand regret, de bannir Gabriela de mes espérances, afin de prendre un nouveau chemin, peu importe où il me conduirait. Et j'abandonnais les trésors de la solitude à ceux qui en avaient assez de vivre. D'ailleurs, j'avais pour ma part la sensation de ne pas avoir encore commencé.

Je me couchai avec le livre apaisant de Bouddha. Une page, ouverte au hasard, me réconforta dans ma désolation avant que je ne sombre dans le sommeil :

« Soyons reconnaissants, car si nous n'avons pas appris beaucoup aujourd'hui, du moins avons-nous appris quelque chose, et si nous n'avons pas appris quelque chose, du moins ne sommes-nous pas tombés malades, et si nous sommes tombés malades, du moins ne sommes-nous pas morts. Aussi, soyons reconnaissants. »

IV

Des mots à inventer

Nocturne

Il ne se passa rien durant plusieurs jours. J'attendis la visite de Valdemar, mais il ne vint pas. Et il ne se montra pas non plus les jours suivants à la terrasse du café. C'était comme si la terre l'avait englouti.

Je téléphonai deux fois à Titus. Notre conversation suivait un cours tracé d'avance : il m'affirmait qu'il se remettait lentement mais sûrement, puis il m'interrogeait sur le livre d'Amalfi et j'exagérais le travail réalisé pour le tranquilliser. Avant qu'il ne puisse me parler de Gabriela, je le saluai de façon un peu brusque en promettant de le rappeler.

Mais Titus était un vieux renard, et il s'imaginait bien que les choses ne s'étaient pas déroulées à merveille. Il me dit :

— Samuel, si tu veux obtenir quelque chose, sache que ça ne marche généralement pas du premier coup.

— Pourquoi me parlez-vous ainsi maintenant ?

— Ce qui est important, c'est que tu continues d'aimer la vie. Comme le disait Freud, on aime pour ne pas tomber malade.

Je trouvai étonnant que celui qui prononçait ces mots soit précisément un homme malade. Mais c'était peut-être cela qui lui conférait une certaine légitimité.

Titus conclut la conversation sur une phrase qui paraissait hors sujet, mais dont je pris bonne note :

— Au revoir Samuel, et rappelle-toi que rien n'est fortuit.

Libéré de mes délires romantiques, je disposais de toutes mes forces pour alimenter la routine. Dans mon cours de littérature, nous en avions fini avec Hesse et c'était au tour de Bertolt Brecht, la figure de proue culturelle de l'Allemagne socialiste. Ensuite viendraient les examens de février et quelques crises de larmes éclateraient pendant mes heures de permanence. Comme d'habitude, quoi.

Un mercredi soir, tandis que je préparais mon cours sur Brecht, j'eus un étrange pressentiment. J'étais occupé à revoir une liste de pièces de théâtre quand j'eus la certitude que quelque chose allait changer. Il est impossible d'expliquer comment on en arrive à ce type de conclusion, mais le fait est que je sus que cette normalité dans laquelle je m'étais installé était aussi apparente que provisoire.

Le message que cette intuition me faisait passer était quelque chose comme : ne sois pas trop sûr de toi, car bien que tu ne l'entendes pas arriver, la tempête approche ; trouve-toi un bon imperméable.

Je me couchai avec une autre conviction : mes incarnations en Francis Amalfi mettaient en danger ma raison. Et je n'avais encore rédigé qu'une douzaine de pages. Il me fallait terminer avant de sombrer complètement dans la folie.

Après des semaines d'absence, l'homme de Tokyo se rappela à mon souvenir tandis que Mishima s'installait sur le lit. Je fus effrayé de constater que je revenais en arrière, à un stade que je croyais avoir dépassé. Et l'amour en minuscules, qu'était-il donc devenu ? Je m'endormis en méditant la réponse.

Un bourdonnement strident m'arracha au sommeil. Déboussolé, je n'étais pas encore complètement éveillé quand un deuxième bourdonnement retentit. C'était l'interphone. Quelqu'un sonnait à la porte de la rue.

Je regardai l'heure sur mon réveil digital : il était plus de 3 heures du matin. Hébété, je me redressai en maudissant le poivrot qui s'amusait à casser les pieds aux gens après la fermeture des bars. Car seul un ivrogne ou un fou pouvait sonner à cette heure.

Un troisième bourdonnement m'indiqua que la sonnerie n'était pas le fruit du hasard et ne visait pas simplement à me réveiller. Quel qu'il soit, celui qui avait sonné attendait une réponse.

Les jambes encore engourdies de sommeil, je m'engageai dans le couloir en préparant une insulte suffisamment accablante pour chasser l'ivrogne. Il y avait bien une deuxième possibilité, mais je ne voulais même pas y penser. Hélas, en décrochant l'interphone, mes pires soupçons se trouvèrent confirmés.

— C'est Valdemar, entendis-je. J'ai besoin d'aide.

La cachette

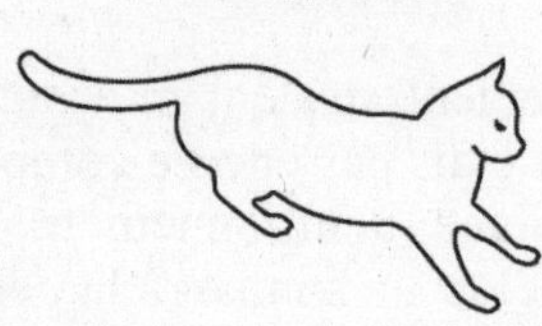

Valdemar monta l'escalier, visiblement agité. Avant même de m'expliquer ce qui se passait, il déposa dans le couloir une mystérieuse boîte métallique, un grand sac de toile et le sac à dos dans lequel il avait l'habitude de transporter son manuscrit.

J'éteignis la lumière du couloir et l'invitai à passer au salon. Nous nous connaissions à peine et j'avais cours très tôt le lendemain, mais je crois que j'étais trop endormi pour me fâcher. D'ailleurs, quelque chose de grave avait dû se produire pour qu'il vienne me trouver à cette heure indue.

J'allais presser l'interrupteur du salon quand Valdemar, qui s'était laissé tomber dans le canapé, me dit :

— S'il te plaît, ne fais pas ça. Mieux vaut que nous restions dans le noir.

Puis il alluma une cigarette sans m'en demander l'autorisation. C'était la première fois que je le voyais fumer.

J'allai lui chercher un cendrier dans la cuisine. Les

nuages masquaient la Lune et il régnait un silence inhabituel. C'était comme si le temps s'était figé et devait le rester tant que Valdemar n'aurait pas lâché ce qu'il était venu me dire.

Je lui tendis le cendrier et m'assis dans le fauteuil qui lui faisait face. Dans l'obscurité du salon, je me fis la remarque qu'il était inquiétant de parler avec quelqu'un dont on ne voyait pas le visage. Il n'avait même pas enlevé son chapeau ; je parvenais à distinguer sa forme. Il aspira une grande bouffée et l'extrémité de sa cigarette éclaira un instant son visage. Puis il dit :

— Samuel, je vais être franc. Je n'ai nulle part où aller.

Ça commence bien, pensai-je.

— Je louais un appartement, poursuivit-il. Je payais mon loyer un peu en retard, c'est vrai, mais la propriétaire était assez compréhensive. Après l'incendie, elle a changé d'avis et m'a donné trois jours pour partir. Le délai expirait aujourd'hui.

— De quel incendie parles-tu ? lui demandai-je, inquiet, tandis que Valdemar éteignait sa cigarette dans le cendrier.

— Quelqu'un a mis le feu à ma porte. On voulait, j'imagine, que les flammes passent de l'autre côté. Mais ne t'en fais pas, le manuscrit n'a rien eu.

— Le manuscrit ? fis-je, interloqué. Tu crois qu'on a essayé d'incendier ton appartement pour détruire le manuscrit ?

— Et pour me détruire par la même occasion. Il y a des gens qui aimeraient bien m'éliminer. Ils savent que je suis en train de découvrir des choses. C'est pour ça que je t'ai demandé de ne pas allumer la lumière. Il vaut mieux qu'ils ne sachent pas que je suis ici à discuter avec toi. Pour ta propre sécurité.

À cet instant, Mishima sauta sur les genoux de Valdemar qui se mit à lui caresser la tête du bout des doigts. C'était une vision sinistre qui s'accordait parfaitement avec le sac de nœuds dans lequel j'étais en train de me fourrer sans le vouloir. Peut-être toute cette histoire n'était-elle que le fruit de son imagination, la manie de persécution de quelqu'un qui croit avoir lu l'avenir sur un échiquier. Mais le fait qu'il soit venu en pleine nuit avec toutes ses affaires ne présageait rien de bon.

— Que vas-tu faire, maintenant ?

— J'ai besoin de rester quelque temps dans l'ombre jusqu'à ce qu'ils m'oublient. Mais je ne veux pas te mettre en danger. Laisse-moi me reposer ici ce soir ; je poursuivrai ma route demain.

— Tu cherches un endroit pour te cacher…

— C'est ça. Et pour me cacher de moi-même, aussi. Je crois que j'ai été un peu trop loin, ces derniers temps.

Une idée folle me traversa l'esprit et s'y arrêta, réclamant mon attention. Mon appartement ne disposait que d'une chambre, si bien que je ne pouvais proposer à Valdemar que le canapé du salon – avec les inconvénients que cela entraînerait. Mais il existait une alternative. Les yeux fixés au plafond, je lui dis :

— J'ai les clés de l'appartement du dessus. En principe, je suis le seul à pouvoir en disposer, mais si tu t'y installes pour quelques jours, je suppose que son propriétaire n'en saura rien.

— Il est vide ? demanda Valdemar, très intéressé.

— Oui. C'est celui d'un vieux rédacteur qui a eu une angine de poitrine. Il m'a donné ses clés pour que je l'aide à terminer un livre qu'il avait commencé. Mais je peux travailler sur mon ordinateur.

— Et de quoi s'agit-il ?

— De rien qui puisse t'intéresser. C'est une anthologie de textes intitulée *Petit cours de magie quotidienne.* Tu vois, moi aussi j'ai mon côté sombre…

— Nous en avons tous un, dit-il, subitement animé. Et nous avons l'obligation de voyager jusqu'à lui pour l'explorer. Mais c'est là une aventure dangereuse.

— Tu en es la preuve vivante, ajoutai-je en bâillant.

Je lui glissais ainsi un message subliminal pour qu'il comprenne qu'il était temps de dormir. Mais Valdemar semblait être au mieux de sa forme et il ne renoncerait sans doute pas facilement à exposer ses visions. Il poursuivit :

— Avant le début de la conquête spatiale, la face cachée de la Lune permettait aux gens d'imaginer des choses extraordinaires. Comme les personnes, notre satellite montre toujours le même côté. Ce qui pouvait se trouver de l'autre côté, c'était un mystère. C'est pour ça que les premières photos ont créé l'événement, mais ont aussi été une véritable déception.

— Que s'attendaient-ils à trouver sur la face cachée de la Lune ?

— Les gens pensaient que des Sélénites s'étaient cachés de ce côté-là pour qu'on ne leur empoisonne pas la vie. Mais la science savait parfaitement qu'il n'y avait rien.

— Alors pourquoi tant d'intérêt à faire des photos et à se rendre ensuite là-bas ?

— Si tant est que cela ait vraiment eu lieu, précisa Valdemar. La curiosité humaine ne connaît pas de limites. Et nous oublions parfois le risque que cela implique. À moins d'accepter de vivre à la périphérie du monde, il est préférable de ne pas tout savoir, crois-moi.

— C'est ce que tu expliques dans ton livre…

— Oui. Il s'agit de la chronique des découvertes qui m'ont conduit jusqu'ici. J'ai commencé avec les énigmes de la Lune : les incohérences des missions spatiales, les possibilités réelles que nous avons de nous y installer, le moment où cela se produira, l'immortalité… Tout ça. Mais il ne s'agissait que de travaux préliminaires. J'ai mis un certain temps à comprendre le véritable message : la face cachée de la Lune est le reflet de notre propre âme. Oublie la conquête spatiale. C'est un jeu de gamins comparé à ça.

Le goûter du chat

Après cette longue conversation nocturne, je me levai très fatigué. Entre la Lune et l'âme, Valdemar était revenu sur l'épisode des « gens du quai ».

— Qui sait si ce ne sont pas ces gens qui ont mis le feu à ma porte. Peut-être qu'ils ne me pardonnent pas d'avoir découvert qu'ils sont là et qu'ils ne montent jamais dans les wagons, avait-il dit.

Je lui avais ôté cette idée de la tête, surtout parce que je pensais que personne ne s'était attaqué à ce pauvre diable. Je lui avait dit que l'incendie avait, selon moi, une explication beaucoup plus simple : quelqu'un – peut-être lui-même – avait dû jeter un mégot allumé devant sa porte. Le paillasson avait ensuite pris feu, dégageant beaucoup de fumée et une odeur désagréable.

C'était une idée très logique, et la logique n'explique pas toujours tout, je le sais bien. Mais elle avait du moins servi de placebo et nous avions pu nous coucher tranquilles.

Valdemar était monté avec ses affaires dans l'appartement de Titus et nous étions convenus de nous voir le lendemain à la tombée de la nuit. Entre-temps, il me faudrait lutter contre le sommeil et contre la nonchalance de mes étudiants, dont une bonne partie ne venaient plus en cours parce qu'ils avaient commencé à réviser.

Le café du carrefour faisait désormais partie du passé, de sorte que je mis à profit la pause de midi pour me rendre au cabinet vétérinaire. J'avais lu dans le carnet de Mishima qu'il devait se faire vacciner à nouveau, et je demandai à Meritxell quand je pourrais le lui amener.

— Cet après-midi, je dois faire une visite tout près de chez toi, me dit-elle. Si tu veux, je passe, et comme ça, tu n'auras pas à te déplacer. Je te ferai payer le prix d'une consultation en cabinet, ça te va ?

Il était évident que je lui étais sympathique. Le chat n'avait plus aucune importance : je pouvais déjà me mettre à préparer le chocolat et les gâteaux, car notre goûter allait devenir réalité. Il me fallait cependant rester discret. La vétérinaire était une femme timide, et elle n'admettrait jamais qu'elle se rendait à un rendez-vous en tête à tête.

— Entendu, approuvai-je, mais ne me dis pas à quelle heure tu viens. Mieux encore : j'essaierai d'oublier notre rendez-vous pour que Mishima évite de se cacher.

— Bonne tactique, approuva-t-elle, et elle cligna de l'œil avant de disparaître derrière la porte de son cabinet.

Je retournai à la fac dans l'intention de manger quelque chose avant le cours de 16 heures. La cafétéria du département de Philologie était une sorte d'abri souterrain où il était difficile de se sentir à l'aise, mais je préférai tuer le temps là-bas. *J'ai une vie sociale*, me dis-je, satisfait, tandis que je mordais dans le deuxième sandwich de la journée.

Depuis l'arrivée de Mishima, ma vie s'était peuplée de compagnons très dissemblables : le vieux, Valdemar, maintenant Meritxell. Tous semblaient avoir besoin de moi. Le chat voulait un maître, Titus, un rédacteur pour le remplacer, Valdemar, une cachette pour ses peurs et ses conversations nocturnes. Dans le cas de la vétérinaire, je supposai qu'elle recherchait simplement un peu d'amitié.

À une exception près sur laquelle je ne souhaitais pas m'attarder, j'étais enchanté de leur être nécessaire. Je n'aurais jamais imaginé cela. Pour la première fois, je me rendais compte que notre valeur se mesure surtout au bien que l'on fait aux autres.

Désapprendre ce que l'on sait

Avant de pénétrer dans mon appartement, je m'assurai que tout allait bien en haut. Je collai l'oreille contre la porte, mais ne décelai aucun signe d'activité. Valdemar était probablement endormi ; il devait reprendre des forces pour m'empêcher de dormir la nuit suivante.

Tout heureux à l'idée de la visite que j'attendais, j'oubliai de dissimuler ma joie de telle sorte que Mishima ne se rende compte de rien. Et mon entrée dans l'appartement avec les gâteaux ne passa pas inaperçue : le chat piqua quelques pointes de vitesse dans le couloir avant de se volatiliser. Cette fois, je ne me donnai même pas la peine de le chercher.

Je posai les gâteaux sur le plan de travail de la cuisine, près du paquet de cacao en poudre, et je me laissai choir sans remords dans le fauteuil. J'allais mettre à profit la dernière heure de lumière pour parcourir une fois encore le dictionnaire de mots intraduisibles.

Et alors que je feuilletais le livre à l'envers, je tombai sur un mot familier : *dharma*. Il était écrit :

« Quelle est ma place dans l'univers ? Quelle est la meilleure façon de vivre ma vie ? Comment trouver les bonnes réponses à ces questions ? Les traditions spirituelles du monde se sont édifiées sur cette impulsion des hommes à chercher ces réponses. »

La rédaction du livre d'Amalfi m'avait appris à lire en diagonale ce type d'ouvrages, de sorte que je passai la description philologique du terme et la cosmologie hindoue. Je m'arrêtai sur la référence à un roman de Kerouac que j'avais lu des années plus tôt : *Les Clochards célestes*. Ce classique de la *beat generation* avait inspiré à l'auteur du dictionnaire la réflexion suivante :

« Chercher des façons d'apprendre et suivre son propre *dharma* n'implique pas l'acceptation aveugle d'un dieu ou d'une doctrine déterminés. Il s'agit plutôt de la reconnaissance du fait que vivre de façon correcte conduira à l'illumination de tous les êtres sensibles ; c'est l'affirmation que chaque être humain a la chance unique de découvrir la vérité essentielle. »

Le bourdonnement de l'interphone annonça la fin de la lecture et l'arrivée de Meritxell. Par chance, je n'attendais pas Valdemar, car il avait une clé lui permettant d'entrer et de sortir de l'appartement qu'il occupait frauduleusement – mais je supposais qu'il ne se risquerait pas à quitter sa tanière durant les prochains jours.

Lorsque la sonnette de la porte retentit, j'étais déjà là, appuyé contre le mur. La vétérinaire entra avec sa petite trousse et une bonne humeur déconcertante. Je remarquai qu'elle s'était maquillé les yeux et qu'elle avait donné un côté décoiffé à ses cheveux courts. Il faudrait interdire aux filles naturellement belles d'utiliser des artifices.

En guise de bienvenue, j'utilisai une phrase que j'avais entendue dans une histoire drôle :

— J'ai deux nouvelles à t'annoncer : une bonne et une mauvaise. Laquelle veux-tu entendre d'abord ?

— La mauvaise. Il faut toujours commencer par la mauvaise, dit-elle en riant.

— Je ne retrouve plus le chat. Il s'est encore caché.

— Ce n'est pas la fin du monde. Alors, quelle est la bonne nouvelle ?

— Je peux nous servir un chocolat et des gâteaux.

— Je ne prends jamais de chocolat. Ça me donne de l'allergie. Mais je vais te tenir compagnie et me reposer un peu. Je suis crevée !

Aussitôt, elle prit place sur le côté du canapé qu'avait occupé Valdemar lorsqu'il m'avait déballé sa conférence nocturne. Mishima avait aussi pour habitude de dormir à cet endroit. Il devait donc posséder une espèce de magnétisme particulier.

Pendant que le lait chauffait pour le chocolat, j'observai du coin de l'œil ce que faisait la belle vétérinaire. Elle arrangea ses cheveux à deux reprises et passa en revue tout ce qui se trouvait dans le salon. Elle semblait y être à son aise, mais elle paraissait aussi dans l'expectative – et à la vérité, je ne savais pas ce qu'elle escomptait.

Après avoir servi le goûter, j'approchai mon fauteuil de la table basse. J'aurais pu m'asseoir sur le canapé à ses côtés – il y avait bien assez de place pour nous deux –, mais c'était une option dangereuse. Si je me trompais et que Meritxell n'espérait rien de moi, cette proximité la gênerait. À l'inverse, si elle avait commis l'erreur de me choisir, elle attendrait que je lui passe le bras sur l'épaule à un moment ou à un autre de la conversation. Et à partir de là, tout était possible.

Finalement, je m'installai dans le fauteuil et décidai de laisser venir les choses. Je désirais simplement goûter en bonne compagnie et ne prétendais à rien d'autre.

— Moi aussi, je vis seule, dit-elle après avoir accepté un jus d'orange. J'ai partagé un appartement pendant de nombreuses années, mais maintenant j'ai besoin d'avoir un espace à moi.

— J'ai toujours pensé comme toi, confessai-je. Mais depuis le début de l'année, et sans que j'aie rien fait pour ça, les choses ont commencé à se compliquer.

— C'est-à-dire ?

J'étais sur le point de lui raconter ce qu'avait fait l'amour en minuscules, mais je m'arrêtai à temps, de peur de l'ennuyer.

— Disons que ma solitude à moi est très bruyante, répondis-je. Comme le roman de Hrabal.

— Qui est Hrabal ?

— Un Tchèque. Excuse-moi. Nous, les profs, nous avons la mauvaise habitude de ne parler que par références bibliographiques, c'est stupide.

— Pourquoi stupide ? répliqua Meritxell. C'est toujours bien de savoir des choses.

— Jusqu'à un certain point, oui. Mais ce peut être gênant d'en savoir trop. Valdemar en est la preuve.

— Qui est Valdemar ?

— Mieux vaut que tu ne le saches pas.

— D'après toi, personne ne devrait rien savoir !

— Bouddha a dit que la connaissance doit être comme un radeau : il sert à passer sur l'autre rive, mais ensuite il est absurde de le porter avec soi. Tu comprends ce que je veux dire ?

— Tu as utilisé Bouddha pour te faire comprendre.

— Tu vois ? Je suis incorrigible. C'est à ça que je faisais allusion. Il me faut désapprendre ce que je sais pour redevenir quelqu'un de normal. La culture est un bruit de fond qui m'empêche de voir la vie telle qu'elle est. La culture ne rend personne heureux. Je veux être un ignorant, ou un paysan sage qui devine quand il va pleuvoir et qui se couche et se lève avec le soleil.

— Mon frère possède une ferme à Berga, ironisa-t-elle. Il pourrait peut-être te prêter sa houe, si tu le lui demandes.

— Un bon coup de bâton sur la tête, voilà ce qu'il devrait me donner.

La sonnerie du téléphone interrompit cette conversation qui, contre toute attente, était très animée. Je ne comprenais pas moi-même pourquoi j'étais en train de dire tout cela. Mais mon invitée paraissait s'amuser, si bien que j'annonçai :

— Je ne compte pas décrocher. Plus jamais ! Nous sommes en grève contre le bruit de fond qui ne nous laisse pas voir la vie.

Le répondeur se déclencha à la troisième sonnerie. Et en entendant le message, je renversai le chocolat sur mon pull.

« Samuel, je regrette beaucoup ce qui s'est passé la semaine dernière. Je crois que j'ai été injuste envers toi. Tu me pardonnes ? Il y a beaucoup de choses que tu ignores sur mon compte. En réalité, tu ne sais rien de moi. Ou presque. »

À ce moment, sa voix grave sembla se briser et la communication se coupa.

Le cœur serré, je fis un effort désespéré pour ne pas penser à ce que je venais d'entendre et pour renouer la conversation. Meritxell avait, quant à elle, perdu le naturel avec lequel elle s'était installée dans le canapé. Elle semblait mal à l'aise d'avoir été témoin de ce moment d'intimité qui la reléguait, en plus, au second plan. Aucune femme ne supporte ça.

Sans grande conviction, je poursuivis :

— Comme je te disais, il n'y a pas moyen de vivre tranquille.

Le téléphone sonna de nouveau, dynamitant les derniers vestiges de bien-être qui subsistaient entre Meritxell et moi. Je n'osai plus rien dire, ni surtout décrocher. Je me repliai simplement dans le fauteuil comme un poulet qu'on aurait plumé.

C'était de nouveau Gabriela, qui complétait le message précédent.

« Ce que je veux dire, c'est que j'aimerais que l'on se voie encore une fois, si tu n'es pas fâché contre moi. Peut-être pourrions-nous être amis. Je te promets d'être sage, d'accord ? Mon téléphone est le… »

Avant qu'elle ne finisse d'enregistrer son message, Meritxell se leva du canapé et prit sa trousse et son manteau.

— Il se fait tard, dit-elle.

Très gêné, je la raccompagnai jusqu'à la porte. Avant que je ne parvienne à trouver quelque chose à dire pour prendre congé, elle ajouta :

— Tu avais raison, ta solitude est très bruyante. Au revoir.

Leitmotiv

Le soir, contrairement à ce qu'il m'avait annoncé, Valdemar ne vint pas, mais je ne fis pas non plus l'effort d'aller le chercher. Je commençais à comprendre qu'il était aussi imprévisible qu'un chat.

Une fois couché, je repensai à tout ce qui s'était produit durant cette journée pleine de surprises. Et j'arrivai à une conclusion qui me parut intéressante : chaque jour a une tonalité déterminée – ce qu'en allemand on nomme *Leitmotiv*, ou « motif conducteur ».

Il est des jours pleins de mauvaises surprises. Tout ce que l'on fait semble nous être défavorable. On se dit alors : « Je me suis levé du pied gauche » ou « Je n'aurais pas dû quitter mon lit ». Et peut-être a-t-on raison, car quand le leitmotiv du jour est « Aujourd'hui, tu souffres », rien ne fonctionne, quoi que l'on entreprenne.

Autre leitmotiv assez fréquent : « Je suis très fâché contre toi. » Ce sont ces jours où, sans raison apparente, tout le monde se met en colère et se montre irrité, quels que soient les activités qui sont les nôtres ou les mots qu'on emploie. Dans ce cas non plus, il n'y a pas de solution ; il faut attendre que l'orage s'éloigne. Les jours néfastes, où tout se passe mal, il est préférable de ne pas prendre de mesures que l'on pourrait regretter par la suite. Le plus prudent est de rester bien tranquille et d'espérer que le jour suivant aura un tour plus favorable. Car il y a aussi des jours comme ça.

À la fin de la journée, je compris que le leitmotiv du jour avait été « Je veux être avec toi ».

Mais ce qui paraît une bénédiction lorsqu'on est seul se révèle difficile quand arrive la minute de vérité et que l'on n'est pas préparé. Pour accepter l'estime des autres, il faut avoir un cœur empli de sagesse, car il est plus facile de recevoir du mépris que de l'amour. Contre une personne qui nous attaque, on lutte, mais que faire lorsque quelqu'un nous témoigne ouvertement son affection ? On peut toujours abandonner sur la rive le radeau de la connaissance, mais se laisser aimer, c'est une chose qu'il faut apprendre.

Peut-être le *dharma* ultime de tout être humain réside-t-il dans la capacité à recevoir de l'amour pour pouvoir le redonner aux autres.

Avant de m'endormir, je me dis que Meritxell avait été très gentille de goûter avec moi et de prêter attention à mes sottises. En dépit de nos adieux un peu brusques, un territoire commun s'était dessiné. Il y avait entre nous un je-ne-sais-quoi qui nous permettait de nous montrer tels que nous étions, sans craindre de faire ou de dire quelque chose d'erroné.

Mais, Gabriela ? Pourquoi avait-elle appelé juste à ce moment-là ?

C'était comme si elle avait perçu, à distance, que je commençais à me lier à une autre. Comme si elle voulait me gâcher la fête. Déblayer le terrain pour que mes désirs se portent à nouveau sur elle. Mais pour quelle raison ? Et dans quel but ?

Il aurait été si simple de tomber peu à peu amoureux de Meritxell… Partager des anecdotes, faire des plaisanteries… La désirer. Me heurter à un ou deux refus. Essayer à nouveau.

À en juger par le déroulement de ce premier goûter, j'aurais de la chance si elle acceptait d'être mon amie.

La peur d'être aimé justifiait mon long parcours en solitaire. Elle pouvait aussi expliquer la vigueur avec laquelle Gabriela m'avait repoussé lors de notre premier rendez-vous.

Leçon n° 1 : quoi que l'on dise, la vie n'est jamais simple.

Que ceux qui savent apprennent à ceux qui ne savent pas

J'avais préparé très consciencieusement mon cours introductif sur Bertolt Brecht. Ce n'est pas un auteur qui déchaîne les passions parmi les étudiants, peut-être parce que nous vivons en des temps trop pervers pour les moralismes. Et il est, essentiellement, un auteur moral.

Ce qui me plaît le plus, chez Brecht, ce sont les titres qu'il donnait à ses pièces de théâtre, comme *Le Cercle de craie caucasien* ou *La Bonne Âme du Se-Tchouan*. Plutôt que d'ennuyer les étudiants avec sa biographie, je me concentrai sur cette dernière œuvre, très représentative de son théâtre épique et didactique.

La pièce commence par une discussion entre trois dieux qui débattent pour savoir si une personne peut être bonne, juste, et survivre dans un monde d'égoïstes. Le cobaye sera Shen-Te, une prostituée qui habite le Se-

Tchouan. Elle est la seule qui accepte d'accueillir chez elle trois inconnus qui viennent d'arriver au village. Avec l'argent qu'elle reçoit d'eux, elle ouvre un commerce pour satisfaire aux besoins de ses voisins. Mais les gens abusent de sa bonté et vont jusqu'à la ruiner.

Échaudée, elle reprend un nouveau commerce déguisée en homme. Elle agit cette fois avec une main de fer et obtient le respect de tous les gens, qui se demandent avec nostalgie ce qui est advenu de la bonne Shen-Te. À la fin, elle se fait connaître et son ingéniosité provoque la stupéfaction.

La question de fond soulevée dans cette œuvre est la suivante : doit-on, pour être bons, se déguiser en méchants ?

À ce moment du cours, un étudiant que je voyais pour la première fois du trimestre leva la main pour intervenir. Je pensai qu'il allait lancer un débat sur la bonté, la peur et tout le reste, mais il s'agissait de quelque chose de bien moins profond. Il demanda :

— Ça existe, le Se-Tchouan ?

Les quatre pelés et le tondu qui étaient venus en cours rirent de la naïveté de cette question qui était en fait empoisonnée. Car il y avait de fortes probabilités que je ne sois pas capable d'y répondre. Et j'aurais perdu la face si je ne m'étais pas souvenu subitement de quelque chose.

— Oui, je crois que cela s'appelle le Sichuan, à l'heure actuelle. Je le sais parce qu'il s'y trouve une réserve de pandas géants. J'ai vu ça dans un documentaire.

Les étudiants éclatèrent de rire.

Qu'est-ce que cela a de drôle ? me demandai-je, agacé. Il me fallait à présent passer à l'offensive, si je voulais pouvoir reprendre mon rôle de professeur.

— Peu importe que cela se passe dans le Se-Tchouan ou à Samarcande, poursuivis-je. Brecht utilise un cadre exotique pour nous raconter une parabole sur la bonté. J'imagine que vous savez ce qu'est une parabole, n'est-ce pas ?

Mademoiselle Je-sais-tout, la fille aux lunettes rondes, entra alors en action.

— C'est une histoire qui contient un message, comme celles du Nouveau Testament.

— C'est exact. Mais les auteurs contemporains ont eux aussi eu recours à la parabole. Adorno, un philosophe marxiste allemand, affirmait que les romans de Kafka, et en particulier *Le Château*, étaient avant tout des paraboles.

— Comme une antenne ! dit celui qui était déjà intervenu précédemment. Comment un Allemand peut-il s'appeler Adorno ?

Ignorant la provocation de l'olibrius, je repris mon discours où je l'avais laissé :

— En revanche, *La Bonne Âme du Se-Tchouan* n'est pas grave comme les récits bibliques et ne propose pas une vision pessimiste comme le fait l'œuvre de Kafka. Cette pièce pose surtout des questions. Elle est une invitation à réfléchir à un sujet assez épineux. Dans ce sens, elle se rapproche plutôt des récits de Nasr Eddin. Quelqu'un sait de qui il s'agit ?

— Ça a un rapport avec le soufisme, je crois, dit la fille aux lunettes.

— Bravo, tu es en route pour la mention ! Nasr Eddin est le personnage principal de nombreux contes soufis qui contiennent des messages, comme tu l'as évoqué tout à l'heure. Il en est un sur la sagesse qui me plaît particulièrement. Vous voulez l'entendre ?

Personne ne répondit, ce qui collait parfaitement avec l'esprit de ce récit du Moyen-Orient, que je commençai aussitôt à raconter :

— Nasr Eddin arrive dans un petit village où tout le monde le confond avec un grand sage. Pour ne pas décevoir la foule massée sur la place, il écarte les bras et déclare : « Je suppose que si vous êtes ici, c'est que vous savez ce que j'ai à vous dire. » Et les gens lui répondent : « Non ! Nous ne le savons pas. Parle-nous ! » Alors, Nasr Eddin poursuit : « Si vous êtes venus jusqu'ici sans savoir ce que je venais vous dire, c'est que vous n'êtes pas prêts pour l'entendre. » Sur ces mots, il se lève et s'en va. L'auditoire est stupéfié par cette sortie. Les gens sont sur le point de le prendre pour un fou lorsque quelqu'un s'exclame : « Qu'il est intelligent ! Il a parfaitement raison. Comment osons-nous venir ici sans même savoir ce que nous allons entendre ? Nous avons été stupides. Nous avons perdu une belle opportunité. Quelle illumination, quelle sagesse ! Allons demander à cet homme qu'il nous parle une nouvelle fois. » Quelques villageois partent à sa recherche et le prient de revenir, alléguant que ses connaissances sont trop importantes pour une seule conférence. Devant leur insistance, Nasr Eddin revient au village. Sur la place, un public deux fois plus nombreux s'est rassemblé. Cette fois encore, il s'adresse à lui : « Je suppose que vous savez ce que je suis venu vous dire. » Le public, qui a retenu la leçon, acquiesce et son représentant répond : « Bien sûr que nous le savons. C'est pour ça que nous sommes venus. » À ces mots, Nasr Eddin baisse la tête et dit : « Si vous savez déjà ce que je suis venu vous dire, je ne vois pas la nécessité de me répéter. » Puis il quitte la place et s'en va. La foule est stupéfaite et un fanatique se met à crier : « Brillant ! Merveilleux ! Nous voulons l'écouter encore ! Nous voulons que cet homme nous transmette encore son savoir ! » Une délégation de notables court le chercher. Ils lui demandent à genoux de faire un troisième et dernier discours. Nasr Eddin ne veut pas, mais ils l'implorent et le supplient tant qu'il finit par accepter de leur parler pour la troisième et dernière fois. Lorsqu'il se présente sur la place, il est reçu par les clameurs d'une foule immense. Alors, il s'adresse à elle en prononçant les mêmes paroles : « Je suppose que vous savez ce que je suis venu vous dire. » Cette fois, les gens se sont concertés et ont désigné l'intendant du village pour qu'il réponde en leur nom. Celui-ci répond : « Certains, oui, mais d'autres, non. » Un long silence se fait parmi l'auditoire et tous les regards se posent sur Nasr Eddin, qui répond enfin : « Dans ce cas, que ceux qui savent apprennent à ceux qui ne savent pas. » Et ayant prononcé ces paroles, il s'en va.

Satisfactions

L'histoire de Nasr Eddin m'avait permis de terminer ce cours avec un certain succès. Si ces contes ont survécu durant des centaines d'années grâce à la tradition orale, ce n'est pas un hasard.

J'avais un autre cours en début d'après-midi, si bien que je décidai, profitant du soleil, de faire une promenade. Je traversai la place de l'Université et m'enfonçai dans le quartier du Raval. Je longeai une librairie russe et fis ensuite un détour jusqu'à la rue des Egipcíacas.

C'est l'une de ces quelques rues dans lesquelles je passe pour la seule raison que leur nom me plaît.

Depuis que mes rencontres de midi avec Valdemar avaient cessé, j'étais un peu perdu. Aussi, je commençai à battre le pavé – empruntant une ruelle pour monter, descendant par une autre – sans m'arrêter nulle part. Je renonçai à retourner au café Marsella et à me mêler au flot de gens qui descendaient les Ramblas.

Je doute d'ailleurs que quiconque, né à Barcelone et sain d'esprit, ait envie de s'y fourrer.

Je refis le chemin en sens inverse en prenant des rues différentes, découvrant ici ou là des commerces et des cafés minuscules que je ne connaissais pas : une *churrería*[1] indienne, un restaurant design, un magasin de bidules électroniques… Après avoir déambulé dans le quartier une heure durant, je m'assis sous un palmier de la Rambla du Raval.

Tu essaies de gagner du temps, me dis-je. *Tu n'arrêtes pas de tourner en rond parce que tu ne sais pas si tu dois appeler ou non.*

Je consultai ma montre et vis qu'il était 14 h 30. Gabriela était probablement en train de rentrer chez elle ou de tourner en rond comme moi. Elle m'avait laissé son numéro de portable, de sorte qu'il ne me serait pas difficile de la joindre. Mais la question était de savoir si je devais le faire. Ou s'il s'agissait d'une névrosée qui allait me laisser tomber après m'avoir mené en bateau ?

Comme pour répondre à ma question, deux Pakistanais qui se tenaient par la main passèrent devant moi à cet instant. Dans ces pays, il est courant que les amis se promènent de cette façon.

C'était une vision assurément affectueuse, si bien que je cherchai quelques pièces de monnaie dans ma poche et que je dépliai la demi-feuille sur laquelle j'avais noté son numéro. Peut-être avais-je fait des progrès à force de recevoir des coups, toujours est-il que je ne me sentis pas trop nerveux en attendant qu'elle décroche. Elle fit :

— Oui ?

---

1. Boutique où l'on vend les *churros*, beignets allongés appelés *chichis* dans le sud de la France.

Et cela changea tout. Entendre ce mot avait suffi à faire repartir de plus belle le feu qui ne s'était pas encore éteint. Pourtant, je m'étais promis de me comporter prudemment.

— C'est Samuel.

— Bonjour Samuel. Où es-tu ?

— Partout et nulle part. Je m'occupe à « passer le temps », comme on dit.

— Tu es donc un « passeur » de temps, proposa-t-elle sur le ton bienveillant que l'on utilise pour parler à un enfant. Et tu le passes bien, ce temps ?

— Ça peut aller.

— Moi, j'étais au lit et je m'apprêtais à plonger dans un rêve.

L'espace d'un instant, j'imaginai la chevelure de Gabriela répandue sur l'oreiller comme une fleur épanouie et je fus sur le point de perdre mon calme. Mais je réussis à me tirer d'affaire. Je constatai que le compte à rebours avait commencé sur l'écran à cristaux liquides du téléphone.

— Il ne me reste plus que quelques secondes de crédit, et je n'ai plus de monnaie. Dis-moi quand et où on se retrouve.

Le silence ne dura qu'un instant.

— Demain à 18 heures, au Cælum.

— Je ne sais pas où c'est. Comment dis-tu que ça s'appelle ?

— Tu n'as qu'à penser au ciel.

À ce moment, la communication s'interrompit. Même si je ne savais pas où nous avions rendez-vous, un calme enivrant s'empara de moi. Je m'appuyai contre le palmier et je fis ce que m'avait suggéré Gabriela.

Mon regard était plongé dans le ciel, et soudain le monde semblait avoir du sens. Les cris des enfants n'étaient plus du bruit, mais la vie à l'état pur ; le vent n'était plus un couteau glacé, mais une caresse fraîche.

Je regardai à nouveau le morceau de papier sur lequel j'avais noté son numéro. Je prenais plaisir à voir le mot GABRIELA écrit à côté des neuf chiffres.

En pliant le papier pour le ranger, je m'aperçus que j'avais noté son numéro au revers d'un poème de Brecht appelé *Bonheurs*. J'avais pensé le copier au tableau pour en parler pendant le cours et je comprenais à présent que j'avais eu une bonne idée en ne le faisant pas. Il ne requérait aucune analyse, aucun commentaire.

Le premier regard par la fenêtre au matin
Le vieux livre retrouvé
Des visages enthousiastes
De la neige, le retour des saisons
Le journal
Le chien
La dialectique
Prendre une douche, nager
De la musique ancienne
Des chaussures confortables
Comprendre
De la musique nouvelle
Écrire, planter
Voyager
Chanter
Être amical[1].

1. Bertolt Brecht (trad. Maurice Regnaut), *Poèmes, vol. 7*, Paris, L'Arche, 1967, p. 119.

Une fleur au bord d'un précipice

En revenant à l'université, je me rendis compte qu'il me restait une chose essentielle à savoir au sujet de Gabriela. J'avais tendu un pont gigantesque entre le passé et le présent, sans même me demander si elle était libre – dans le meilleur des cas – de répondre à mon affection.

À partir de trente-cinq ans, bon nombre de femmes vivent en couple et beaucoup ont des enfants. Comment n'y avais-je pas pensé plus tôt ? Si elle était dans cette situation, cela expliquait sa réserve à mon égard lors de notre premier rendez-vous.

Mais quelque chose me faisait penser que Gabriela était seule, même si sa solitude était d'une autre sorte que la mienne. Chaque solitude est unique et ne ressemble à nulle autre, car elle a pour exister ses propres motifs.

En avançant dans les couloirs de la vieille faculté, je

commençai à rêvasser à la rencontre de deux âmes égarées qui, à l'issue de leur traversée du désert, se fondent en une même âme. Je m'imaginai me promenant avec Gabriela main dans la main. Je pouvais presque sentir sa chaleur et la douceur de sa peau. Sa main était de celles qui accompagnent, mais ne serrent pas, car nous nous étions choisis l'un l'autre pour cheminer ensemble, et non pour nous dominer.

Soudain, l'un de mes étudiants m'arrêta et me tira de ma rêverie. Ce qui l'occupait était bien plus prosaïque :

— C'est quand, l'examen ?

À l'instar de ceux qui reviennent d'un long voyage et qui ont des problèmes de *jet lag*, il me fallut quelques instants pour comprendre de quoi il me parlait.

— L'examen de langue, insista-t-il. C'est en février, non ?

J'ouvris ma serviette pour consulter le calendrier universitaire et lui fournis l'information demandée, avec la date, le lieu, et l'heure. Ensuite l'étudiant entra dans la salle où j'allais devoir expliquer la différence entre les deux types de subjonctif qui existent en allemand.

Avant d'endosser mon habit de professeur assommant, je me dis : *Si tu t'es trompé et que Gabriela ne peut pas t'aimer en retour, tu vas tomber dans un puits sans fond.* Mais une citation de Stendhal que je me rappelai soudain me redonna un peu de courage.

« L'amour est une fleur délicieuse, mais il faut avoir le courage d'aller la cueillir sur les bords d'un précipice affreux[1]. »

---

1. Stendhal, *De l'amour*, Paris, Éditions de Cluny, 1938, p. 164.

Rien de tout cela n'est réel

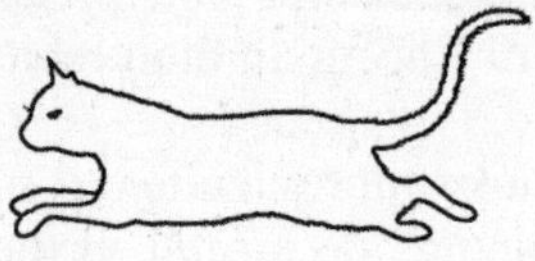

— Tu sais ? Je me dis souvent que mon accident en Patagonie ne s'est pas terminé comme je le crois.

Valdemar s'était installé sur le même côté du canapé et fumait encore dans l'obscurité. Il était descendu un peu avant minuit alors que je m'apprêtais à me coucher. Apparemment, c'était à cette heure-là et à midi qu'il était le plus lucide.

C'est ça, me dis-je avant de lui répondre, *Valdemar s'active toutes les douze heures. On ne le voit jamais le reste du temps.*

— Ah non ? Et comment s'est-il terminé ?

Valdemar aspira une grande bouffée, ce qui eut pour effet d'éclairer l'espace d'un instant son front en sueur.

— Il m'arrive de penser que je suis mort dans cet accident. Tu avais raison : il est impossible de survivre à une chute de trente mètres. Depuis ce moment, tout ce qui s'est produit n'a été qu'un songe : le chemin près de la rivière glacée, le flash de l'appareil photo, le sauvetage, l'hôpital, le retour à Barcelone, cette conversation… Rien de tout cela n'est réel.

— Si ce n'est pas réel, répondis-je, comment pouvons-nous être ici en train d'en discuter ?

— Tout cela fait partie d'un rêve – le seul endroit où les morts puissent vivre.

— Donc, je fais partie de ton rêve.

— Plus ou moins.

— Par conséquent, je n'ai pas non plus de vie propre. Je vis dans ta tête. Ou, pire encore, dans le rêve éternel d'un mort.

— Quelque chose comme ça.

Après ce dialogue inquiétant, nous restâmes silencieux une longue minute. Valdemar, à présent sans son chapeau, avait appuyé la tête sur le canapé et lançait au plafond des volutes de fumée dont je parvenais à peine à deviner la forme. Soudain, il parut troublé par une pensée et se redressa tout en écrasant son mégot dans le cendrier.

— Quand cesseras-tu de t'en faire et embrasseras-tu le néant une fois pour toutes ? me demanda-t-il à brûle-pourpoint.

— Quand j'aurai la certitude d'être mort, peut-être.

— C'est bien ça le plus drôle, dit Valdemar, car nous ne pourrons jamais le savoir.

Rendez-vous au ciel

Il me fallut mener une petite enquête pour savoir où j'avais rendez-vous avec Gabriela à 18 heures. Sa phrase « Tu n'as qu'à penser au ciel » m'avait confirmé que le nom de l'établissement était Cælum, « ciel » en latin.

Pendant la pause de midi, je montai au rayon librairie de la Fnac pour consulter des guides de Barcelone. Je finis par trouver le Cælum dans une liste de cafés et de restaurants « de charme ». Il se trouvait dans une ruelle proche de la place del Pi et, d'après ce que j'en avais lu, il s'agissait d'un salon de thé où l'on ne servait que des douceurs préparées par des religieuses.

Un peu surpris par ce choix, je notai le nom de la rue et le numéro dans mon agenda, puis je rentrai chez moi faire la sieste.

C'était quelque chose qui ne m'arrivait que très rarement depuis que je n'étais plus étudiant. J'avais été de ces fainéants qui allaient à l'université aux cours du soir pour pouvoir dormir le matin, et je faisais des siestes d'enfer avant les examens. J'entretenais en effet l'illusion que le tombereau d'informations dont ma mémoire était saturée s'ordonnerait quelque peu pendant mon sommeil. Et c'était d'ailleurs généralement le cas, comme si un obscur fonctionnaire travaillant de nuit se consacrait à ranger chaque chose à sa place.

Cet après-midi, j'avais aussi l'impression de me présenter à un examen final. Ce qui allait se passer dans ce salon de thé pouvait dynamiter mes espérances ou donner naissance à quelque chose de nouveau – mais je ne savais pas à quoi. En tout cas, je voulais dormir pour oublier le monde jusqu'à l'heure de vérité.

À 17 heures, le réveil sonna et Mishima commença à s'étirer sur le lit. J'éprouvais la sensation de n'avoir dormi qu'un instant, mais le réveil indiquait clairement que ma sieste avait duré une heure et demie. Bien trop longtemps.

Je sautai du lit et me dirigeai comme un zombie jusqu'à la douche. Tandis que le jet d'eau chaude me remettait d'aplomb, je me demandai si je devais me raser. J'avais une barbe d'un jour, une ombre à peine perceptible, mais la plupart des femmes aiment les hommes rasés de frais, surtout si elles doivent leur faire la bise pour leur dire bonjour – je ne savais pas cependant si cela se produirait dans mon cas. D'un autre côté, si j'arrivais trop soigné, trop propret, je lui montrerais toute l'importance qu'avait pour moi notre rendez-vous. Cela aurait pour effet d'exercer une forme de pression et elle se tiendrait peut-être sur la défensive.

Ce raisonnement me convainquit de ne pas me raser. En revanche, je me parai de mes plus beaux atours

– dans les limites de ce que me permettait le contenu de mon armoire : un pantalon gris qui m'allait assez bien et un pull bleu un peu ajusté. Le manteau long achèverait de me donner la petite touche bohème qu'il me fallait.

En route ! me dis-je pour me donner du courage, et je fermai la porte de l'appartement avec le sentiment que je reviendrais métamorphosé en homme nouveau.

Ce que Dieu regarde

À mon grand étonnement, Gabriela était déjà là lorsque j'arrivai – à l'heure – au rendez-vous. Avant même d'entrer, je l'aperçus comme un mirage à travers les vitres du salon de thé. À cet instant, une serveuse corpulente allumait une bougie sur sa table. Simplement éclairé par la faible lueur des petites flammes, l'établissement tout entier avait une atmosphère mi-monacale, mi-romantique.

Lorsque j'entrai, je reconnus un grand classique du jazz : *A Love Supreme*, de John Coltrane, un disque dédié à Dieu qui convenait parfaitement à cet endroit. Avait-on mis ce disque exprès, ou était-ce une affinité accidentelle ?

Un peu nerveux, je me plantai devant la table de Gabriela qui étudiait la carte des thés.

Dois-je lui dire bonjour en l'embrassant deux fois sur les joues ?

En général, on ne regrette pas quelque chose que l'on n'a pas dit ou que l'on n'a pas fait ; aussi décidai-je de prendre place et d'attendre la suite des événements. Je la saluai timidement et me plongeai dans la carte des spécialités. Comme je n'avais pas beaucoup d'expérience en matière de thé, je choisis un *Lady Grey* pour la seule raison que ce nom me plaisait.

— Je prendrai la même chose, dit Gabriela à la serveuse qui nous demanda si nous voulions des friandises.

— Pas pour le moment, répondis-je pour nous deux, enhardi par le fait qu'elle avait demandé la même chose que moi.

Une fois cette formalité accomplie, nous restâmes face à face, silencieux. J'observai que Gabriela ne portait pas de boucles d'oreilles, mais que deux papillons retenaient sa chevelure ondulée. L'un était vert de jade et l'autre, fuchsia avec des reflets bleus.

Le fait d'avoir mis des papillons dans ses cheveux sans savoir que le souvenir que je conservais d'elle était justement un baiser papillon, me parut merveilleux. Troublé, je compris que c'était bon signe. Je réfléchissais à la façon dont j'allais entamer la conversation lorsque Gabriela, qui faisait tourner depuis un petit moment sa tasse vide, dit sans me regarder :

— Les artisans japonais sont de vrais génies lorsqu'ils font des tasses. Tu sais à quelle partie de ces objets ils accordent tous leurs soins ?

C'est bien ma Gabriela, me dis-je tout en réfléchissant à la réponse. *Elle aime prendre l'initiative, comme jadis.*

— Je ne sais pas. L'anse, peut-être ?

— Les tasses japonaises n'ont pas d'anse.

— Comment le sais-tu ?

— J'ai vécu suffisamment longtemps là-bas pour le savoir.

— Tu as vécu au Japon ?

— Tu n'as pas répondu à ma question, insista-t-elle, fronçant les sourcils avec grâce.

— Eh bien, je suppose qu'ils mettent un soin particulier à décorer la partie extérieure de la tasse avec des motifs simples et harmonieux. Très *zen*, en tout cas.

— Ce n'est pas ça.

— Alors, ils veillent à ce qu'elle soit parfaitement ronde.

— Non plus. Une tasse irrégulière peut être une œuvre d'art.

— Je m'avoue vaincu, admis-je. À quoi font-ils le plus attention ?

Gabriela retourna la tasse vide et donna deux petits coups de cuillère contre le fond.

— À la partie inférieure, déclara-t-elle, à ce qui ne se voit pas. Et tu sais pourquoi ?

— Aucune idée.

— C'est ce que Dieu regarde.

Elle me décocha aussitôt un sourire malicieux qui me désarma complètement. Notre conversation paraissait être celle de deux enfants, plutôt que de deux adultes qui approchaient du milieu de leur vie. Et c'était très bien comme ça.

Dans des circonstances normales, j'aurais dégainé les questions qui me paraissaient les plus urgentes : « Tu crois vraiment en Dieu ? », « Où et quand as-tu vécu au Japon ? », « Pourquoi parlons-nous de tasses à thé au lieu de parler de nos vies ? », « N'est-ce pas ce qu'il est convenu de faire lors d'un rendez-vous ? »

Pourtant, je ne voulais pas rompre ce début magique en m'accrochant au scénario classique prévu pour la scène où « le garçon et la fille font connaissance », et qui consiste souvent en une sorte de confession esquissée à grands traits, dans laquelle les échecs sentimentaux occupent une place de choix. En général, il faut plusieurs séances pour que l'un et l'autre puissent finir de remplir leurs procès-verbaux. Ensuite, il devient difficile de trouver quelque chose à se dire.

Je compris qu'avec Gabriela, en revanche, il fallait parler de tout sauf de ça. Et mon expérience de solitaire me donnait certains atouts un peu extravagants que je pouvais utiliser pour l'occasion.

— Je suis sûr qu'ils ont un mot pour ça, repris-je pendant que la serveuse versait le thé.

— Que veux-tu dire ?

— Les Japonais doivent avoir un mot pour désigner cette beauté cachée que Dieu seul peut voir. Et s'ils n'en ont pas, ils devraient en inventer un.

— Comment le sais-tu ? Tu as vécu au Japon ? me demanda-t-elle, moqueuse, avant de souffler sur le thé bouillant.

— Non, mais je possède un dictionnaire de mots rares. Il y a beaucoup de termes qui n'existent qu'en japonais. J'ai l'impression qu'ils vivent dans un monde à part, avec des codes qu'ils sont les seuls à comprendre.

— C'est en partie le cas.

Son regard s'assombrit alors, et elle chassa de son index une larme qui cherchait à s'échapper.

Je sentis qu'elle avait dû vivre quelque chose de terriblement amer à l'autre bout du monde, mais j'ignorais de quoi il s'agissait. Ce n'était pas une simple déception amoureuse. Ce qui était évident, c'est que je venais de faire vibrer une corde sensible, douloureuse. D'ailleurs, avant que je ne puisse lui poser d'autres questions, elle ajouta :

— Il doit être intéressant, ce dictionnaire. Mais ce qui serait mieux encore, c'est qu'il y en ait un pour les mots qui n'existent pas et qu'il faudrait inventer, comme celui dont tu parlais à l'instant. Je suis certaine que tu serais capable de le faire.

— Et qu'est-ce qui te fait penser que je pourrais écrire un dictionnaire ?

— Tu m'as tout l'air d'être du genre à faire des trucs pareils.

Ce commentaire m'ennuya – surtout parce qu'il était juste. Seul quelqu'un comme moi pouvait se consacrer à une activité de ce type. Le livre de Francis Amalfi, même si je le faisais par amitié pour le vieux, n'était pas très différent. Je passai à l'offensive.

— Tu m'as convaincu, dis-je. Je crois que je vais l'écrire. Mais il faudra que tu m'aides. Quels autres concepts ont besoin d'un mot propre, en dehors de la beauté que Dieu seul peut voir ?

— Il reste beaucoup de mots à inventer. Pourquoi le mot « orphelin » existe-t-il pour désigner l'enfant qui perd sa mère, tandis qu'il n'y a pas de mot pour la mère qui perd son enfant ? Souffre-t-elle moins ?

— Tu as raison. Et maintenant que j'y pense, j'ai aussi un concept qui manque de mot : l'amour en minuscules.

— L'amour en minuscules ?

— Oui. C'est peut-être la seule découverte dont je me sente orgueilleux, me lançai-je avec exaltation. On fait une bonne action de rien du tout, et cela déclenche une cascade d'événements qui nous rendent notre amour au centuple. Et à la fin, même si l'on veut revenir au point de départ, ce n'est plus possible. Parce que l'amour en minuscules a effacé tout chemin de retour vers ce que l'on était auparavant.

— C'est joli ce que tu racontes, mais je ne comprends pas très bien.

— Moi-même je ne comprends pas. Mais la preuve de tout cela, c'est que nous sommes ici.

Je me repentis aussitôt de m'être trahi de la sorte. Jusqu'ici, j'avais assez bien mené cette rencontre et j'étais désolé de tout gâcher au dernier moment. J'eus le pressentiment que notre rendez-vous était sur le point de se terminer. Aussi, pendant que le silence se prolongeait, je regardai intensément Gabriela pour m'imprégner d'elle en vue des trente années à venir. Je m'arrêtai sur les deux papillons de ses cheveux, que j'enviais d'être si proches d'elle.

— Il se fait tard, annonça-t-elle en confirmant mes craintes. Je dois rentrer.

Elle se leva aussitôt et je fis de même. Je lui demandai :

— Où habites-tu ?

— Place des Anges.

Place des Anges, il ne pouvait en être autrement, pensai-je. *Quelqu'un comme Gabriela ne peut vivre que dans un endroit portant un tel nom.*

— Je vais faire un bout de chemin avec toi, m'empressai-je de proposer.

— Ne me raccompagne pas. Je veux réfléchir aux mots qui restent à inventer.

Quelle excuse ! Mais Gabriela était prise à son propre piège, car je lui dis :

— Puisque je vais rédiger ce dictionnaire, je vais avoir besoin de connaître les mots que tu auras trouvés. Je peux t'inviter à déjeuner un de ces jours ? Il y a un restaurant dans Gracia dont j'ignore pourquoi il porte le nom qui lui a été donné. C'est un endroit idéal pour inventer des mots.

— Quel est le nom de ce restaurant ? demanda Gabriela lorsque nous fûmes dans la rue, tandis qu'elle boutonnait son manteau.

— Buzzing. Quand veux-tu que nous y allions ?

Gabriela me regarda d'un air impatient. Je crois qu'elle avait compris que je ne la laisserais pas s'en aller sans qu'elle m'accorde un nouveau rendez-vous, de sorte qu'elle répondit :

— Jeudi, peut-être.

— C'est parfait. Comme tu ne sais pas où il se trouve, je passerai te chercher au magasin et nous descendrons ensemble.

— Si tu veux.

Quitte à suivre jusqu'au bout ce scénario que je n'avais pas prévu d'interpréter – « le garçon insiste, la fille résiste » –, je l'embrassai sur les joues avant de la quitter.

— Tu piques, dit-elle avec un demi-sourire.

Et du coup, tandis qu'elle s'éloignait dans la ruelle, je me dis que tout n'était pas perdu.

Une étincelle dans l'obscurité

Je suis de ceux qui veulent toujours rectifier le tir quand il est trop tard. Alors que je me rendais en métro au CHU, j'eus terriblement honte de mon comportement. Le fait d'être amoureux de Gabriela ne me donnait pas le droit de la harceler comme je l'avais fait lorsque nous nous étions quittés. Je l'avais mise au pied du mur, sans lui laisser la possibilité de décider si elle souhaitait ou non me revoir.

Il aurait été plus élégant et plus délicat de lui dire quelque chose comme : « Gabriela, j'ai été enchanté de prendre le thé avec toi. Si tu veux que l'on remette ça un autre jour, tu sais où me joindre. »

Ainsi, elle ne se serait pas sentie pressée et elle m'aurait sans doute rappelé. On n'a jamais trop d'amis. Mais non. Au lieu de ça, je l'avais obligée à accepter une nouvelle entrevue. Le plus probable était que je trouve sur mon répondeur, avant jeudi, un message annulant le rendez-vous. Je ne l'aurais pas volé.

En m'engageant dans les couloirs sans fin de l'hôpital, je pris conscience que je n'avais pas été rendre visite à Titus depuis près d'un mois. Ce n'était pas bien. Évidemment, nous parlions au téléphone deux fois par semaine, mais cela ne suffisait pas. En fin de compte, c'était lui, grâce à son rail courbe miniature, qui m'avait aidé à dévier de la vie solitaire que je menais.

Je le trouvai très amaigri – peut-être parce que je ne l'avais pas vu depuis assez longtemps. Sa petite tête chauve s'enfonçait dans l'oreiller comme si elle devait disparaître d'un moment à l'autre.

Je m'installai sur un siège à ses côtés tandis qu'un brancardier emmenait son voisin de chambre, un homme d'une cinquantaine d'années qui toussait affreusement.

— Je vous ai délaissé, dis-je en guise d'introduction.

Le leitmotiv de ce jour était : « Je me sens coupable. »

— Tais-toi, veux-tu ! Je crois que je suis en train de mourir, alors écoute-moi bien. J'ai quelque chose d'important à te dire.

Le cœur serré, je me rapprochai davantage. Sa voix était si faible qu'il était difficile de comprendre ce qu'il disait.

— Ici, c'est un vrai purgatoire, Samuel. Mais il y a des leçons importantes à retenir, au purgatoire.

Je m'efforçai de le détourner de ce discours lugubre en lui parlant de la seule chose qui me vint à l'esprit pour le consoler.

— Excusez-moi de vous interrompre. Vous vous souvenez que je vous ai parlé d'un physicien lunatique ?

— Valdemar.

— Vous avez bonne mémoire. Eh bien, il m'a dit l'autre jour que sa vie n'était qu'un rêve et qu'en réalité il était mort. Peut-être a-t-il raison et sommes-nous tous morts. Ou peut-être la vie réelle est-elle ce que nous voyons et ce que nous faisons lorsque nous rêvons. En d'autres termes… Enfin, il m'a affirmé que rien de tout cela n'était réel. Et que, par conséquent, nous ne devrions pas nous en faire. Et vous non plus, même si vous traversez des moments difficiles.

Titus passa sa main sur son menton mal rasé, comme s'il s'efforçait de trouver les mots justes. Il semblait calme. Enfin, il s'éclaircit la voix et répondit très lentement :

— Ce diable de Valdemar a raison. Nous ne pouvons pas être certains que le monde existe. Appelle ça un « rêve », une « illusion » ou comme tu voudras. Peut-être ne sommes-nous qu'une étincelle de conscience dans l'obscurité de l'univers. Mais comme le temps qui nous précède et qui nous suit est infini, nous pouvons mathématiquement affirmer que cette étincelle ne s'est jamais produite. Tu me suis ?

— Plus ou moins. Mais qu'est-ce que vous deviez m'apprendre de si important ?

— Je suis en train de te le dire, nom de Dieu !

Après cette réponse un peu brusque, il me sembla que Titus étouffait et je fus sur le point d'appeler l'infirmière, mais il me saisit le bras pour m'en empêcher. Il respira à trois reprises avec difficulté, puis son visage reprit un peu de couleur.

— Pas d'efforts inutiles, lui murmurai-je à l'oreille. Si vous voulez parler, faites-le calmement. J'ai tout mon temps.

— Mais pas moi. Alors, s'il te plaît, ne m'interromps pas.

J'acquiesçai d'un signe de tête et croisai les mains comme un bon garçon. Lorsque Titus commença à monologuer, je compris qu'il avait préparé ce discours depuis longtemps ; c'était une sorte de message d'adieu.

— Nous vivons trop loin des galaxies extérieures. Nous n'arriverons jamais jusqu'à elles. Nous sommes aussi trop loin de l'univers quantique pour le comprendre. Nous ne parviendrons jamais à franchir le seuil ultime de la matière. Et quand bien même nous y parviendrions, ce serait pour découvrir que rien n'existe, comme le dit Valdemar. Nous ne pouvons pas prendre au sérieux des particules qui se comportent de façon différente quand on les regarde. Si pour savoir ce qu'est la matière dans son intimité, il ne faut pas la regarder, alors ce n'est même plus la peine d'en parler ! C'est absurde. Ce que je veux dire, c'est que nous ne saurons jamais rien parce qu'il n'y a probablement rien à savoir. Nous vivons dans un monde de sensations et de sentiments. Et c'est tout ce qu'il y a. Souviens-toi toujours de cela, Samuel : ne méprise jamais tes sensations et tes sentiments, car tu ne possèdes rien d'autre.

Ces paroles m'impressionnèrent, et la phrase de Nasr Eddin me revint à l'esprit : « Que ceux qui savent apprennent à ceux qui ne savent pas. » Mais je n'étais pas sûr d'avoir quelqu'un à qui je pourrais raconter ce que Titus venait de me révéler.

— À présent, pars et ne reviens plus, ajouta-t-il.

— Pourquoi ? demandai-je, alarmé.

C'était soudain comme si tout ce dont je me sentais

proche s'éloignait à la manière d'une galaxie en expansion.

— Je n'ai plus rien à te dire. Et je ne veux pas non plus que tu me téléphones. Laisse-moi jouer tout seul ma dernière partie contre la mort. Je crains qu'elle n'ait truqué les cartes.

Le prix de la Lune

J'arrivai chez moi le moral à zéro. Sans doute m'étais-je trompé : le leitmotiv de la journée n'était peut-être pas « Je me sens coupable », mais « Adieu ».

En pénétrant dans le salon, je constatai avec soulagement que le répondeur ne clignotait pas. Gabriela n'avait pas encore annulé notre rendez-vous, mais il était possible qu'elle le fasse avant jeudi. Étais-je en train de devenir névrosé ?

Tandis que je mettais l'eau à bouillir pour les pâtes et que je jouais avec Mishima, je me pris à souhaiter ardemment que Valdemar ne descende pas cette nuit. Je ne me sentais pas la force de l'écouter. Je voulais simplement dîner et me coucher pour que le rideau puisse enfin tomber sur cette journée.

J'avais perdu Titus, l'être le plus paternel que j'avais rencontré jusqu'ici. Il m'avait délivré un message que je mettrais un certain temps à assimiler, et son malheur m'avait au moins permis de voir les choses selon une perspective adéquate. Même si je souffrais beaucoup à cause de Gabriela, ma douleur n'était rien en comparaison de celle d'un homme qui se consumait dans un hôpital public.

Était-ce ce qu'il avait essayé de me dire ? Que je devais m'accrocher aux sensations et aux sentiments tant que j'étais de ce monde ? Sans doute, mais les adieux de Titus m'avaient affecté trop profondément pour pouvoir suivre son conseil.

Je mélangeai les spaghettis à une boîte de sauce tomate froide et dînai sans appétit devant la télévision, ce que je n'ai pas coutume de faire. Curieusement, il y avait un documentaire sur la conquête spatiale, comme si, en l'absence de Valdemar – car mon vœu était en passe d'être accompli –, je devais recevoir ma dose quotidienne d'astronautique par le truchement de la télévision.

Cette émission passait en revue les réussites et les échecs des engins spatiaux qui avaient visité la Lune. Il y en avait eu plus de cinquante en tout, même si une douzaine d'hommes seulement avaient fini par fouler son sol. Après Apollo 17, qui avait aluni en décembre 1972, personne n'était retourné là-bas, ce qui donnait plus de poids encore aux doutes de Valdemar. L'engin suivant avait été le Lunar Prospector, sans équipage, qui n'était parti que vingt-cinq ans plus tard.

À l'instar de ce qui se produit lors de mes cours, et après un bref rappel portant sur l'histoire des vols spatiaux, il y eut un chapitre « anecdotes et rumeurs ». Il était question de la poussière lunaire, le satané régolite dont m'avait parlé Valdemar. Apparemment, les astronautes qui étaient allés sur la Lune avaient rapporté en souvenir quelque 382 kilos de roches et de régolite que la NASA conservait à Houston à une température de 92 degrés au-dessous de zéro.

Ce qui était curieux, c'est que trois boursiers du laboratoire avaient été jugés en août 2003 pour avoir dérobé 105 grammes de Lune qu'ils se proposaient de mettre en vente entre mille et cinq mille dollars le gramme. Mais le jury avait attribué à cette matière soustraite une valeur très supérieure, car on avait calculé que l'obtention de chaque gramme avait coûté aux caisses de l'État 50 800 dollars. Et le prix de vente public allait littéralement s'envoler. Chez Sotheby's, la mise à prix d'échantillons lunaires obtenus par des missions soviétiques avait été de 1,2 million de dollars le gramme.

J'éteignis la télévision en me demandant quel pouvait bien être l'idiot qui avait déboursé une telle fortune pour un tas de poussière.

Absences

Le mercredi, après avoir surveillé plusieurs examens, j'allai rendre visite à la vétérinaire. Je ne l'avais pas vue depuis le goûter qui s'était achevé de façon un peu brusque. Son accueil fut cependant assez cordial.

— Je ne peux pas sortir maintenant, dit-elle, je suis de garde jusqu'à 17 heures.

— Si tu as envie de venir goûter, je serai à la maison. Et puis, il reste le vaccin de Mishima. Mais bon, tu sais comment il est !

— J'apporterai ma trousse, au cas où…

Je compris ainsi qu'elle avait l'intention de venir.

Un soleil généreux annonçait le printemps, mais je me sentais trop triste pour déambuler à travers la ville comme je l'avais fait dernièrement. Ce dont j'avais besoin, c'était de la chaleur d'un ami. Et ce serait encore mieux s'il avait la tête bien remplie comme Meritxell.

Pourtant, un danger planait encore sur ce goûter. Mon rendez-vous hypothétique avec Gabriela devait avoir lieu dans vingt-quatre heures ; c'était le moment rêvé pour l'annuler sous n'importe quel prétexte. Si le répondeur se déclenchait alors que nous étions au salon – et cette fois, j'allais prendre une veste – mon amitié avec Meritxell serait remise en cause de façon définitive.

La solution était simple : débrancher le répondeur, et même le téléphone. D'ailleurs, je ne tenais pas à savoir si Gabriela viendrait ou pas. Je préférais que les faits parlent d'eux-mêmes : je passerais la chercher à l'heure convenue et si elle ne voulait pas partager ma table, je mangerais seul dans ce restaurant. C'était décidé.

N'étant plus relié au monde extérieur que par la sonnette de l'appartement, je consacrai les premières heures de l'après-midi à corriger des examens de langue et d'histoire de la littérature. Curieusement, il n'y avait pas de juste milieu. Soit les copies étaient impeccables – ce qui indiquait qu'il s'agissait d'étudiants dont un parent, ou les deux étaient allemands –, soit il fallait faire preuve de beaucoup d'indulgence et de sens pratique pour mettre la moyenne. Avec les mauvaises copies, je fus presque tenté d'utiliser la « méthode du tapis ». C'était une légende urbaine qui avait circulé à la fac. Pendant un certain temps, on avait cru qu'un professeur qui n'avait pas le temps de corriger les examens jetait les copies par terre dans son bureau. Les étudiants dont les copies tombaient à l'intérieur du tapis avaient la moyenne ; les autres étaient recalés.

Tandis que je corrigeais sans grande passion les exercices, je me demandais ce que pouvait bien faire Valdemar enfermé là-haut toute la journée. Je ne m'étais pas occupé de lui mais j'avais bel et bien un problème. Jusqu'à quand pourrais-je le cacher ? Quand Titus mourrait – ce qui pouvait se produire à tout moment –, les membres de sa famille viendraient s'occuper de ses affaires. Je me trouverais dans de beaux draps s'ils le découvraient là.

L'insouciance avec laquelle je m'occupais du cas de Valdemar me fit penser à une affaire plus problématique encore : le livre de Francis Amalfi. Cela faisait une éternité – c'était du moins ce qu'il me semblait – que le vieux m'avait demandé de m'occuper de cette commande. Et le travail aurait dû être achevé, même si Titus ne m'avait pas donné de dates ni même communiqué le nom de l'éditeur qui attendait l'ouvrage. Il m'avait simplement invité à l'écrire. Quel était le sens de tout cela ?

Le bourdonnement de la sonnette me tira de mes spéculations. Je posai la cafetière sur le feu tandis que j'entendais les pas de Meritxell dans l'escalier. Ils étaient légers et réguliers, comme ceux d'une fille bien sage, ce qui ne signifiait pas qu'elle ne serait pas capable de fermeté si les circonstances l'exigeaient.

Je l'accueillis en la serrant légèrement contre moi et l'aidai à enlever son manteau. Elle semblait être à nouveau de bonne humeur, ce qui confirmait que je lui étais sympathique, même si je n'avais rien fait pour le mériter.

Elle accepta un café et la moitié d'un croissant de la veille tandis que j'agrémentais notre conversation en mettant mon disque préféré de Keith Jarrett : le *Concert de Cologne*.

— Je ne vois pas Mishima, ironisa-t-elle.

— Je suppose qu'il s'est caché. Il doit te sentir de loin. Et c'est normal : moi aussi je me cachais sous le lit quand je savais que le médecin arrivait pour me faire une piqûre.

Je venais de poser les cafés et le croissant coupé en deux sur la table basse, lorsque deux coups de sonnette à la porte me firent craindre le pire.

— Tu attends quelqu'un d'autre ? demanda Meritxell, méfiante.

— Pas du tout, déclarai-je, et je courus à la porte pour voir qui était derrière.

Lorsque je l'ouvris, mes craintes se confirmèrent : c'était Valdemar, coiffé de son chapeau. Une image plutôt désagréable dans ces circonstances. Avant même que je l'invite à entrer, ou que je lui barre le passage, il pénétra en trombe et se dirigea directement vers le salon.

Tandis que je le suivais, je vis Meritxell faire presque un bond de peur en voyant apparaître Valdemar. Ce dernier prit place à ses côtés sans même la saluer.

— Il vit au-dessus, dis-je, comme si cela pouvait servir d'explication. Nous avons l'habitude de bavarder la nuit, mais aujourd'hui il est venu plus tôt.

— On a retrouvé Temis, annonça-t-il sur un ton euphorique, comme si moi, Meritxell et le reste de l'humanité étions censés savoir qui était Temis. (Il ôta son chapeau pour mieux appuyer sa tête sur le canapé et ajouta :) Temístocles García. « Temis » pour les intimes. Il avait disparu le 5 juillet dernier dans la Vallée de la Lune.

J'allai chercher un cendrier pour ne pas compliquer davantage les choses. Alors que Valdemar ne cessait de s'agiter, en proie à l'excitation, Meritxell était restée paralysée, la tasse de café dans une main et le demi-croissant dans l'autre.

Je devrais la prendre en photo, me dis-je, *parce que j'ai bien l'impression que c'est notre dernier goûter.*

— Je parle du nord du Chili, précisa Valdemar. Le désert d'Atacama. C'est là que se trouve la Vallée de la Lune où Temis a disparu. Une absence de type « grand mal ».

— Mais qu'est-ce que tu racontes ? m'écriai-je, contrarié qu'il ait gâché notre goûter de cette façon.

— Je ne suis pas spécialiste en médecine, poursuivit Valdemar, indifférent à ma réaction, mais je sais qu'il existe un type d'épilepsie qui provoque ces absences. Celles-ci se divisent en « petit mal » et « grand mal ». Les absences de Temístocles étaient du second type, le plus terrible. On perd la raison pendant plusieurs heures et on ne pense qu'à fuir. Si on a de l'argent, comme mon ami, on court à l'aéroport et on s'achète un billet d'avion pour la destination la plus lointaine. Une fois là-bas, on loue une chambre d'hôtel et on se couche. L'absence disparaît pendant le sommeil, effaçant de la mémoire tout ce qui s'est passé durant ces heures. Imagine à quel point il doit être déconcertant de se réveiller dans une chambre d'hôtel de Toronto, par exemple, et de ne pas savoir où tu es ni comment tu t'es retrouvé là. C'est ce qui est arrivé à Temis des dizaines de fois. Grâce à un héritage, il s'est réveillé ces dernières années aux quatre coins du monde. Expliqué de cette façon, ça peut sembler amusant, mais c'est très angoissant pour ceux qui le vivent, je t'assure. Après son dernier « grand mal » dans la Vallée de la Lune, personne ne savait où il s'était fourré. Mais je viens d'appeler un ami chilien qui m'a dit qu'il avait été retrouvé. Ou plutôt : Temístocles est parvenu à se retrouver et il est maintenant prêt pour la prochaine absence.

— Bon, il faut que je parte, indiqua Meritxell.

Soudain, ce fut comme si Valdemar la voyait pour la première fois. Il lui déclara :

— Si tu te réveilles dans une ville inconnue, appelle-nous et nous viendrons te chercher. On ne sait jamais quand le « grand mal » frappe pour la première fois.

Et qu'est-il arrivé au cochon ?

S'il n'était pas annulé au dernier moment, ce rendez-vous serait mon troisième avec Gabriela. Et nous étions toujours deux inconnus l'un pour l'autre.

Je savais simplement qu'elle travaillait dans un magasin de disques et qu'elle avait vécu au Japon. À une certaine époque, elle avait suivi des cours de ballet et lorsqu'elle avait étudié le piano, elle était restée bloquée sur *La Fileuse*. Ce n'était pas grand-chose.

En ce qui me concernait, elle savait seulement que j'aimais la musique classique et que je me souvenais d'un jeu d'enfants qui s'était déroulé trente ans plus tôt. Elle savait aussi que j'étais fou d'elle.

J'arrivai au magasin avec la ferme intention de me comporter, quoi qu'il arrive, en gentleman. Curieusement, Gabriela m'attendait déjà dans la rue, prête à partir. Elle portait un manteau grenat et ses cheveux étaient retenus par un serre-tête de même couleur.

— Aujourd'hui, c'est mon collègue qui fermera. On peut y aller, fit-elle toute joyeuse.

Ce n'est pas un mythe, cette idée que les femmes sont pleines de surprises, pensai-je pendant que nous parcourions la dernière partie des Ramblas en direction de la place de Catalogne.

— Tu veux qu'on prenne le métro ? lui demandai-je.

— On peut y aller en se baladant. C'est une belle journée.

Je regardai autour de nous. À cette heure, la place était pleine d'étrangers assis au soleil, mêlés à des groupes d'employés de bureau prenant leur pause, qui fumaient et plaisantaient en criant. Oui, vraiment, c'était une belle journée. Et pour moi plus que pour n'importe qui, car je marchais aux côtés de Gabriela.

Pour arriver au restaurant, il fallait parcourir tout le Paseo de Gracia, où le modernisme sert d'excuse pour attirer les touristes dans des boutiques aux prix exorbitants. Un groupe de Japonais qui retournaient un plan dans tous les sens m'inspira une question :

— Tu vivais de quoi, au Japon ?

J'avais soigneusement choisi mes mots. Il était bien plus discret de lui demander ça plutôt que la raison pour laquelle elle s'était installée là-bas, ou pourquoi elle était revenue.

— Je donnais des cours particuliers d'anglais.

— C'est curieux. Je pensais que les Japonais étaient du genre à exiger un professeur qui enseigne sa langue maternelle. Tu dois parler très bien, j'imagine.

— Pas vraiment. Je n'ai que le *First Certificate*. Ce qu'il y a, c'est que presque personne ne parle anglais au Japon. C'est encore pire qu'ici. C'est pour ça qu'ils cherchent désespérément des professeurs. Et ils paient très bien.

— Mais ça doit coûter très cher de vivre là-bas ? m'enquis-je en esquivant deux Nordiques qui avançaient les yeux fixés sur un toit de Gaudí. Tu devais donner beaucoup de cours.

— En fait, pas tant que ça. J'étais à Osaka et à cette époque, je ne sortais presque pas. Quand je ne faisais pas cours, je restais à lire dans la chambre que je louais. Je dévorais trois ou quatre livres par semaine.

À quoi bon être au Japon pour rester cloîtrée dans une chambre ? aurais-je aimé lui demander. Mais je pressentis qu'il valait mieux m'en tenir à ce qu'elle voulait bien me raconter. J'enchaînai :

— Tu lis le japonais ?

— Non. J'arrive à le parler, ce n'est pas très difficile, mais lire les *kanji*, c'est une autre histoire. Il faut des années pour apprendre.

— En quelle langue lisais-tu, alors ?

— En anglais, surtout. Osaka est la capitale culturelle du Japon. Du moins, c'est ce que pensent les gens de là-bas. Ils disent que Tokyo est pour les affaires, Kyoto pour la spiritualité et Osaka pour la culture. Il y avait, près de mon immeuble, une librairie américaine de livres d'occasion où allaient de nombreux étrangers. Je dépensais mon argent en recueils de *short stories*. J'adore les nouvelles !

— Eh bien ! Tu es vraiment surprenante ! Je crois que ta vie a été bien plus intéressante que la mienne. Et tu aimais lire quels auteurs ?

— Beaucoup d'entre eux ne sont plus à la mode aujourd'hui. Somerset Maugham, par exemple. Mais ma nouvelle préférée, c'est *A Shocking Accident*, de Graham Greene. Elle faisait partie d'une anthologie. C'est le seul livre que j'ai emporté quand je suis partie d'Osaka. Tu ne le trouveras nulle part. Tu veux que je te la raconte ?

J'acquiesçai tout en ralentissant. Je me sentais si chanceux d'être à ses côtés que j'aurais voulu que le Paseo de Gracia ne se termine jamais, ou qu'il soit au moins comme l'avenue Insurgentes de Mexico, longue de plus de quarante kilomètres.

Gabriela commença à raconter l'histoire :

— Le personnage principal est le fils d'un écrivain raté qui se consacre au journalisme. Comme cet homme, en plus, est veuf, il envoie le garçon dans un internat en Angleterre, tandis qu'il travaille comme correspondant en Italie. Avec la distance, l'enfant idéalise son père et s'imagine qu'il est, en réalité, agent secret, et bien d'autres choses encore. Un jour, le directeur de l'internat l'appelle pour lui apprendre que son père est mort, mais il s'empresse de préciser qu'il n'a pas souffert. Très logiquement, l'enfant demande comment est mort son père. Le directeur ne veut pas rentrer dans les détails, mais devant son insistance, il lui répond quelque chose comme ça : « Il s'agit d'un accident très étrange. Ton père marchait dans Naples et il est passé sous un balcon sur lequel le propriétaire de la maison avait mis un cochon. L'animal était trop gros parce qu'on l'avait trop gavé. Et au moment précis où ton père est passé, le balcon s'est écroulé. Il est mort sur le coup, écrasé. – Et qu'est-il arrivé au cochon ? » interroge l'enfant. Le directeur se fâche et le renvoie dans sa chambre, trouvant sa question déplacée. À mesure qu'il grandit, l'enfant du journaliste devient mélancolique et solitaire. Il accepte le fait que son père n'était pas un espion, mais il refuse d'expliquer sa mort, car il a déjà dû supporter bien des moqueries. Il garde pour lui ce traumatisme lourd à porter. Un jour, il rencontre une jeune fille et commence à sortir avec elle. Il lui cache la mort de son père, car il sait qu'il ne pourra pas l'épouser si elle rit en écoutant son récit. Mais à l'occasion d'une visite chez la tante du garçon, elle voit une photo du père et demande qui c'est. La tante le lui dit et lui raconte qu'il est mort accidentellement. « Tu ne m'as jamais parlé de ça », dit-elle, surprise, à son fiancé. « Eh bien, je vais tout t'expliquer », intervient la tante. Il se met à trembler, mais quand la tante finit de raconter l'accident, la jeune fille demande : « Et qu'est-il arrivé au cochon ? » Il se rend compte alors qu'il a trouvé l'amour de sa vie.

C'est mon karma qui régale

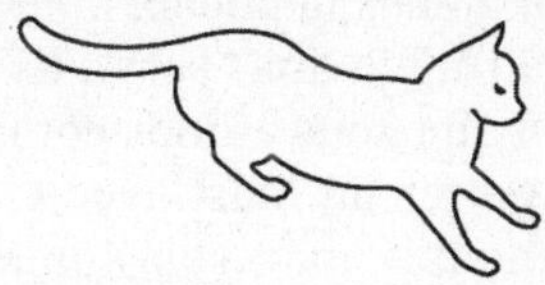

— Buzzing ? C'est quand un établissement est plein de gens qui s'amusent, répondit le serveur, également propriétaire du restaurant. On lui a donné ce nom-là en prévision du succès à venir. Il faut bien commencer par quelque chose !

Il avait une frange psychédélique assortie au restaurant. Celui-ci était décoré dans des tons noirs et orange, et son mobilier s'inspirait des années soixante. Gabriela contempla durant quelques secondes une série de photographies en noir et blanc qui occupaient l'un des murs. Puis elle me demanda :

— Tu as un nouveau mot pour ton dictionnaire ?

— J'ai quelque chose, répondis-je en essayant d'improviser, car je n'y avais plus repensé en fait. C'est une variante de l'amour en minuscules : un karma rapide qui survient lorsqu'on fait de petites bêtises. Comme quand tu parles de la radinerie d'un ami et qu'il te surprend ce même jour en t'offrant un cadeau. Ou quand tu cries sur quelqu'un et qu'en sortant dans la rue, tu es tellement nerveux que tu te cognes contre un poteau. Les Allemands ont d'ailleurs un dicton pour ça : « Dieu châtie les petits péchés immédiatement. »

— Pas mal.

— C'est comme si quelqu'un prenait note de nos maladresses et nous tirait les oreilles pour nous faire réagir. Il s'agit d'un karma qui n'a pas besoin d'autres vies pour être payé, parce qu'il se règle avec la menue monnaie que l'on a dans la poche, pour ainsi dire.

Le serveur à la frange nous servit le vin pendant que nous décidions ce que nous allions commander. Je levai mon verre pour porter un toast avec Gabriela et je fus tenté de dire « À nous », mais cela aurait eu un petit côté sirupeux, si bien que je laissai nos verres s'entrechoquer sans prononcer un mot.

— Quand pourrai-je te revoir ? demandai-je, manquant à ma résolution de ne pas la presser.

— J'ai un nouveau mot pour ton dictionnaire, dit-elle sans répondre à ma question. La définition en serait celle-ci : incapacité de certaines personnes à vivre le moment présent.

— Ça, ce n'est pas bien, protestai-je.

Gabriela sourit, but une gorgée de vin :

— C'est mon karma qui régale.

10 000 façons de dire « Je t'aime »

Tout amoureux éprouve la tentation d'explorer le passé de la personne aimée. C'est un moyen de mieux la comprendre et, peut-être, de ne pas la décevoir. En ce qui me concernait, je ne connaissais presque rien du passé de Gabriela, mais le fait de savoir qu'elle avait vécu à Osaka et qu'elle parlait le japonais me décida, ce même après-midi, à suivre un cours intensif de culture nipponne.

À la vérité, je ne disposais pas de nombreuses ressources : *Le marin rejeté par la mer,* écrit par un auteur qui portait le même nom que mon chat, et une anthologie de *haïkus* et de poèmes courts japonais que l'on m'avait offerte des années plus tôt. Je commencerais par là : les textes brefs sont le meilleur moyen de s'initier à un monde aussi complexe que celui de la culture japonaise.

Dans la partie du recueil réservée aux *haïkus*, j'en

trouvai un de Issa qu'il me fallait absolument réciter à Mishima. Commodément installé dans le canapé, le chat m'observait. Je lus à voix haute :

Sors de ton sommeil, vieux chat,
et, entre de grands bâillements et des étirements,
va chercher l'amour.

Mishima répondit en fouettant par deux fois l'air de sa queue, mais il ne bougea pas. Sans doute était-il encore trop jeune pour aller chercher l'amour. Ensuite, je lui fis la lecture d'une chanson populaire japonaise qui me paraissait particulièrement tendre :

Il est deux choses qui ne changeront pas,
ni aujourd'hui ni jamais,
car elles existent depuis que le temps est temps :
l'écoulement de l'eau
et le caractère doux et étrange de l'amour.

C'était une bonne définition de l'amour, assurément, car s'il n'était pas étrange et imprévisible, comment expliquer que j'avais obtenu un rendez-vous avec Gabriela pour le jour suivant ?

Je me sentais dangereusement heureux – le précipice de l'amour dont parlait Stendhal – et bourré d'énergie. Une fois, j'ai entendu dire que lorsqu'on tombe amoureux de quelqu'un, ce dont on est véritablement amoureux, ce n'est pas de cette personne, c'est de la vie à travers elle. Et c'était ce qui m'arrivait.

Il m'importait peu de brûler dans l'eau ou de me noyer dans les flammes. J'acceptais toute souffrance présente et à venir tant que l'on me permettait d'aimer Gabriela.

Le problème, c'était que je ne savais pas jusqu'à quand je parviendrais à garder pour moi ce que j'éprouvais. Malgré mes résolutions, chaque fois que je me trouvais à ses côtés, j'avais envie de lui confesser mon amour à brûle-pourpoint, ce qui pouvait être parfaitement contre-productif. Pour le moment, elle m'avait seulement offert son amitié, et je devais m'accrocher à cela comme à une planche de salut. Ce qui ne devait pas m'empêcher de répéter en privé les déclarations d'amour les plus extravagantes.

Pour ce faire, j'avais eu la chance de tomber sur un petit livre de la bibliothèque de Titus intitulé *10 000 façons de dire « Je t'aime »*.

Il est difficile de croire qu'il puisse exister autant de variantes, mais l'auteur du livre – un certain Godek – s'était proposé de battre le record du Guinness dans ce domaine. En voici quelques-unes parmi les plus extravagantes :

– *Écrire au feutre non toxique* JE T'AIME *sur vos dents (une lettre sur chaque dent) et sourire ouvertement afin que la personne aimée puisse le lire.*
– *Faire campagne dans son quartier en apposant de nombreuses affiches portant votre photo et son nom, avec le slogan :* AIME-MOI.
– *Lui dire votre amour par téléphone et en morse (si elle connaît ce code) en frappant un verre avec une petite cuillère.*
– *Vous offrir vous-même enveloppé dans du papier cadeau, en vous faisant livrer par des amis chez la personne aimée le jour de son anniversaire.*
– *Partager une pizza dans laquelle vous aurez formé un grand cœur avec les différents ingrédients.*

– Fermer les paupières pour qu'elle vous embrasse. Vous aurez écrit dessus, au préalable, les mots : JE T'AIME.

Cette dernière variante était celle que je préférais, mais il fallait être un adolescent pour que cela ne soit pas ridicule. Et personnellement, je préférais ces vers enflammés de Shakespeare :

Doute qu'étoiles sont de feu,
Doute que le soleil se meut,
Doute que le vrai joue des tours,
Mais ne doute de mon amour[1].

1. William Shakespeare (trad. Daniel et Geneviève Bournet), *Hamlet*, acte II, scène 2, *in Théâtre complet*, tome sixième, Lausanne, L'Âge d'Homme, coll. Bibliothèque L'Âge d'Homme, 1994, p. 221.

Qui est Lobsang Rampa ?

L'état d'esprit particulier dans lequel je me trouvais, ainsi que la perspective d'une semaine de liberté – jusqu'au début du second semestre – me firent accueillir Valdemar cette nuit-là avec complicité, et même avec une certaine envie de lui donner la réplique.

Peut-être pour compenser mon énergie, il se montra sombre et pessimiste, comme s'il avait eu des nouvelles de ceux qui le poursuivaient et qu'il se trouvait dans de sales draps. Toutes lumières éteintes, il fuma une cigarette entière avant de se décider à parler. Pendant ce temps, je m'étais servi un verre de vin et j'étudiais ses mouvements – ou plutôt leur ombre – avec la curiosité d'un anthropologue.

Valdemar, qui avait posé à ses pieds le sac à dos dont il ne se séparait jamais, engagea notre conversation nocturne en s'interrogeant lui-même.

— Qui était Lobsang Rampa ? Pas celui que nous pensions, en tout cas. Des millions de personnes qui avaient lu *Le Troisième Œil* étaient convaincues qu'il s'agissait d'un moine tibétain qui avait développé des pouvoirs surnaturels, comme il l'expliquait dans son livre. Et pourtant, même si ce dernier fut un best-seller durant plusieurs décennies, aucune télévision ne parvint jamais à obtenir la moindre interview de son auteur. Cela ne fit d'ailleurs qu'accroître son prestige, car les gens aiment le mystère. C'est quelque chose de ce genre qui s'est produit des années plus tard avec Carlos Castaneda. Son atout majeur était que personne ne savait à quoi il ressemblait. C'est pour cette raison que les gens du siècle dernier préféraient la face cachée de la Lune telle qu'ils l'imaginaient avant qu'elle ne soit photographiée. La réalité, ou du moins ce que nous entendons par « réalité », n'a jamais intéressé qu'une minorité d'entre nous.

— Et qui donc est Lobsang Rampa ? m'enquis-je.

— Ce n'est personne, et c'est bien là le problème. Lobsang Rampa n'existe pas en tant que tel. Des journalistes du *Times* ont fini par découvrir qu'il s'agissait d'un plombier anglais nommé Henry Hoskins qui n'avait jamais été au Tibet. Et le plus surprenant, c'est que personne n'a paru s'en trouver déçu, car ses livres ont continué de se vendre. Mais dans quel monde vivons-nous ? Tu comprends à présent pourquoi j'ai la nostalgie de l'avenir ?

— Je comprends que certaines personnes ne peuvent pas se montrer telles qu'elles sont parce que le public ne le leur permet pas, dis-je, moi-même surpris de m'entendre défendre les positions de Francis Amalfi.

— Que veux-tu dire par là ?

— Peut-être l'auteur aurait-il préféré se présenter sous son nom véritable, mais personne alors n'aurait prêté attention à lui, à commencer par les éditeurs. Le monde attendait Lobsang Rampa, pas Henry Hoskins.

— Et Castaneda ?

— J'imagine que c'était un type qui voulait simplement vivre en paix pendant que ses livres généraient des royalties. C'est une solution assez saine.

— Et puis il y a l'affaire Carnegie…

— Dale Carnegie ? Celui qui expliquait comment se faire des amis ? questionnai-je, étonné que Valdemar s'intéresse soudain à ce genre d'ouvrages.

— Celui-là même. Il a passé sa vie entière à expliquer aux autres comment vivre, pour finir, selon certains, par se suicider – bien que sa maison d'édition ait affirmé qu'il ne s'agissait que d'une rumeur sans fondement. Peut-être craignaient-ils que les lecteurs réclament leur remboursement.

— Ses conseils pouvaient être valables, fis-je, conciliant, même s'il n'était pas capable de les mettre lui-même en application. Il existe bien des pneumologues qui fument deux paquets par jour. Et ils n'en sont pas moins médecins.

— Tu sous-entends qu'il n'est pas nécessaire de donner l'exemple, et qu'on peut penser une chose, dire autre chose et faire encore une troisième chose ? C'est ce que tu cherches à m'expliquer ?

— Je dis simplement que nous sommes humains. Il ne serait pas juste que j'exige de Lobsang Rampa ce que je n'exige pas de moi-même.

— Tu peux préciser ?

— Par essence, l'être humain est contradictoire. Toi-même, tu achètes un paquet de tabac sur lequel figure la mention « FUMER TUE » et tu allumes en ce moment une deuxième cigarette. Et pourtant, tu ne souhaites pas mourir. Ce n'est pas contradictoire ?

Valdemar aspira une grande bouffée, comme s'il défiait le ministère de la Santé qui avait conçu ces menaces. Parce qu'il s'agit bien de menaces. Puis il expulsa lentement la fumée et reprit :

— Ce n'est pas simplement que nous vivons dans un monde d'imposture. Je suis parvenu à la conclusion qu'il est impossible de partager quelque expérience que ce soit.

— Qu'est-ce qui te fait penser ça ?

— Je vais te l'expliquer au moyen d'un exemple. Imagine que je parte faire un long voyage sans date de retour et que tu viennes me dire au revoir à la gare. Si nous communiquons ensuite par courrier ou par téléphone et que nous évoquons ces adieux, ce sera une pure imposture.

— Pourquoi donc ?

— Nous ne parlerons pas de la même chose, même si nous entretenons l'illusion qu'il en est ainsi. Nos souvenirs seront différents, s'ils ne sont pas directement opposés. Tu te souviendras d'un homme qui s'éloignait dans un train et qui saluait de la main depuis une fenêtre. Moi, en revanche, je me rappellerai un homme qui se tenait immobile sur un quai et qui devenait de plus en plus petit. Et la seule chose que nous pourrons partager, c'est la sensation que l'autre se faisait de plus en plus petit. C'est quelque chose qui a un écho dans nos émotions : lorsque tu t'éloignes physiquement de quelqu'un, sa présence dans ton inconscient diminue peu à peu. Peut-être que ce qui se passe au niveau optique n'est qu'une simple préparation à ce qui va se produire ensuite dans l'esprit. Mais revenons à notre histoire : l'expérience ne peut jamais être partagée. Elle est servie en rations individuelles.

J'eus envie de l'applaudir. Contrairement à ce qui s'était produit d'autres nuits, Valdemar me semblait extraordinairement lucide.

— Tu veux un verre de vin ? proposai-je. Je crois que nous allons bavarder encore un certain temps.

À cet instant, Mishima piqua un sprint dans le couloir, comme s'il avait compris que cette nuit allait être importante et qu'il devait rester en alerte et en pleine forme.

Le sac à dos vide

Lorsque je me réveillai dans le fauteuil, je mis un certain temps à prendre conscience où je me trouvais, comme si j'avais été victime d'une absence. Les premières lueurs du jour se reflétaient sur deux bouteilles de vin vides et une troisième entamée.

Ma tête était sur le point d'exploser à cause de la gueule de bois, et je compris que nous avions parlé et bu sans arrêt jusqu'à ce que je m'endorme. Valdemar devait être remonté tant bien que mal jusqu'à l'appartement, puisqu'il avait laissé son sac à dos par terre.

Avant de remettre un peu d'ordre dans mon corps, il me parut plus urgent de faire un peu de rangement, si bien que j'enlevai rapidement les bouteilles et le cendrier rempli de mégots. En soulevant le sac à dos, je fus surpris de constater qu'il ne pesait presque rien. Je fis glisser la fermeture Éclair et constatai qu'il était vide.

Cela me surprit, puisque Valdemar l'utilisait pour transporter son manuscrit. Je ne l'avais pas vu l'ouvrir de toute la nuit. Comment était-il possible qu'il soit vide ? Peut-être était-il descendu avec le sac dans l'état où je l'avais trouvé, mais alors, pourquoi transporter un sac sans rien à l'intérieur ? Cela n'aurait eu de sens que s'il avait eu l'intention d'emporter quelque chose. Et la preuve que cela ne s'était pas produit, c'est que le sac à dos était là, abandonné.

J'allai me doucher, persuadé qu'il est impossible de discerner les raisons profondes des gens ivres, surtout lorsqu'ils passent la nuit à philosopher, puisque cela équivaut à deux cuites. Les paroles aussi peuvent soûler l'âme.

Deux comprimés de paracétamol et une douche froide réussirent à transformer ma gueule de bois en simple bastonnade. Je me forçai ensuite à manger des tartines avec de l'emmenthal. Bien que limitée, mon expérience de l'alcool me suggérait que la nourriture était le meilleur antidote pour faire passer les effets secondaires.

Encore un peu barbouillé, je sortis dans la rue vers 10 heures. J'avais deux heures devant moi pour me remettre, avant le rendez-vous avec Gabriela, qui ne travaillait pas de la matinée.

J'aurais dû y songer avant de lever le coude, me dis-je tandis que je recevais l'air frais avec bonheur.

Le choix d'un roman

Cette fois, c'était au café de La Central, la plus grande librairie du Raval, que nous devions nous rencontrer. Comme j'étais arrivé une heure en avance, je m'occupai en fouinant dans le rayon des romans étrangers. On y trouve toujours des traductions surprenantes d'auteurs polonais, finlandais ou lituaniens, parmi d'autres exotiques des contrées froides.

Je m'arrêtai pour examiner un roman de l'écrivain à la mode en Ukraine, Andreï Kourkov : *Le Pingouin*. Un titre comme celui-ci mérite au minimum que l'on prenne la peine de lire la quatrième de couverture. Apparemment, le roman décrivait la solitude et la vie dans l'Ukraine postsoviétique. Viktor, un écrivain raté, adopte le pingouin du zoo de Kiev qui n'a plus d'argent pour nourrir les animaux. Ensemble, ils vivront de curieuses aventures dans la capitale ukrainienne, mais ils se verront rapidement impliqués dans une drôle d'histoire dont ils auront le plus grand mal à se sortir.

Séduit par ma trouvaille, je décidai d'emmener chez moi le pingouin et son protecteur. Avant de passer à la caisse, cependant, je me dis que si j'avais un nouveau roman, Gabriela aussi méritait d'en avoir un. La question était de savoir lequel. Il n'est pas facile de deviner les goûts de quelqu'un que l'on connaît à peine, même s'il a lu Somerset Maugham et Graham Greene.

Dans une telle situation, il existe une solution qui ne rate jamais : offrir ce dont on a envie. Mais il me fallait tout de même faire attention à mon choix, car le titre d'un livre peut en dire long sur nos intentions. Ce n'est pas la même chose d'offrir à une femme *Dis-moi que tu m'aimes même si c'est un mensonge* que *L'Enfant de chienne*. Ce dernier roman était l'œuvre d'un auteur grec, ce qui me mit sur la piste du livre destiné à Gabriela.

Arrivé à la caisse, je demandai le roman *La Faille*, de Samarakis. Il s'agit en apparence d'un roman policier, mais on s'aperçoit à la fin que c'est l'histoire d'une amitié. Je me souvenais avoir terminé la lecture de ce livre les larmes aux yeux, ce qui est rare dans mon cas. Oui, vraiment, c'était un bon choix.

Je demandai un paquet-cadeau pour les deux livres. Lorsque je m'achète un roman, j'ai pour habitude de le garder dans son emballage jusqu'à ce que j'aie le sentiment d'avoir mérité la récompense. À ce moment-là, je m'offre le livre avec un plaisir non dissimulé.

Tous les gens seuls que je connais ont recours à ce type de rituels. On me présenta, un jour, un type qui s'écrivait des lettres. Lorsqu'il recevait sa propre missive, dûment affranchie, il l'ouvrait avec soin et la lisait comme si elle venait de très loin. Ensuite il méditait une journée entière sur son contenu et, le jour suivant, répondait avec un grand luxe de détails. La lettre apparaissait tamponnée trois jours plus tard dans sa boîte et tout recommençait.

Grâce au courrier, je crois que cet homme réussit à devenir assez ami avec lui-même.

La faille

Lorsque Gabriela pénétra dans le café de la librairie, j'étais en train de boire un « thé du moine », une spécialité parfaitement adaptée à l'image de discrétion et de retenue que je voulais donner de moi-même.

Elle me sembla merveilleuse, mais c'est là ce que pensent tous les amoureux dès qu'apparaît leur bien-aimée. Elle tendit sa joue pour que je puisse l'embrasser – cette fois, je m'étais rasé – et son parfum doux aux nuances de mandarine m'envoûta.

Elle commanda la même chose que moi. Tandis que l'on préparait l'infusion de l'autre côté du comptoir, je posai sur la table le roman que j'avais choisi pour elle.

— Qu'est-ce que c'est ? s'exclama-t-elle, surprise.

— Puisque nous sommes dans une librairie, je suppose qu'il s'agit d'un livre, répondis-je, essayant d'être drôle.

— Comment sais-tu que c'est mon anniversaire, aujourd'hui ? Tu as engagé un détective ?

Ce soupçon me blessa, mais mon indignation fut éclipsée par l'impression qu'avait faite sur moi ce hasard extraordinaire. Toutefois, je devais me montrer un peu froid et distant, si bien que je répondis :

— Je l'ignorais. Mais joyeux anniversaire tout de même. Moi, je suis comme le Lièvre de Mars, j'aime fêter les non-anniversaires.

— Dans ce cas, c'est une vraie coïncidence, dit-elle en souriant, tout étonnée.

— Une parmi tant d'autres. Il n'y a pas longtemps, je suis monté deux fois dans le même taxi sans le faire exprès, et je ne crois pas qu'il me faille y voir un quelconque message. C'est comme la montre que je porte. Tu sais ce qu'elle a de bien ?

Je remontai ma manche pour lui faire voir l'antiquité que je portais au poignet – je l'avais héritée de mon grand-père. Elle venait de s'arrêter, ce qui facilitait encore ma conclusion :

— Au moins, elle me donne la bonne heure deux fois par jour.

Gabriela arqua les sourcils. Je crois qu'elle ne savait pas si je me moquais d'elle ou si j'étais tout simplement idiot.

— Tu ne l'ouvres pas ? fis-je, impatient.

Ses longs doigts arrachèrent le papier, comme s'ils dénudaient le livre en le retirant de son linceul. Lorsque *La Faille* devint visible, Gabriela le regarda sans le toucher. Une mèche de ses cheveux, cependant, s'était posée sur la couverture, masquant le nom de l'auteur.

— Je ne le connais pas.

— C'est pour ça que je te l'offre, afin que tu le découvres. C'est l'un de mes romans préférés.

Ça ne va pas, me dis-je. *Avec ce cadeau, tu viens d'exercer une pression dont ce rendez-vous n'avait pas besoin. Maintenant, elle va croire que tu espères qu'elle te rendra la pareille d'une façon ou d'une autre.*

— Merci, murmura-t-elle, et elle rangea le livre dans la poche de son manteau en laine.

Il fallait rétablir la situation le plus vite possible. Aussi, j'avalai ce qui restait de thé dans ma tasse et lui proposai :

— Tu veux faire une balade ? C'est mon premier jour de liberté et j'ai envie de prendre l'air.

Gabriela acquiesça d'un signe de tête et, d'un air absent, se leva avant même d'avoir touché à sa tasse. Je n'avais pas prêté attention à ce détail. Décidément, je ne pouvais pas être plus maladroit.

Nous sortîmes de la librairie et empruntâmes la rue qui mène à la place des Anges. Il y a là un vieil édifice avec deux palmiers hauts et maigres qui m'a toujours beaucoup plu. Pourtant, ce matin-là, ces arbres donnaient l'impression de deux êtres tristes battus par les vents, comme Gabriela et moi.

— Comment c'est, Osaka ? demandai-je pour briser le silence qui s'était établi entre nous.

— On l'appelle la « Venise du Japon », à cause de ses canaux. Mais cela n'a rien à voir. C'est une ville moderne où il y a beaucoup d'étudiants.

Puis le silence s'installa de nouveau, car je ne lui posai pas d'autre question et elle ne paraissait pas disposée à prendre l'initiative, ainsi qu'elle l'avait fait lors de notre dernier rendez-vous. Que se passait-il ?

Comme cela arrive dans les situations désespérées, je choisis précisément ce moment pour accomplir un acte téméraire. Lorsque nous débouchâmes sur la vaste place, je lui pris la main. À ma grande surprise, elle ne la retira pas et ne me fit aucun reproche. Elle ne s'arrêta même pas. Nous continuâmes simplement à marcher vers le centre de la place que traversaient des patineurs et des musiciens.

Je m'étais emparé de sa main, qu'elle avait froide et douce. Mais cela ne signifiait pas qu'elle aurait fait la même chose avec la mienne. Au lieu de me la serrer un peu par connivence, elle avait laissé sa propre main inerte, tel un être dépourvu de volonté. Ce constat me rapprochait encore du précipice que je creusais moi-même.

— Cela te dérange que je te tienne par la main ? lui demandai-je soudain.

— Moi, ça ne me dérange pas. Le problème, c'est ce que ça signifie pour toi.

Après cette estocade, je lâchai sa main. Elle retomba lourdement près de sa hanche, comme un oiseau tué d'un coup de fusil. Nous avions atteint le point de non-retour. Et c'était moi le coupable, parce que je n'avais pas eu assez de patience et que je n'avais pas été capable de me dominer pour gagner peu à peu son amitié et sa confiance.

Elle venait de comprendre mes intentions et tout était perdu. La possibilité d'un rapprochement discret – et conforme à ce que préconisent les lois sacrées de la séduction – était désormais exclue.

Et précisément parce que tout était perdu, je ne me sentis plus la force de continuer à entretenir l'illusion et préférai me jeter à l'eau.

— Gabriela, je suis désolé de t'avoir dérangée, maintenant et ces dernières semaines. Le flirt, ce n'est pas mon truc. Je vais être franc : je ne crois pas que nous puissions jamais être amis.

— Ah non ? jeta-t-elle, alarmée.

— J'aimerais beaucoup, car c'est pour moi un privilège que de pouvoir être à tes côtés. Mais je t'aime trop pour continuer à faire semblant. Gabriela : ou tu t'en vas maintenant ou je t'embrasse.

Une fois ces paroles prononcées, j'éprouvai le besoin vertigineux de fuir et je partis sans même attendre sa réaction. Tandis que je quittais la place précipitamment, tout tournait autour de moi. J'avais l'impression d'être l'homme le plus ridicule du monde : après ma menace, c'est moi qui étais parti.

Depuis les hauteurs

Je passai le reste de la journée à marcher dans la ville comme un possédé, en espérant que l'épuisement me ferait oublier ce qui venait de se produire. Je m'échappai du Raval par le marché de San Antonio et poursuivis mon chemin à gauche de l'Ensanche.

Lorsque j'atteignis l'avenue Diagonal – celle qui sépare traditionnellement les riches du reste de Barcelone –, je la suivis en direction du nord, comme si j'étais attiré par une mystérieuse inertie. Je savais que tout s'effondrerait autour de moi dès que j'arriverais à la maison, si bien que j'étais décidé à continuer mon expédition jusqu'à ce que mes forces m'abandonnent.

Par pur caprice, je décidai de cesser d'avancer en ligne droite – ou en diagonale – et je pris la rue Muntaner vers la colline. Le soleil était au zénith et je commençais à avoir mal aux pieds. Tandis que je croisais des collégiennes, des cadres et des retraités plutôt aisés, je compris que j'allais marcher jusqu'à ce que je laisse derrière moi les derniers vestiges de la ville. Je ne m'arrêterais qu'à ce moment-là.

J'arrivai à la limite de la place de la Bonanova et tournai à gauche, cherchant une rue qui me permettrait de poursuivre ma folle ascension. J'en trouvai une près d'une célèbre école de commerce, et je me mis à grimper la pente sans regarder derrière moi.

Au bout de vingt minutes, j'atteignis une zone où les appartements de luxe cédaient la place à des hôtels particuliers de toutes tailles. Après ceux-ci, quelques villas en mauvais état, puis le bois.

Épuisé par cette trotte, je m'assis sous un groupe de pins qui penchaient, vaincus par la gravité. Pour la première fois, je réussis à retrouver un peu de mon calme. C'était un soulagement que d'avoir la ville à mes pieds et de savoir que je n'en faisais plus partie, même si ce n'était que pour quelques minutes.

Depuis mon poste d'observation sur les hauteurs, tous les désirs et toutes les aspirations paraissaient insignifiants, comme lorsqu'on regarde l'activité fébrile d'une fourmilière. Pour les fourmis, ce qu'elles font est très important, mais nous savons pour notre part qu'il suffit d'un coup de pied pour que soit perdu le fruit de leurs petits efforts constants. Et elles ne comprendront jamais pourquoi c'est arrivé.

De même, le destin – ou le karma que nous nous forgeons à la force du poignet – piétine parfois nos rêves.

Tandis que je faisais le plein d'air au parfum de résine, je pouvais voir le globe solaire tomber lentement et inexorablement sur l'horizon. Et du calme qui s'était installé en moi commença à fleurir un peu de sens commun.

Tu as gâché son anniversaire à cette fille. Maintenant, rentre chez toi et essaie de ne pas te cogner contre les meubles.

V

Un jour dans la vie

La disparition

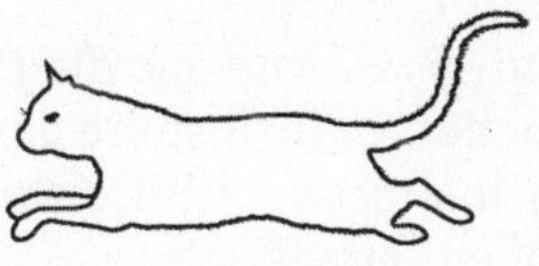

Je descendis la colline bien plus sereinement. Lorsque j'arrivai chez moi, la nuit suspendue au-dessus de ma tête, j'ignorais que les vingt-quatre heures les plus étranges de ma vie étaient devant moi.

J'aurais pu aller au cinéma pour calmer mon angoisse, mais j'étais trop fatigué pour suivre un film. Peut-être valait-il mieux que je me mette au lit et que j'oublie tout.

En montant l'escalier, j'étais convaincu que Gabriela avait laissé un message sur le répondeur. Il pouvait être de deux sortes. Ou elle me demandait comment j'allais – ce qui serait très aimable de sa part –, ou bien elle me reprochait mon comportement et me priait de ne plus la déranger à l'avenir.

Au moins, elle était à deux pas de chez elle, me dis-je en ouvrant la porte. *Moi, il m'a fallu grimper jusqu'au sommet d'une colline pour me retrouver.*

Le répondeur était muet et cela me blessa. Cela ne lui faisait donc ni chaud ni froid que je souffre ?

Je pris une douche afin que l'eau emporte mes larmes, à travers l'évacuation, jusqu'à une station d'épuration de l'extérieur de la ville. Je voulais faire partir la tristesse loin de moi pour retourner à ma solitude anodine.

Lorsque je sortis de la douche, j'étais déjà assez résigné. En me peignant face au miroir, je découvris avec déplaisir une demi-douzaine de cheveux blancs supplémentaires.

Comme le temps passe vite, me dis-je, sans même me décider à les arracher. Cette histoire des 650 000 heures avait cessé de m'intéresser ; j'offrais mon crédit de vie à qui saurait quoi en faire.

J'enfilai mon pyjama et, comme je n'avais pas faim, je déambulai dans l'appartement en faisant un peu de rangement pendant que Mishima me surveillait du regard. Je butai à nouveau contre le sac à dos de Valdemar et j'eus un mauvais pressentiment.

Comment était-il possible qu'il ne soit pas revenu le chercher ? Et si, à cause de notre soûlerie, il s'était cogné la tête et qu'il gisait là-haut, gravement blessé ?

Il n'y avait qu'une façon de le savoir. Je montai en pyjama et en chaussons jusqu'au dernier étage et sonnai à deux reprises. Le bourdonnement familier se fit entendre, mais rien ne se produisit. Valdemar disposait d'un bouton pour ouvrir la porte à distance, mais tout indiquait qu'il n'était même pas capable de faire ça.

Il me fallut un certain temps – et un troisième coup de sonnette – pour m'apercevoir que la porte n'était pas fermée, mais juste poussée. Je l'ouvris, m'attendant à découvrir les signes d'une catastrophe quelconque.

J'allumai la lumière et, à ma grande surprise, tout me parut normal, ce qui ne collait pas avec la porte restée ouverte. Les clés avaient été laissées de l'autre côté de la serrure. Je les glissai dans ma poche avant de refermer et de poursuivre mes recherches.

Une odeur puissante de citron indiquait qu'il avait lavé le sol récemment. Le salon-bureau était lui aussi parfaitement propre et ordonné ; l'ordinateur portable se trouvait sur la table immaculée. C'est en regardant en direction de la cuisine – qui donnait sur l'extérieur, comme la mienne – que je commençai à m'inquiéter.

Il avait monté au milieu de la pièce un grand télescope avec son trépied, dont l'extrémité dépassait par la fenêtre ouverte et pointait vers le firmament.

Je quittai la cuisine sans rien toucher et entrepris de parcourir l'appartement en appelant Valdemar. Alors que je fouillais toutes les pièces, sans oublier de regarder dans les placards, je me rappelai la boîte métallique avec laquelle il était arrivé la première nuit. Elle contenait sans doute le télescope. Il ne pouvait pas être parti en laissant celui-ci sur place, à moins qu'un événement inattendu ne l'ait obligé à fuir rapidement.

Le *Voyageur* sur la mer de nuages pouvait bien méditer sur les hauteurs sans craindre d'être dérangé, car l'appartement était désert.

Une intuition semblable à celle que j'avais eue en voyant le sac à dos me fit penser que Valdemar ne reviendrait pas. J'inspectai à nouveau l'appartement et constatai que toutes ses affaires étaient encore là, y compris ses cigarettes. Il ne manquait que le manuscrit. Tout cela était très étrange.

Complètement dérouté, je revins dans la cuisine. Sous la soucoupe d'une tasse à café, il y avait une note écrite à la main que je n'avais pas vue. Le message était aussi simple qu'inquiétant :

« Je suis sorti. Reviendrai-je ? »

Le cœur étreint par l'angoisse et submergé par une certaine mauvaise conscience, à cause de mon manque de vigilance, j'appliquai l'œil contre le viseur du télescope au cas où les étoiles sauraient me renseigner sur l'endroit où se trouvait Valdemar. Et comme si ce dernier avait su à quel moment exact j'arriverais, le télescope était pointé en ce moment même vers la Lune, qui était pleine.

J'ignore combien de temps je restai là, hypnotisé, parcourant les cratères et les mers sombres où il y avait eu peut-être, jadis, de l'eau. Valdemar me manquait déjà et je voulais croire qu'il était parvenu, d'une façon ou d'une autre, là-haut. J'imaginai qu'il était en train de me regarder depuis un cratère, à l'aide d'un puissant télescope abandonné par les astronautes de Apollo 17.

La nuit de la fin du monde

Il était minuit lorsque, encore sous le coup de ce qui venait de se produire, je m'habillai et sortis prendre l'air.

Une fois sur le trottoir, je jetai un coup d'œil vers les deux derniers étages de l'immeuble. Après les derniers événements, ils étaient devenus un mausolée d'ombres que j'avais décidé de fuir avant qu'il ne se referme à tout jamais. Je ne voulais pas finir comme l'homme de Tokyo.

Juste au-dessus de ma tête, une Lune aux proportions gigantesques répandait sa lumière fantomatique sur la ville.

Je restai absorbé par ce phénomène. Je ne me souvenais pas de l'avoir jamais vue si proche. C'était comme si elle se trouvait deux fois moins loin que d'habitude. Et si elle tombait sur la Terre à cause d'une mauvaise blague de la gravité ? Dans ce cas, elle ne cesserait de grandir, jusqu'à entrer en collision avec notre planète. Une grande hécatombe, mais une issue honorable pour bien des gens : la fin du monde était là.

La disparition de Valdemar avait-elle quelque chose à voir avec ça ?

Je ne pouvais décidément pas rester chez moi. Si cette nuit était celle de la fin du monde, je n'avais pas l'intention de la passer au lit.

En raison, peut-être, du rapprochement dangereux de la Lune, cette nuit de février était singulièrement chaude. Mes jambes étaient endolories, après le marathon urbain de l'après-midi, mais mes réserves d'adrénaline étaient pleines et je décidai de marcher en direction du centre, les yeux bien ouverts.

J'avais la certitude que la fuite de Valdemar n'était que le prélude d'un événement très important qui allait se produire. Mon intuition me disait que cette nuit un certain nombre de choses adviendraient, et que la collision de la Terre avec son satellite pourrait bien être la cerise sur le gâteau – le baiser final d'une histoire d'amour qui avait duré 4 600 millions d'années.

Et le plus curieux, c'est que je n'avais pas peur. S'il devait en être ainsi, j'acceptais cette hécatombe comme une fin digne pour ma pauvre existence.

Tandis que je descendais le Paseo de Gracia, je m'aperçus que je n'étais pas le seul à avoir eu cette idée. Il était près d'une heure du matin, mais la rue était pleine de gens. Des familles entières, avec des enfants, regardaient le ciel et montraient du doigt la grande dame de la destruction.

Personne ne paraissait effrayé. Ils semblaient plutôt fascinés et les appareils numériques ne cessaient de se déclencher pour capturer le phénomène. Comment ces gens pouvaient-ils être de bonne humeur avec ce qui allait nous tomber dessus ?

Fatigué de devoir esquiver les groupes de passants médusés qui se cognaient en permanence parce qu'ils avaient les yeux rivés sur le ciel, je fis un détour par la Gran Vía et je dévalai ensuite la dernière partie de la rue Balmes.

Je me retrouvai par hasard devant le café du carrefour. Son rideau était à demi fermé, mais il y avait de la lumière à l'intérieur. Soudain, je me fis la réflexion que si Valdemar était quelque part dans ce monde, c'était ici que je le trouverais.

Après avoir passé plusieurs semaines sans venir dans ce café, je trouvais que c'était un bel endroit pour fêter la fin du monde. Aussi, je me baissai et me faufilai de l'autre côté du rideau.

17 minutes

Lorsqu'il me vit apparaître, le garçon me regarda sans dissimuler sa colère. Mais, persuadé que la fin du monde m'accordait une parfaite impunité, je m'installai au comptoir et demandai un verre de vin.

— C'est fermé, mais comme vous êtes un habitué, je vous sers quand même, dit le garçon en débouchant une bouteille non entamée.

Après avoir rempli mon verre, il partit se cacher dans la cuisine d'où me parvenait l'écho des informations diffusées à la radio.

Seul au comptoir, je goûtai le vin tout en jetant un coup d'œil sur le journal du jour. Il y avait en première page une photo de la Lune sur les toits de Barcelone. Peut-être la fin du monde avait-elle été annoncée et ne l'avais-je pas su. Je vivais donc à ce point à l'écart des choses importantes ?

Avant même que je ne puisse lire l'article, un type

qui m'était familier se glissa à l'intérieur du café. C'était le rouquin au costume noir. Celui des dix-sept minutes. Décidément, cette nuit devenait intéressante.

— C'est fermé ! vociféra le garçon en sortant la tête de la cuisine.

— C'est un habitué, dis-je en prenant sa défense.

J'avais le cœur brisé, mais je savais à présent quelles étaient les deux choses que je voulais faire avant la fin : lire l'article et chronométrer une troisième et dernière fois l'homme en noir.

Le garçon blasphéma par deux fois avant d'abandonner sa cachette pour lui servir une bière.

— Je ferme dans quinze minutes.

— Ça ne pourrait pas être un peu plus ? quémandai-je en songeant au nombre magique.

Je reçus un regard assassin pour toute réponse, puis il disparut à nouveau et monta le volume de sa radio qui retransmettait en ce moment un débat entre plusieurs scientifiques. Valdemar se trouvait-il parmi eux ?

Je regardai ma montre : il était 1 h 10.

Moi et mon verre de vin, le rouquin et sa bière : deux hommes seuls dans un bar fermé. Si nous avions été des personnages d'un scénario hollywoodien, nous aurions été obligés d'entamer une conversation qui, étant donné les circonstances, aurait été profonde et mélancolique. Deux inconnus se font des confidences dans la solitude d'un bar, comme dans un tableau de Hopper.

Au lieu de cela, je me livrai à une double activité – chacun a le droit de passer ses dernières heures comme il l'entend. D'un œil, je contrôlais l'aiguille des minutes de ma montre ; de l'autre, je lisais l'article du journal.

ILLUSION LUNAIRE D'HIVER

Les scientifiques ne parviennent pas à se mettre d'accord sur les causes de ce phénomène.

Source : Agences de presse.

Ainsi que l'a confirmé la NASA dans un communiqué, nous verrons cette nuit une Lune deux fois plus grande que d'habitude. Il s'agit d'un effet purement optique que la psychologie de la perception nomme « illusion lunaire » ou, plus techniquement, « hypothèse de distance apparente ».

Bien que l'on ne sache pas exactement à quoi est due cette illusion d'optique qui se produit généralement en été – d'où le caractère exceptionnel de l'événement –, il semblerait que les rayons lunaires convergent de telle manière qu'ils créent l'illusion d'une Lune plus grosse lorsqu'on l'observe à l'horizon.

Il s'agit en réalité d'un effet d'optique en rapport avec la perspective que seul perçoit l'œil humain, et non l'appareil photo. Pour le démontrer, la NASA propose une curieuse expérience : isoler la Lune au moyen d'un cercle ou d'un tube de papier. En supprimant les éléments de référence autour du satellite, la magie de la Lune géante s'évanouit.

Je refermai le journal, contrarié. Plus qu'une illusion, on pouvait dire qu'il s'agissait d'une désillusion. Je m'étais déjà fait à l'idée de ne plus avoir à ferrailler de toute mon âme avec la vie.

La fin du monde devra attendre, me dis-je en jetant un nouveau coup d'œil sur ma montre. 1 h 27. Juste à ce moment, comme s'il était mû par un mécanisme secret, le rouquin laissa une pièce sur le comptoir et se pencha agilement pour passer de l'autre côté du rideau.

Je ressentis alors un besoin impérieux de le suivre. Et j'étais trop fatigué pour m'opposer à cette impulsion.

En dépit de l'heure tardive, je sortis derrière lui. Au-dessus de nos têtes, la Lune géante et fantomatique.

Ascenseur

Le jeune homme en noir traversa la rue Pelayo à toute vitesse et continua jusqu'à Portal del Ángel, puis il tourna à droite en direction de la cathédrale.

Je le suivais à quelques mètres de distance, endossant le rôle du détective qui aspire à clore son enquête en faisant une découverte déterminante. En réalité, je m'étais accroché à cette filature pour repousser loin de moi la douleur d'avoir perdu Gabriela. Tous les détectives ont un passé à oublier. Et le danger – ou le fait de fouiner dans l'existence des autres – est le meilleur des narcotiques.

L'homme des dix-sept minutes atteignit la cathédrale. Comme un énorme fruit laiteux, la Lune paraissait être clouée sur la plus haute de ses flèches. Puis il se glissa dans une ruelle latérale qui passait sous une galerie gothique.

L'endroit était désert, si bien que je laissai un peu

plus de distance entre nous, tout en veillant à ce que mes chaussures ne fassent pas de bruit en heurtant les pavés centenaires. Lui aussi ralentit en portant une cigarette à sa bouche et en l'allumant, les yeux rivés sur le ciel.

Nous traversâmes la place où se trouvent le palais du gouvernement et l'hôtel de ville, pour continuer en empruntant une rue qui descend jusqu'au port. Mais avant, le rouquin énigmatique tourna à gauche dans la ruelle de Bellafilla. Il s'arrêta un instant devant une porte éclairée et disparut derrière.

Ma proie se trouvant en lieu sûr, j'arrivai en quatre enjambées devant ce qui se révéla l'accès d'un bar à cocktails : El Ascensor. Faisant honneur à son nom, l'établissement était doté d'une entrée qui était en fait une cabine d'ascenseur en acajou à portes coulissantes. Elle conservait encore ses boutons d'origine du début du XXe siècle.

Pendant que je décidais ce que j'allais faire à l'intérieur de cette cabine insolite en ce lieu, je me rappelai la dernière scène du film *Angel Heart*, lorsque Mickey Rourke descend en ascenseur jusque dans les entrailles de l'enfer.

J'avançai sans grande conviction. La porte coulissante ouvrait sur un petit café avec des miroirs et des tables en marbre. Elles étaient toutes occupées par des groupes de jeunes gens qui vidaient leurs verres joyeusement dans une ambiance fin de siècle.

Je restai près du comptoir sans savoir par où continuer. Je n'avais pas l'aplomb cynique de Mickey Rourke et le sommeil commençait à me gagner.

Comme il arrive généralement dans ce genre de cas, lorsqu'on n'agit pas, d'autres le font à notre place. Le rouquin vêtu de noir se leva énergiquement de sa table

– il était avec deux belles jeunes filles – et se dirigea vers moi l'air peu amène.

Âgées peut-être d'un peu plus de vingt ans, ses jeunes compagnes contemplaient la scène, amusées et dans l'expectative. Il me sembla que l'une d'elles – elle avait les yeux d'un bleu intense – lui disait quelque chose comme : « Laisse-le tranquille, tu veux ? »

Appuyé au comptoir, je ne savais pas comment faire face à la situation pour que cela ne dégénère pas en bagarre. Et avant même que je puisse penser à quoi que ce soit, le rouquin me demanda, sur un ton courtois, mais ferme :

— Vous me suivez ?

La seule réponse qui me vint à l'esprit n'avait rien de cinématographique :

— Oui.

— Je peux savoir pourquoi ?

Par chance, cette veine excentrique que nous nous plaisons à cultiver, nous les hommes célibataires, vint à mon aide au moment opportun :

— J'aide un ami qui réalise une étude d'anthropologie urbaine, dis-je en mentant à moitié. Nous étudions les habitudes de l'animal de comptoir, et en particulier des clients qui suivent un rituel fixé à l'avance, comme vous-même.

Les bras croisés, il m'examina comme s'il attendait que j'aie fini d'avancer mes arguments pour rendre son verdict et décider du châtiment. Mais un sourire contenu montrait que ce type était parfaitement inoffensif et s'amusait à mes dépens. Il correspondait à l'archétype de tous les roux que j'avais connus depuis mon enfance : des diables farceurs.

Feignant une vive indignation, il me demanda :

— Qu'est-ce qui vous fait penser que je suis un de ces clients ?

— Nous fréquentons le même café. D'ailleurs, c'est grâce à mon intervention que vous avez pu boire votre bière cette nuit… en dix-sept minutes.

Ces mots semblèrent le désarmer, car il abandonna son air crispé et me donna une petite tape complice sur l'épaule. Puis il dit :

— Venez vous asseoir pour prendre un verre avec nous.

Collée au mur, la petite table manquait de chaises libres. Mais en nous voyant arriver ensemble, une brune au visage anguleux se leva et dit :

— Prenez ma place. Il faut que je sois levée dans cinq heures.

Avant même que je sache quoi lui répondre, j'étais assis entre la jeune au regard bleu et le rouquin qui appela le garçon en claquant des doigts. C'est alors que la jeune fille provoqua un coup de théâtre dans cette insolite réunion.

— Rubén, dit-elle, je te présente Samuel de Juan.

J'étais sidéré. Il est toujours inquiétant d'être reconnu par quelqu'un qui ne nous rappelle rien. Désireux d'éviter une question du genre : « Qui es-tu ? », j'attendis qu'une piste me mette sur la bonne voie. Et cela ne tarda guère.

— C'est mon prof de littérature contemporaine, dit-elle en souriant. Il faut le soûler et lui faire faire des folies, comme ça, il sera obligé d'acheter mon silence par une mention !

Aussitôt, tout devint clair : il s'agissait de Mademoiselle Je-sais-tout, mon étudiante aux lunettes rondes. Comme elle ne les portait pas, je ne l'avais pas reconnue. Ses yeux myopes et d'un bleu intense lui conféraient un air fragile qui la rendait très différente de la jeune fille que je connaissais.

— Ce ne sera pas nécessaire, car tu l'as déjà, répliquai-je. Les notes seront affichées dans deux jours.

Elle devait avoir un peu bu, car elle se jeta sur moi et posa sur ma joue un baiser retentissant qui me laissa sans voix. Heureusement, le garçon arriva à point nommé pour que le fard que je piquai passât inaperçu.

— Trois verres d'aquavit avec de la glace, commanda le dénommé Rubén.

Il était clair qu'il avait une grande expérience de la vie nocturne, puisqu'il osait passer commande pour toute la table sans même nous demander notre avis. Pour justifier cette initiative, il me murmura à l'oreille :

— C'est pour fêter le succès de mon amie.

Avant d'aller chercher les consommations, le garçon demanda au rouquin :

— Vous voulez de l'aquavit de ligne ?

— Bien entendu ! répondit-il, presque vexé.

— Qu'est-ce que ça veut dire, « de ligne » ? interrogea l'étudiante.

— Qu'est-ce que l'aquavit ? questionnai-je pour ma part.

Rubén rit, tout fier d'avoir suscité, par son choix, une telle curiosité. Puis il dit sur un ton didactique :

— L'aquavit est un alcool norvégien qu'un ami m'a fait découvrir ici même. Il en existe deux sortes : le normal et celui que l'on dit « de ligne ». Ce dernier est bien plus cher, car avant d'être mis en bouteilles, il fait deux fois le tour du monde. Cet alcool vieillit dans les cales d'un bateau qui suit la ligne de l'équateur. Ce n'est que lorsqu'il a effectué deux tours complets qu'il peut recevoir l'étiquette officielle.

— C'est un alcool qui connaît bien son monde ! plaisanta l'étudiante aux yeux bleus.

Et tandis que le garçon nous servait ce breuvage dans trois petits verres remplis de glace, je lâchai, perplexe :

— Ils sont fous ces Norvégiens.

Conversation avec l'ingénieur

Par chance, El Ascensor ferma ses portes à 2 h 30, si bien que je dus me contenter de deux verres. Cela suffit cependant pour que ma tête se mette à tourner, comme cet alcool qui faisait le tour du globe.

— Elle habite tout près d'ici, dit Rubén, les clés de sa voiture à la main. Tu veux que je te ramène chez toi ?

— Ne te dérange pas, répondis-je en acceptant le tutoiement.

— Ça ne me dérange pas du tout. Comme ça, on pourra parler d'anthropologie. Tu ne voulais pas connaître l'explication des dix-sept minutes ?

Je reçus un autre baiser de mon étudiante – devant laquelle j'avais perdu toute mon autorité de professeur – et je marchai en compagnie du rouquin jusqu'à un parking qui se trouvait tout près de là. Il en sortit au volant d'une splendide voiture de sport Saab. C'était décidément un homme qui avait des goûts nordiques.

— Je voyage beaucoup en Scandinavie, expliqua-t-il lorsque j'abordai le sujet. Je suis ingénieur, spécialiste des puits de pétrole. Mais en ce moment, je suis en vacances.

Tandis que l'on sillonnait lentement la rue Layetana, il me fit un bref résumé de sa situation. Il habitait seul dans un appartement de la partie haute de la ville qu'il n'utilisait que deux mois par an. Les deux jeunes filles qui l'avaient accompagné étaient des amies de lycée.

— Je n'ai pas le temps d'avoir de copine, me confia-t-il alors que je ne lui avais rien demandé. Avec toutes ces allées et venues, tout ce à quoi je peux aspirer, c'est tirer un coup.

Encore un type seul, me dis-je, pensant à toutes les rencontres que j'avais faites depuis le début de l'année.

Nous restâmes quelques instants silencieux, et j'en profitai pour me livrer à mes spéculations au milieu des lumières floues des voitures qui nous dépassaient. Je revins en arrière et me remémorai la scène lamentable avec Gabriela place des Anges.

Il me paraissait inconcevable qu'elle se soit produite la veille seulement. Trop de choses s'étaient passées depuis : la fuite sur la colline, la disparition de Valdemar, l'illusion lunaire, la rencontre avec le rouquin puis avec l'étudiante…

Le fait de traverser en ce moment même la nuit de Barcelone à ses côtés démontrait que je vivais vite – peut-être trop vite –, en brûlant les étapes comme si les heures allaient se tarir. Une nouvelle preuve de la relativité du temps.

Et pourtant, j'avais l'intuition que les choses n'en resteraient pas là. Dans cette course effrénée qui me conduisait d'un événement à l'autre, quelques surprises m'attendaient encore. Mais rien ne pourrait combler le vide laissé par mon échec avec Gabriela.

Heureusement, l'ingénieur me tira de l'abîme de mélancolie dans lequel je m'oubliais.

— Quand je suis à Barcelone, j'ai l'habitude d'aller au café du carrefour, dit-il. J'y fais escale avant de me rendre dans une librairie du centre-ville. Je lis beaucoup, car je passe des centaines de nuits par an dans des chambres d'hôtel. Et la télévision, ce n'est pas mon truc.

— Mais pourquoi restes-tu toujours dix-sept minutes ? demandai-je, soudain aiguillonné.

— C'est un service que je vous rends.

Tandis que Rubén allumait une cigarette et que j'en refusais une, je me fis la réflexion qu'il était aussi cinglé que Valdemar. Il poursuivit :

— Moi aussi, je suis observateur, tu sais ? Un jour, je me suis assis dehors et j'ai vu que le barbu notait dans un cahier le temps exact que passait chaque client dans le bar. Dès lors, j'ai décidé que je resterais dix-sept minutes chaque fois. C'était une espèce de jeu. Ensuite, j'ai vu que tu te consacrais aussi au chronométrage. J'ai donc conservé cette habitude pour ne pas vous décevoir, à l'instar de ces chanteurs dont le public attend qu'ils chantent toujours la même chanson.

— C'est curieux qu'un ingénieur se livre à ce type de jeux, dis-je, un peu déçu.

— Le mystère est une nécessité de tout premier ordre, comme manger, boire ou dormir. On ne pourrait pas vivre dans un monde où tout aurait une explication. Il existe déjà de nombreuses énigmes naturelles, mais il n'est jamais inutile d'en rajouter quelques-unes.

— Tu pourrais créer une ONG, lançai-je, moqueur. « Mystères sans Frontières ».

— Ce serait plutôt à vous de faire ça. Chaque fois que je vous voyais assis là-bas, je me disais : « Quels types sinistres. Qu'est-ce qu'ils peuvent bien trafiquer ? » D'abord, j'ai pensé que vous étiez des pervers, et puis j'en suis arrivé à la conclusion que vous étiez simplement fous.

Je lui donnai raison sans mot dire. La disparition récente de Valdemar et les curieux soubresauts de ma vie durant ces derniers mois démontraient que j'avais abandonné la normalité. Et le pire, c'était que je n'étais pas disposé à la retrouver.

J'enfonçai la tête dans le cuir de mon siège et je lui répondis :

— La relation qui s'est établie entre toi et nous ressemble à celle du physicien quantique et ses particules. Tu étais là dix-sept minutes parce que c'était ce que nous voulions voir.

— Exact. Je te l'ai dit : c'était un service que je vous rendais.

— Dans ce cas, la question est la suivante : combien de choses se produisent de telle ou telle façon parce que nous le désirons ? Par exemple, les gens qui craignent toujours le pire et le disent à tout le monde… Eh bien, souvent, le pire se produit et ils s'en étonnent. Ils ne s'en rendent pas compte, mais en fait, ils formulaient un désir.

— Un désir qui porte la poisse, oui.

— Sans doute, admis-je, mais peut-être la satisfaction de voir leur prédiction s'accomplir est-elle plus forte que la catastrophe elle-même. Il existe des gens pessimistes qui ont besoin de dire : « Je t'avais prévenu que cela arriverait. » Ma sœur et son mari sont comme ça.

La voiture s'arrêta devant ma porte et l'ingénieur prit congé en me donnant une tape sur l'épaule comme si j'étais un jeune écervelé, alors que j'avais dix ans de plus que lui.

— En ce qui me concerne, tu peux bien battre ton record au café, lui glissai-je en guise d'adieu. La prochaine fois, bois une deuxième bière.

— Je la boirai avec vous, répondit-il avant de démarrer.

Lorsque la voiture eut disparu, je restai là, hébété et un peu triste. Il n'y avait plus de « nous ». Je revenais à la maison plus seul que jamais.

Je décidai d'aller jeter un coup d'œil là-haut. Peut-être Valdemar ne s'était-il pas enfui et était-il simplement sorti étudier le phénomène à l'extérieur.

Mais je trouvai le studio tel que je l'avais laissé. Je ne pus résister à la tentation de regarder à nouveau à travers le télescope, mais il me fallut modifier sa position pour retrouver la Lune.

Tandis que mes jambes défaillaient sous l'effet de l'épuisement, je promenai mon regard sur les vallées lunaires, comme si je pouvais y découvrir une trace quelconque de mon ami.

L'œil rivé au télescope, j'ignorais alors que l'aventure ne faisait que commencer. Le lunatique avait certes disparu, mais il préparait quelque chose qui allait une nouvelle fois faire pivoter à cent quatre-vingts degrés le monde étrange dans lequel je venais de pénétrer.

Mais il s'agit là d'une autre histoire, et en ce qui concerne celle qui nous occupe, il restait encore quelques cartouches à brûler.

La mort rate le coche

De retour dans mon appartement, à l'aube, une grande fatigue m'assaillit. Et c'est avec l'image de la blanche Lune imprimée sur ma rétine que je me laissai choir sur le lit et m'abandonnai au sommeil.

Si mon repos n'avait pas été interrompu, je n'aurais jamais réussi à me rappeler ce rêve qui allait tout bouleverser. Je me serais réveillé lentement et la trace de l'épisode nocturne se serait dissoute dans la mer de ma conscience.

Mais il n'était pas encore 7 heures du matin lorsque la sonnette de la rue retentit de façon insistante. Celui qui sonnait semblait pressé. Et ce réveil brusque me permit de retenir la dernière scène du rêve : Valdemar marchait dans le couloir de mon appartement, le manuscrit à la main, et suivait Mishima qui le conduisait quelque part.

Un deuxième coup de sonnette acheva de dissiper

cette vision et je ne parvins pas à savoir où Mishima avait conduit Valdemar.

Apparemment, il est revenu de la Lune, me dis-je en sautant du lit encore endormi.

Mais en décrochant l'interphone, une surprise de taille m'attendait, car ce n'était pas la personne que j'imaginais. Une voix très différente me dit :

— Samuel…

Avais-je bien entendu ? Titus ne pouvait pas être en bas ! Pourtant, cette voix semblait être la sienne. Je collai à nouveau l'oreille au combiné. C'était le vieux rédacteur en personne. Et il avait perdu patience, car il se mit à crier :

— Ouvre immédiatement et descends m'aider !

Semblable à un enfant dont le père reviendrait d'un long voyage, je descendis l'escalier presque en volant et me jetai dans les bras de Titus qui rayonnait de bonheur – même s'il tenait à montrer qu'il était fâché.

— Tu m'as dit que tu étais en train de mourir, lui rappelai-je.

— Je n'ai rien trouvé de mieux pour faire en sorte que tu m'écoutes. Et puis je ne t'ai pas menti. Nous commençons tous à mourir depuis notre naissance. Mais il y a de nombreuses renaissances sur le chemin.

— Donc, tu es guéri ? demandai-je, enthousiaste.

— Personne ne guérit jamais de rien. Et encore moins à mon âge. Mais disons que la mort a raté le coche et qu'elle devra repasser.

Révélations

Je pressentis aussitôt que tout n'était pas encore fini. L'étrange disparition de Valdemar et le retour de Titus dans le monde des vivants n'étaient que les manifestations superficielles d'un processus violent et souterrain, semblable à un tremblement de terre qui se manifeste de façon soudaine lorsqu'on n'a plus le temps de fuir.

D'une certaine façon, Valdemar était sorti pour que Titus puisse rentrer, même s'ils ne se connaissaient pas. Et ce n'était là que la partie émergée de l'iceberg.

Il me faudrait à présent lui fournir de nombreuses explications : justifier, par exemple, la présence d'un télescope dans sa cuisine. Aussi, je m'empressai d'accompagner le vieux jusqu'à son appartement, jouant le rôle du guide touristique qui montre les changements qui se sont produits dans une ville et qui en explique les raisons.

Mais Titus ne paraissait pas trouver mes explications

particulièrement intéressantes. Lorsque je lui montrai l'engin installé dans la cuisine, il se contenta de dire :

— Oui, je vois, c'est un télescope. Je ne suis pas aveugle, tu sais.

— Et ça ne vous étonne pas, qu'il soit là ?

— Valdemar m'a demandé l'autorisation de l'installer et je la lui ai donnée. Alors, laissons-le en place.

Je ne comprenais plus rien.

— Vous dites qu'il vous a demandé l'autorisation ? Comment ? Mais alors, vous le connaissez ?

— Nous avons bavardé ensemble presque chaque soir, depuis la première fois que j'ai téléphoné de l'hôpital et qu'il a répondu au téléphone.

Abasourdi, je me demandai pourquoi Valdemar répondait à un téléphone qui n'était pas le sien, puisqu'il vivait caché. La seule explication plausible était qu'il avait cru, lors de ce premier coup de fil, que c'était moi qui l'appelais depuis l'appartement du dessous.

Titus me le confirma.

— Il m'a expliqué sa situation dans les grandes lignes et m'a demandé de ne pas me fâcher avec toi pour lui avoir laissé l'appartement. Je l'ai autorisé à rester ici aussi longtemps qu'il le souhaitait.

— Apparemment, Valdemar et vous êtes devenus amis par téléphone. Pourquoi ne m'avez-vous pas prévenu ?

— J'ai pensé que tu avais assez de soucis comme ça. Moi, j'appelais ici en croyant te trouver au travail. C'est par lui que j'ai su que tu ne fichais rien.

— C'est ce qu'il a dit ? fis-je, honteux.

— En fait, il a essayé de te trouver des excuses. Il m'a expliqué que tu traversais une mauvaise passe, même si tu restais discret à ce sujet. Cet homme-là en sait toujours davantage que ce qu'il dit.

— Où est-il, à présent ? m'enquis-je, toujours sous l'effet de la surprise.

— Comment veux-tu que je le sache ! Je lui ai annoncé hier que j'arriverais ce matin et qu'il pouvait rester. Mais j'imaginais que cela se produirait. Tu sais, Valdemar est un chic type : il serait capable de faire n'importe quoi pour ne pas déranger.

Serenitas

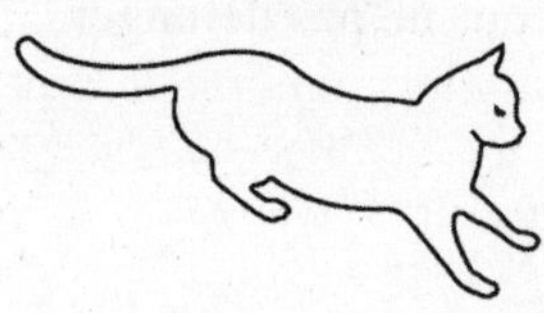

Il est des vies entières qui voient le jour et s'éteignent sans que rien de remarquable ne se produise, mais il est aussi des jours qui valent toute une vie, tant les désastres paraissent se succéder.

Depuis mon réveil, j'avais la sensation que tout ce que m'avait réservé le destin devait forcément arriver pendant cette journée. C'était comme si tout s'écroulait autour de moi, comme si je marchais sur des sables mouvants et que les événements, plus forts que ma volonté, pouvaient m'engloutir d'un instant à l'autre.

Tentant de résister à ce maelström, je m'étais décidé à freiner la marche du temps afin de ne pas succomber sous l'assaut. Après la révélation de Titus, je rentrai chez moi avec l'intention de ne plus me faire de soucis. Je m'occuperais de chaque catastrophe au moment où elle se produirait, et pas avant.

Un article sur Mendelssohn, trouvé dans une revue à laquelle j'étais abonné, me donna envie d'écouter à nouveau les *Romances sans paroles* de Barenboim, après plusieurs jours de censure.

Affalé paresseusement dans le canapé, je me plongeai dans la lecture d'un petit essai littéraire consacré au compositeur. Il était signé par un certain Andrés Sánchez Pascual et me sembla magnifique. Il définissait ainsi sa musique :

« Le plaisir qu'elle procure n'est pas facile, trivial ou grossier. Il s'agit d'un plaisir beaucoup plus subtil, chargé de mélancolie, qui trouve peut-être son expression exacte dans le mot latin *serenitas*. »

L'article creusait ensuite la question des rapports qu'avaient entretenus Goethe et Mendelssohn, alors que ce dernier n'avait que douze ans mais qu'il était déjà un pianiste et un compositeur brillant. Dans sa demeure de Weimar, l'auteur consacré obligeait son invité à jouer jusqu'à huit heures par jour.

D'ailleurs, seul Mendelssohn parvint, des années plus tard, à faire apprécier à Goethe la musique de Beethoven, un compositeur dont il ne voulait rien savoir. Après avoir interprété pour l'écrivain, âgé de quatre-vingts ans, le premier mouvement de la *Cinquième Symphonie*, ce dernier dut reconnaître que c'était « énorme ».

J'écoutais déjà le deuxième *Gondolier* lorsque je tombai sur une curiosité concernant les *Romances sans paroles*. Quand, en 1842, un parent de sa femme lui avait demandé ce qu'il avait voulu dire avec ces pièces courtes, Mendelssohn avait répondu ceci par courrier :

« On parle beaucoup de musique, mais on en dit bien peu. Je crois que les mots sont incapables de l'évoquer et, si je croyais qu'ils le peuvent, je cesserais d'écrire de la musique […]. Ce que me dit une musique que j'aime, ce ne sont pas des pensées trop imprécises pour être exprimées au moyen de paroles, mais au contraire des pensées trop précises pour pouvoir être transmises par elles. »

La cage humide de la Lune

Toute ma *serenitas* s'effondra lorsque la sonnette retentit. Un raclement de gorge sonore me fit comprendre, avant même d'ouvrir, que Titus, derrière la porte, avait quelque chose à m'annoncer.

Je l'invitai à entrer et le vieux rédacteur me donna de petites tapes amicales sur l'épaule, ce qui n'était pas du tout dans son habitude. Il portait sous le bras une chemise à élastiques.

— La musique vous dérange ? fis-je en baissant le son.

— Ce qui me dérange, c'est que tu sois si modeste.

— Pourquoi dites-vous ça ? lui demandai-je en m'installant de nouveau sur le canapé.

Titus s'assit dans le fauteuil et répondit :

— Le *Petit cours de magie quotidienne* est magnifique. Félicitations. Il sera demain même sur le bureau de l'éditeur. Tu recevras l'intégralité des droits correspondant à ce travail. Ce n'est pas négociable.

— Mais… Qu'est-ce que vous racontez ? Je ne me rappelle pas avoir rédigé plus de quinze pages.

— Eh bien moi, j'en ai compté cent vingt-huit, dit-il en ouvrant la chemise remplie de feuilles imprimées. Tu n'es pas seulement modeste, tu es aussi un peu menteur, semble-t-il.

— Faites-moi voir ça, m'exclamai-je en lui arrachant des mains le paquet pour m'assurer qu'il ne se moquait pas de moi.

Et tandis que je feuilletais les pages à toute vitesse, je constatai que le travail avait en effet été soigneusement exécuté. Chacun des sept chapitres – notamment celui de l'*Amour en minuscules* – comptait presque une vingtaine de pages remplies de passages empreints de spiritualité.

L'anthologie s'achevait sur quelques vers traditionnels celtiques qui avaient la vertu d'établir un lien avec les sombres investigations que poursuivait son véritable auteur :

Ne crains pas la magie des druides,
toi aussi tu es un mage habile.
Tu peux convoquer les esprits de la nuit
et mettre en cage la Lune dans une flaque.

Encore sous le coup de la stupeur, je rendis les feuilles à Titus et lui dis :

— Donnez l'argent à Valdemar si vous parvenez à le retrouver. C'est sans doute son œuvre.

Pendant le reste de la journée, j'expliquai au vieux comment j'avais rencontré Valdemar dans un café et lui racontai son accident en Patagonie, l'histoire des gens mystérieux sur le quai, sa visite tardive et nos conversations nocturnes.

Titus suivait mon récit en acquiesçant, mais sans paraître y prêter grande attention, comme s'il connaissait déjà bon nombre de ces détails. Mais lorsque j'arrivai à l'épisode de la soûlerie, du sac à dos vide et du rêve dont il m'avait lui-même tiré, il sembla subitement intéressé.

— Et tu dis que dans ton rêve, Valdemar suivait le chat en tenant le manuscrit à la main ?

— Exactement, répondis-je en regardant Mishima qui se frottait joyeusement sur le tapis. C'est curieux, n'est-ce pas ?

Le vieux éclata de rire avant de répondre :

— Ce qui est curieux, c'est ton manque de perspicacité. Je suis surpris que tu ne comprennes pas un message aussi clair. Le chat te montre dans le rêve la cachette du manuscrit de Valdemar. Pour l'instant, c'est tout ce qu'il reste de lui et de ses recherches. Aussi avons-nous l'obligation de le retrouver et de le protéger.

— Cachette, répétai-je. C'est le mot clé ! Chaque fois qu'on est venu vacciner Mishima, il s'est caché dans un endroit que je n'ai jamais pu découvrir.

— Et là où un chat peut se cacher…, commença Titus.

— … on peut cacher un manuscrit, terminai-je. Le problème, c'est que je n'ai pas réussi à déceler cette cachette.

— Laissons-le nous la montrer, proposa-t-il. Tu n'as qu'à appeler le vétérinaire. Je le suivrai.

C'était une idée si simple qu'il était difficile de croire à sa réussite. Mais je fis ce qu'il demandait. Je décrochai le téléphone et composai le numéro du cabinet vétérinaire. Après quelques secondes d'attente, j'entendis la voix de Meritxell à l'autre bout du fil.

— Bonjour. J'ai un chat qui s'appelle Mishima et qui doit être vacciné, articulai-je en appuyant sur les mots « Mishima » et « vacciné ».

Je vis du coin de l'œil que le félin s'étirait et s'éclipsait discrètement dans le couloir, tandis que Titus le suivait à distance.

— Tu te moques de moi ? dit Meritxell. Ou tu as passé trop de temps avec ton voisin ?

— Je t'expliquerai ça plus tard, répondis-je à voix basse avant de raccrocher pour rejoindre Titus dans son expédition.

Le vieux s'était arrêté près de la porte d'un placard dans lequel j'accrochais les complets que je ne mettais pas. Il approcha l'index de ses lèvres pour m'inviter à ne pas faire de bruit.

— Il est entré là-dedans, murmura-t-il.

Nous nous regardâmes, comme si chacun attendait les instructions de l'autre pour agir. Enfin, je me décidai à ouvrir le placard, qui ne fermait pas complètement, pour découvrir le grand mystère.

À première vue, il n'y avait là que de vieux costumes et une étagère, en haut, sur laquelle se trouvait une boîte à chaussures couverte de poussière. En la sortant, je remarquai qu'elle était vide ; il ne s'était pas glissé à l'intérieur. Mais la boîte masquait, à ma grande surprise, un trou dans le mur.

Et il était bien là. Mishima fit de grands yeux ronds, comme s'il était stupéfait que nous ayons pu trouver sa cachette. Il lui faudrait se mettre au travail pour en dégoter une nouvelle.

Je voulus l'attraper, mais il sauta habilement et se mit à courir dans le couloir. Le manuscrit était là. La boîte à chaussures dissimulait Mishima, qui, lui, cachait le manuscrit.

Je le tendis à Titus et ce dernier le reçut comme s'il s'agissait d'un legs extrêmement précieux. Rouge d'émotion, il me dit :

— Puisque Valdemar a vécu chez moi, permets-moi de conserver le manuscrit. Et j'aurais peut-être besoin du télescope pour vérifier une chose ou deux.

— Il est à vous.

— Je te donne rendez-vous ce soir pour étudier tout ça ensemble, si tu le veux bien. Peut-être que l'on y découvrira une piste concernant l'endroit où se trouve son auteur. Il y a beaucoup de choses que tu ignores encore sur lui.

La rose du poète

Dès que Titus fut parti, je m'allongeai sur le lit dans l'espoir qu'une sieste tardive m'aiderait à digérer ce que je venais de vivre.

Il était 18 heures et la chambre était déjà plongée dans l'obscurité. Mishima était vexé d'avoir été vaincu – même temporairement – et cette fois il ne me suivit pas.

Lorsque j'étendis les jambes, les courbatures me firent payer les excès de la veille. Mais quand on est à ce point fatigué, il arrive que l'on ne puisse pas s'endormir. Et ce fut précisément ce qui se produisit. Je restai une longue heure durant dans un état intermédiaire entre la veille et le sommeil – ces limbes où l'on quitte son corps et où l'esprit divague sans rien accrocher de concret.

Les maîtres de méditation font la recommandation suivante lorsque l'on s'efforce de ne penser à rien et qu'une pensée survient : il faut la considérer comme un nuage que l'on étiquette comme « pensée » et la laisser passer sans la juger. Les pensées ne sont ni bonnes ni mauvaises, ce ne sont que des pensées. Seuls les actes comptent.

J'avais atteint sans le vouloir cet état de méditation neutre, alors même que j'étais bien loin de comprendre la vie, ou le rôle que j'y tenais. En tout cas, ce séjour dans les limbes me maintenait à l'écart du monde et de mes propres aspirations jusqu'au moment où il me faudrait de nouveau être présent sur tous les fronts.

L'illusion de n'être rien – et d'en savoir moins encore – s'évanouit lorsque la porte de la chambre s'ouvrit doucement. Un miaulement dans l'obscurité me révéla que Mishima n'était plus fâché et qu'il réclamait mon attention.

Je sautai du lit, supposant qu'il réclamait de la nourriture, de l'eau, ou qu'il voulait que je nettoie sa caisse. Il est aussi très exigeant dans ce domaine. Mais après avoir vérifié, je constatai que tout était en ordre. Pourquoi alors m'avait-il réveillé ?

Un chat a toujours ses raisons. En revanche, on n'est pas toujours en mesure de les saisir.

Tandis que je déambulais dans la cuisine, hésitant à me préparer du café, j'aperçus une feuille de papier sur le tapis. Elle devait être tombée de la chemise de Titus – de Francis Amalfi, officiellement – et traînait là, abandonnée à son sort.

Tout ce que j'avais vécu depuis le début de l'année me faisait penser que si cette feuille, et non une autre, était restée là, il devait y avoir une raison précise. Aussi, je la ramassai et m'installai sur le canapé pour la lire, m'attendant à quelque nouvelle révélation.

Elle faisait partie du chapitre intitulé « Le cœur sur la main ». Il s'agissait d'une anecdote prétendument vraie concernant le premier séjour à Paris du jeune Rainer Maria Rilke.

« Le poète avait pour habitude de se promener – en compagnie d'une jeune femme – sur une place où se trouvait une mendiante qui tendait la main. Celle-ci était toujours assise au même endroit. Elle ne regardait pas les passants et ne les implorait pas de lui faire l'aumône. Elle ne montrait pas non plus sa reconnaissance lorsqu'elle recevait quelque chose. Bien que son amie donnât souvent une pièce à cette femme, Rilke ne lui faisait jamais l'aumône. Une fois, la jeune femme en demanda la raison au poète, et celui-ci répondit : "C'est son cœur qui a besoin d'un cadeau, pas sa main." Quelques jours plus tard, Rilke déposa une rose dans la main abîmée de la mendiante. Alors, il se produisit une chose inespérée : la femme leva les yeux et, après avoir embrassé avec effusion la main du poète, quitta les lieux en brandissant la rose. Le coin de la mendiante resta vide pendant une semaine entière, après quoi elle reprit sa place. "Mais de quoi a-t-elle vécu toute cette semaine, puisqu'elle n'a pas mendié sur la place ?" demanda la jeune femme. Et Rilke répondit : "De la rose." »

La boucle est bouclée

Sans me soucier de rendre à Titus la feuille qui s'était égarée, je me retrouvai soudain dans la rue, déterminé à rejoindre le centre à pied.

C'était un de ces choix que l'on ne comprend que longtemps après les avoir faits. D'une certaine façon, j'avais accepté que le leitmotiv de cette journée soit « Tout peut arriver », si bien que je décidai de descendre jusqu'au magasin de disques avant qu'il ne ferme.

Le retour de Titus, la disparition de Valdemar et la découverte de son manuscrit faisaient planer sur ma vie suffisamment d'énigmes, si bien que je résolus de résoudre une affaire qui ne dépendait que de moi. Puisque j'avais offensé Gabriela, je devais lui présenter des excuses. C'était la seule façon de clore cette histoire douloureuse.

Cette fois, je n'avais pas besoin d'une quelconque

mise en scène : j'entrerais dans le magasin de disques, je m'excuserais auprès de Gabriela pour mon attitude et je lui souhaiterais bonne chance. Si j'étais capable de faire cela – et seulement cela –, tout reviendrait à la normale. La blessure de l'amour se fermerait tôt ou tard et je retournerais à mon calme solitaire.

Les derniers événements étaient annonciateurs d'une période orageuse au cours de laquelle j'aurais besoin de toutes mes forces.

J'arrivai à destination au moment où Gabriela baissait le rideau métallique. Je m'arrêtai à trois mètres environ, pour ne pas envahir son espace. Avant qu'elle ne découvre ma présence, je m'armai de toute la *serenitas* du monde et répétai mentalement les excuses que j'avais préparées.

Mais lorsqu'elle me fit face et qu'elle me foudroya de ses yeux en amande, je restai muet. Tandis que je cherchais une version abrégée de mes excuses, elle me prit de court :

— J'essaie de te téléphoner depuis hier et c'est tout le temps occupé. Pourquoi fais-tu ça ? J'étais inquiète, tu sais ?

Le premier moment de stupeur passé, je me rappelai avoir débranché le téléphone et le répondeur deux jours plus tôt, au moment du goûter. Et je me rendais compte seulement maintenant que je ne les avais pas rebranchés. Un oubli de ce genre ne peut arriver qu'à quelqu'un qui ne reçoit jamais de coups de fil.

— Peu importe, dit-elle, voyant que je ne répondais pas. Ce qui compte, c'est que tu ailles bien. J'avais peur que tu aies fait une bêtise.

— En réalité, j'en ai fait une, confessai-je tandis que nous descendions le long des Ramblas. J'ai traversé tout Barcelone à pied jusqu'au Tibidabo.

— Et ensuite, qu'as-tu fait ?

— Je suis redescendu.

— Quelle aventure ! se moqua-t-elle.

— Mes aventures sont comme ça : minuscules.

Nous continuâmes à marcher, plongés dans le silence. Dans le silence qui peut régner au milieu de la rue la plus fréquentée du monde. Que faisait-on là ? Il n'y avait donc pas d'autre endroit où se promener ?

Comme en réponse à ma question muette, Gabriela saisit ma main à cet instant précis et me conduisit vers un trottoir latéral. Cette fois, je me laissai entraîner, tandis qu'elle serrait doucement mes doigts, comme une fillette qui veut montrer à son père quelque chose qu'elle a découvert.

Nous passâmes sous un portail de pierre qui donnait sur une librairie d'art. Un panneau annonçait une exposition de Frida Kahlo à l'étage supérieur. L'affiche était une reproduction du dernier tableau que cette artiste mexicaine avait peint avant de mourir dans d'affreuses douleurs : une pastèque ouverte où était écrit au couteau « Vive la vie ! ».

— Tu veux aller voir l'exposition ? demandai-je à Gabriela en serrant ma main autour de la sienne.

— J'aimerais que tu voies quelque chose, répondit-elle, et elle m'entraîna au fond du bâtiment, puis sur la droite, à travers un passage sombre et humide qui nous obligeait à nous baisser.

Soudain, je me retrouvai tapi aux côtés de Gabriela, sous le même escalier où nous nous étions connus trente ans plus tôt.

Plusieurs questions me taraudaient. Comment étions-nous arrivés jusqu'ici ? La transformation de cet hôtel particulier en centre d'expositions m'avait empêché de le reconnaître tout de suite. D'autre part, comme je n'étais pas revenu depuis mon enfance, tout avait conservé dans mon souvenir des dimensions bien plus importantes.

Tandis que Gabriela me regardait malicieusement, un doute m'assaillit : avait-elle fait semblant tout le temps et partageait-elle le même souvenir que moi, ou bien s'était-elle rappelé cet épisode grâce à un rêve semblable à ma révélation concernant le manuscrit ?

Le cœur battant, je renonçai aux questions, sachant par expérience qu'elles ne débouchent que très rarement sur des réponses. Les questions ne font qu'engendrer d'autres questions. Comme le disait Mendelssohn, les choses vraiment importantes ne peuvent pas s'exprimer au moyen de mots.

— Ferme les yeux, murmura Gabriela dans la pénombre en rapprochant son visage du mien.

Je fis ce qu'elle me demandait et, une seconde après, un battement presque imperceptible frôla ma joue. La boucle était bouclée.

J'ouvris les yeux, craignant d'émerger d'un rêve. Mais Gabriela était toujours là et me souriait d'un air de défi. Je poursuivis :

— J'imagine que l'histoire s'achève ici.

— Au contraire, c'est maintenant qu'elle commence, dit-elle, tandis que ses lèvres voyageaient lentement vers les miennes, comme s'il s'agissait de planètes condamnées à entrer en collision sous l'effet de la gravité.

Remerciements

À Marisa Tonezzer et Teresa González.

À Fernando Haro, mon frère chilien.

À Miquel de Loles.

À tout le département de philologie allemande de l'université de Barcelone.

À Zinka Carandell, Heidi Grünewald et Anna Rossell, qui m'ont appris à aimer l'allemand.

À toi qui tiens ce livre entre tes mains, pour avoir partagé cette aventure.

Composition et mise en pages
Nord Compo à Villeneuve-d'Ascq

Imprimé en Allemagne par
GGP Media GmbH
à Pössneck
en avril 2016

POCKET – 12, avenue d'Italie – 75627 Paris Cedex 13

Dépôt légal : mai 2016
S22040/01